《浮生六记》精讲

[清]沈复 —— 原著

尔生不凡 —— 解读

哈尔滨出版社
HARBIN PUBLISHING HOUSE

图书在版编目（CIP）数据

《浮生六记》精讲／（清）沈复原著；尔生不凡解读.—哈尔滨：哈尔滨出版社，2020.7
 ISBN 978-7-5484-5262-1

Ⅰ.①浮… Ⅱ.①沈… ②尔… Ⅲ.①古典散文—散文集—中国—清代 ②《浮生六记》—译文 ③《浮生六记》—注释 Ⅳ.①I264.9

中国版本图书馆CIP数据核字（2020）第067879号

书　　名：《浮生六记》精讲
　　　　　《FUSHENG LIU JI》JING JIANG

作　　者：[清]沈　复　原著　尔生不凡　解读
责任编辑：尉晓敏　赵　芳
责任审校：李　战
装帧设计：主语设计

出版发行：哈尔滨出版社（Harbin Publishing House）
社　　址：哈尔滨市松北区世坤路738号9号楼　邮编：150028
经　　销：全国新华书店
印　　刷：嘉业印刷（天津）有限公司
网　　址：www.hrbcbs.com　　www.mifengniao.com
E-mail：hrbcbs@yeah.net
编辑版权热线：（0451）87900271　87900272
销售热线：（0451）87900202　87900203
邮购热线：4006900345　（0451）87900256

开　　本：880mm×1230mm　　1/32　　印张：9　　字数：190千字
版　　次：2020年7月第1版
印　　次：2020年7月第1次印刷
书　　号：ISBN 978-7-5484-5262-1
定　　价：45.00元

凡购本社图书发现印装错误，请与本社印制部联系调换。　服务热线：（0451）87900278

序 言

出版这本书实在是机缘巧合。

我很早就曾读过《浮生六记》，当时大概由于年纪尚小，并没有吸收到它的精华，没有品出妙趣之所在；多年之后，再次读它，同样的文字却读出了更深层的意义，无论是爱情、人情冷暖抑或是生活情趣等维度。

兼之，当熟悉的"沧浪亭""石湖""山塘街""太湖""胥门""无锡锡山"等字眼跃入眼帘时，莫名产生了一种强烈的表达欲，促使我要把这本书结合自己对苏州、无锡等地的理解讲出来。正巧我在喜马拉雅、蜻蜓、网易云等平台制作了一档《苏州味道》的节目，自诩对苏州、无锡二城较为了解就不假思索动了笔，制作了音频。没错，一开始这只是由心而发的音频版内容，鉴于听众对文字版的呼声较高就萌生了对其深入完善，出版成实体图书的想法。

正如刚刚所说，那是一种强烈的表达欲，所以写作过程中除了查证一些典籍资料的准确度需要反复推敲比较之外，其余则是一气呵成。

可以说，解析部分的内容除了旁征博引、对典故的解释，其他就是个人对于书中每一个片段的感悟。

既然是感悟，一千个人心中就有一千种《浮生六记》，不敢妄言我的解读和表达就是完全准确且合乎读者心意的，正巧读到了《念楼学短》，引用其中郑板桥的一段话："有些好处，大家看看；如无好处，糊窗糊壁、覆瓿覆盎而已。"但是，等等，无论我的解析部分如何，都丝毫不敢否定或遮掩了晚清小红楼——《浮生六记》的光芒，所以"糊窗糊壁、覆瓿覆盎"之前望再多一些耐心。

这本书的缘起是想唤起更多人对美好爱情的向往和坚持，想让我们在这喧嚣的尘世中保持一份清雅的生活情趣，在高度发达、充满竞争的社会中多一份坚韧和智慧。这也是出版这本书的目的。

是为序。

尔生不凡

第一章 闺房记乐

相见——冥冥中自有天意 / 002

相恋——走进婚姻殿堂 / 011

小别重逢——沧浪亭里的吟诗作赋时光 / 020

不祥之兆——一切早有定数 / 031

厮守——甜蜜的二人时光 / 041

岁月静好——向往粗茶淡饭的平淡日子 / 051

打破陈规——女扮男装及泛舟水上 / 062

目录 CONTENTS

第二章 闲情记趣

生活素笺——插花技巧及艺术情趣 / 080

苦中作乐——物质贫民与精神贵族 / 086

生活之道——用智慧把贫困日子过成一首诗 / 097

第三章 坎坷记愁

坎坷之始——矛盾重重,贫病交加 / 108

坎坷无奈——远走他乡,骨肉分离 / 119

漂泊奔走——求亲靠友,雪上加霜 / 129

天人永隔——痛失至爱,回煞惊魂 / 141

家破人亡——幼子夭折,兄弟反目 / 152

目录 CONTENTS

第四章 浪游记快

游历之始——携友苏杭游,寻访隐居地 / 166

访山游园——适逢皇上南巡,得幸一览胜景 / 179

南下经商——初见长江,初遇歌伎 / 190

孽缘情深——半年一觉扬帮梦,赢得花船薄幸名 / 202

人间仙境——山林禅院,海上神灯 / 214

不系之舟——从函谷关云游至京城 / 224

目录 CONTENTS

附录 "浮生六记"原文

第一卷　闺房记乐 / 230
第二卷　闲情记趣 / 242
第三卷　坎坷记愁 / 249
第四卷　浪游记快 / 260

第一章

闺房记乐

相见——冥冥中自有天意

一直想讲《浮生六记》，但是迟迟没有动笔，因为总是怕讲得不好。经过长时间的精心准备，我抑制不住想要与大家分享这份美好。天下没有尽善尽美的事，如果我的讲书有疏漏或有不够恰当的地方，请批评指正！

今天呢，我要带大家一同走一趟清朝，跟着沈复和陈芸去体会清朝夫妻间的酸甜苦辣和人生况味，去看看清朝的苏州是什么样的。这其中会有笑有泪。这也是我一直以来想与大家分享的美好，来自于《浮生六记》。

首先说下，我不打算用二三十分钟就终结这本书。我想一字不落地把这本书剖析出来讲给大家听。因为这本书太精彩。

接下来我讲一讲整本书的背景。

《浮生六记》是清朝书生沈复写的自传体散文，他是以日记的形式记录他和妻子的过往生活。除此之外，也对自己的旅行经历做了个记录，文字没有多少修饰，没有煽情，更没有去美化自己，但正是因为这样才走心，打动了无数人。

他在写这本书时没有任何利益的驱使，当然，那时候不像现在这样现代化，一个畅销书作家可以赚得盆满钵满，否则他也不会那么穷。这本书真实又不带功利性。

说起来，这本书是后人在一个不起眼的地摊上发现的，当时残破得只剩前四卷。尽管如此，这本书依然迅速流传开来，广受喜爱，后人甚至把它称为"晚清小红楼"。

是金子总会发光，这本书从发现到现在仅统计到的就有上百家出版社出版印刷过，并被翻译成了多国语言走向了国际。

那么这本书为什么被称为"晚清小红楼"呢？因为古代人都很封建，很少有人能把夫妻爱情写得那么细致琐碎。在那个时代，这样写得很少很少，除了《红楼梦》。关于这个，国学大师陈寅恪也说："吾国文学，自来以礼法顾忌之故，不敢多言男女间关系，而于正式男女关系如夫妇者，尤少涉及。此后来沈三白《浮生六记》之《闺房记乐》，所以为例外创作。"沈三白就是沈复。

当然，除这个因素之外，这本书内容精彩、笔触细腻、行文紧凑，文学价值和地位都很高。俞平伯将《浮生六记》这本书视为一生钟爱。林语堂则视为知己，林语堂说："芸，我想，是文学史上最可爱的女人。"芸，就是沈复的妻子。

我们现在看到的《浮生六记》有些是六卷，后两卷是后人补上去的。这本书之所以叫浮生六记，是因为李白有首诗说："光阴者，百代之过客也。而浮生若梦，为欢几何？"是啊，为欢几何，究竟有几何呢？让我们共同走进这本《浮生六记》去体味一番。

第一卷是闺房记乐，开卷就交代了3W1H的问题，就是作者住哪，是什么家世，为什么写这本书，以及为什么把闺房记乐安排在第一卷等问题。

具体是这样说的：我生在乾隆癸未年，也就是1763年，冬11月22日。那时正是太平盛世。我的家世是衣冠的体面人家，而且又住在沧浪亭边上，可谓是苍天厚待于我。

生在太平盛世而且家境优越确实是苍天待他不薄，那为什么住在沧浪亭边上也会说苍天厚待他呢？是因为沧浪亭是苏州四大园林之一，风景极美。沈复出生时，这个沧浪亭就已经存在了700多年了，而且后来这里曾是乾隆下江南时屡次进去赏玩的地方，还特地修建了御道。这是原因之一，还有个最最重要的原因是，沈复和他最爱的芸娘在沧浪亭畔有过一段最美好最难忘的回忆。关于沧浪亭后面还会出现多次，对沧浪亭感兴趣的朋友可以去听听我的《苏州味道》专辑，目前已知的网络电台都有。

接着说，交代了最基本信息后，沈复就又说了：东坡居士曾说"事如春梦了无痕"，那么，我们的过往种种如果不记下来，也就如春梦了无痕了，这便是辜负了上苍对我的厚爱。

这个写法你有没有似曾相识的感觉啊？看过《红楼梦》的同学回想一下，《红楼梦》的第一章开头就写了"则自欲将已往所赖天恩祖德，锦衣纨袴之时，饫甘餍肥之日，背父兄教育之恩，负师友规训之德，以至今日一技无成，半生潦倒之罪，编述一集，以告天下人"。

是说，我曾经依赖皇上和祖宗的恩德，穿着绫罗绸缎，吃山珍海味，违背父母兄长教育的恩情，辜负老师和朋友教导的大德，以至于现在没有学到一点儿本领，半辈子穷困潦倒，现编写成一本书，来昭告天下之人。

果然，开头就有《红楼梦》的风格。

接着说，那往事如烟如云，怎么开头写呢？沈复是个书生，自然想到了人类文化之根本《诗经》，他说既然《诗经》里面《关雎》是群诗之首，把夫妇之间的情事列在卷首，那么我也按照这个逻辑来。

这里特别说一下，《关雎》也就是写"关关雎鸠，在河之洲，窈窕淑女，君子好逑"的这篇，因为乐而不淫，哀而不伤，所以孔子把它放在群诗之首。宋代朱熹之前的人们是把《关雎》理解成后妃之德的，宋代之后才慢慢根据直观意思理解成简单美好的爱情，尤其现代学者基本都是这样理解了。在这里，可见清朝的时候是理解成男女爱情的，否则作者不会这么说。但是在《牡丹亭》里，主人公杜丽娘她爹就把《关雎》理解成后妃之德，所以才要老师把《诗经》作为必讲书目讲给他女儿学习，好让她懂得三从四德。

《牡丹亭》是明代的汤显祖写的，可见在明代还是有很多人跟古人一样把《关雎》理解为后妃之德。

关于《关雎》，你们可以去听听我在微信读书的另一本讲书《诗经：越古老越美好》，里面有一期专门就说这个了。

好了，我们接着说。沈复交代完第一卷写《闺房记乐》的逻辑后，又开始说，很惭愧我以前没好好读书，学问不深，只能如实记录事情罢了。如果列位看官挑剔我的文法句子，那就等于嫌弃一块本不明亮的脏镜子一样。

关于后半句，原话是："若必考订其文法，是责明于垢鉴矣。"这个"鉴"就是镜子的意思，《红楼梦》里也出现过，害死贾瑞的风月宝鉴，那个一面是骷髅一面是凤姐的宝鉴就是风月镜。

我建议大家先读《浮生六记》的原版文字，不要一上来就看翻译后的版本。是的，翻译后的固然好理解，但是失了那份蕴藉和妙不可言。还有，比如说这里的鉴，你如果只看翻译后的版本，就错过了一个知识点，也错过了与其他读过的书融会贯通的机会。

好了，下面女主角该出场了。沈复写道：我自小就跟金沙的于氏定了娃娃亲，但于氏八岁就夭折了。后来娶了陈芸，字淑珍，她是我舅舅陈心余的女儿。她生来就聪慧，学说话时，听人讲一遍《琵琶行》就能背诵出来。但是芸四岁就没有了父亲，只剩下母亲金氏和弟弟克昌和她相依为命。一时间家徒四壁。等芸稍微大些以后，作为家里的长女便挑起了担子。她擅长针线刺绣，所以一家三口都靠着芸的一双手来养活。后来弟弟去上学，学费也没有短缺过。

这里说一下啊，可能我们现代人不大理解，一个小女孩怎么可能凭着一双手就能养活全家，而且还能给弟弟出得起学费呢？

这是因为苏绣是很有名气的，四大名绣之一嘛，苏绣已经有2000多年历史了，到了明代的时候已经发展到了"家家养蚕，户户刺绣"的盛况，这个在冯梦龙的《醒世恒言》里也多次出现过，冯梦龙就是苏州人。也就是说在当时，刺绣已经是全民主业之一了。到了清代的时候也就是沈复和陈芸所在的年代，苏绣已经相当发达，而且还出现了双面绣，因此苏州有了"绣市"的美名，然后经营刺绣的商户特别多。所以，不怕赚不到钱，就怕没有好手艺，但是偏偏老天爷赏饭吃，陈芸就特别擅长这块。

接着看正文：有一天，芸在书柜中偶然翻出了四岁时候就会背诵的《琵琶行》来，然后按照背诵的内容逐个对照着认字，这才识得了一些字。然后在她刺绣的空闲，继续认字和写诗。就在这样的情况下还写出了"秋侵人影瘦，霜染菊花肥"的句子来。

可见陈芸确实是个聪明伶俐的女孩子。俗话说心灵手巧，不是没有道理，因为心灵所以手巧。

接着看沈复写的：我13岁的时候，随着母亲回到了姥姥家。见到芸之后，我们之间格外要好，所以我才得以拜读她写的诗。虽然感叹她才华出众文笔优美，但是我却私下里担心她福气太浅，于是心里挂怀无法排解，就对母亲说："如果你要为我选一门亲事的话，我非陈芸姐姐不娶。"

这里说一下沈复为什么私下里担心陈芸福气太浅，我觉得这是一种冥冥中的感觉，又朦胧又飘忽却又真实。我曾经看过一本书，是一位年轻妈妈写的，她说她如愿有了一个特别聪明特别乖巧的儿子。这个儿子带给她的全是甜蜜和幸福，她没有像别的妈妈一样受罪，不会被闹得发疯，不会整宿整宿睡不好，儿子也不会无缘无故地哭。相反，小小的人特别懂事，而且逢人就笑。这个妈妈在幸福的同时也有了一种可怕的感觉，总觉得自己不会长久地拥有这样一个天使一样的宝宝。果然，这个小宝宝四五岁的时候就患病夭折了。

所以我在读《浮生六记》读到这里时，就想起了这个年轻的妈妈。这种感觉只能说是可怕的第六感吧！当然，有些人天生爱胡思乱想，根本不属于这一类，所谓关心则乱。

我们前面说了，这是沈复的真实记录，他不是在写文学作品，所以没有必要像《红楼梦》那样，把每个人的结局做一个预设，这里是真实的人生。但是无论怎么样，陈芸的结局也果然如同沈复私下里担忧的一样，这里不剧透了，我们接着往下说。

沈复说了非陈芸表姐不娶的话之后，正好他的母亲也喜欢陈芸的那份温柔善良，当即就把金戒指取下来作为定亲的信物。那一天是乾隆乙未年，也就是1775年，7月16日。

接着看正文：这年冬天，陈芸的堂姐出嫁，我又跟着母亲去了舅母家。芸比我大十个月。我们从小就以姐弟相称，所以我还是叫她为表姐。

宴席上人们都穿着鲜艳华丽的衣服，只有芸穿着素淡，浑身上下只有鞋子是崭新的，而这双绣花鞋上面的绣工非常精巧，问了才知道是芸自己做的。这时我才知道，原来芸的聪慧并不仅限于诗词文章。

这一段简单朴实的描写却最深情，为什么呢？如果乌泱泱一房间的人里没有你心里的那一个，你会特别关注到这么多人里有哪一个有特别之处吗？会细心到她穿了一双新鞋，会细致到说鞋上的绣工很精巧？所以，心里有你的时候全世界都只剩下你以及你的点点滴滴。

写完芸的衣着后开始写她的外貌了，内容是：芸肩膀窄窄的，脖颈长长的，身材虽然消瘦但不是瘦骨伶仃的样子。她有两道弯弯的眉毛，眼睛很秀美，顾盼神飞。美中不足的是两颗牙齿微微外露着，芸的美自有一种缠绵之态，让人销魂。

这些描写太真实了！这就是我们身边的邻家小妹啊，她不像曹雪芹笔下的那些个美人胚子一样，各个标致风流。然而，情人眼里出西施，尽管芸的两颗牙齿微微外露，在沈复看来也是换了一种美法。

　　写完相貌，再来写自己眼里的芸是多有才华。沈复接着写道：我跟她索要诗稿看看，有些只有一联，有些则有三四句，大多没有成篇。我问她原因，芸笑着回我说："我没有老师指导，不过是无师自通罢了，希望有个知己能做我老师，最终为我定稿。"于是我开玩笑地在她的作品上写下"锦囊佳句"四个字，当时却不知道她的早逝已经在这里埋下伏笔了。

　　你看，只有爱一个人才会从衣着的细节关注到外貌上，包括肩膀宽窄，脖颈长短。然后会更进一步，担心你的担心，喜欢你的喜欢，就跟宝玉每每讨要黛玉的诗稿一样，总想看看心上人都写了些什么，她的心里都在想些什么。这是恋爱中的人才有的微妙与美好，总之，对方的点点滴滴对自己来说都是怦然心动。

　　再来说说为什么沈复说写下了"锦囊佳句"四个字后就给芸的早逝埋下伏笔了呢？

　　这得从唐朝的李贺说起。李贺这个人长相怪异，做事风格怪异，写的诗词也怪异。他特别瘦小，长相很奇特，通眉，也就是说两道眉毛几乎连到一起了。然后是长爪，按理说人又瘦又小，那么四肢就也应该短小，但是李贺两只手又长又瘦，让人觉得阴森恐怖。

　　李贺特别喜欢骑个小毛驴到处走走，小毛驴还驮个口袋，每当李贺看到什么新奇事物或者美景或者别的触动他的东西，他立马积累成素材丢进口袋里。于是每天回来口袋里都是满满的东西。他的老母亲不忍心地说:"儿啊,你这是把心都要呕出来吗!"

但是他每日带回来的口袋很好用哦,每当写什么诗词提笔就来,因为这全是素材。所以就有了锦囊佳句的成语。另外,他母亲说的那句把心都要呕出来也成了一个成语,叫呕心沥血。

因为李贺长期抑郁苦闷,我猜就是现在的抑郁症。然后他写的诗也是很诡异,比如"鬼灯如漆点松花""鬼雨洒空草""秋坟鬼唱鲍家诗""回风送客吹阴火"等等,读来只觉鬼气森森,令人毛骨悚然,有人替李贺总结了一下,说李贺的诗喜欢用鬼、泣、死、血字。

乍看起来风格阴森恐怖,诗文却别具一格,所以后人叫他诗鬼。

那么说到这里大家恐怕还是没有明白,这跟沈复的妻子芸的早逝有什么关联啊?为什么会说埋下了伏笔呢?这是因为发明了锦囊佳句的鬼才李贺仅仅活到 27 岁。

相恋——走进婚姻殿堂

好了，我们接着上一章讲，上一章说到了沈复跟着母亲去参加陈芸堂姐的婚礼，并在陈芸的诗稿上写下"锦囊佳句"四个字。然后说这四个字不知不觉间为陈芸的命运埋下了伏笔，那我们看看接下来他们又发生了什么。

正文是：那天晚上把亲戚们都送出了城外，回来时已经半夜三更了。我突然觉得肚子饿，想找点吃的，老奴仆递了一些蜜枣给我吃，我嫌太甜吃不下。

表达夜已深的原句是：是夜，送亲城外，返已漏三下。短短一句话，满满的年代感，又是城门，又是滴漏。滴漏是古代的计时工具，我们去故宫里可以见到。漏三下大概是现代的晚上11点到1点之间。古代没有电没有灯，人们睡觉也都早，11点到1点就真的已经很晚了。

那么沈复饿了，接下来会发生什么呢？看正文：芸悄悄拉了一下我的袖子，我跟她到了她的闺房，看到芸事先藏好的热粥和小菜，我高兴地立马拿起筷子。正在这时，芸的堂哥玉衡在外面喊她："淑妹快来！"芸赶忙一边关门一边说："我很累，马上要睡觉了。"结果玉衡硬是挤了进来，看到我正在吃热粥，就笑话芸说："刚才我说想吃粥，你告诉我没有了。原来你是藏着给你的夫君吃啊！"芸非常难为情地跑开了，长辈和孩子们都在笑话她。我也不高兴，就带着老奴仆走了。

　　这次的吃粥事件是芸第一次在二人的生活里表现出聪慧和体贴，在这之后她的每一次出场和行为都会让你惊讶和赞叹！我们先说这里，试想，沈复在喊肚子饿的时候，芸就已经提前藏好粥和小菜并且已经热好了，太难得了啊！这说明芸时刻在关注沈复，知道他可能忙于事务没有吃饱，晚上会饿，也观察着沈复的动向，知道他会在什么时候有空，这才提前悄悄热好粥。这份爱太体贴温柔了！

　　女人在爱情面前，堂哥算什么？要粥？没有！只给自己心上人悄悄留着。只是不巧，这个事情就被这么戳破了。放在今天这也是大写的尴尬，更何况在封建年代呢！那个时候人们对男女关系非常敏感，女孩子更是有满满的羞耻感。《红楼梦》里面薛蟠喝酒以后说自己的妹妹薛宝钗："好妹妹，……我早知道你的心了……你这金，要拣有玉的才可正配。你……见宝玉有那劳什骨子，自然如今行动护着他。"这些话让宝钗都足足哭了一个晚上，可想而知陈芸的窘迫。她的跑开不是带着娇羞的那种心情，而是带着被嘲讽的屈辱。所以沈复才冷着脸走了。

　　接着看正文：自从吃粥事件发生后，我再去陈芸家，陈芸都避开我不见。我知道她是怕人耻笑她。

　　至此，他们的婚前时光就结束了。

　　我们接着往下看，正文是：到了乾隆庚子年也就是1780年的正月二十二日，是我和芸的大婚之日。我看芸的身材依然像往日一样单薄，揭开红盖头后，我们微笑着四目相对。

这一笑啊，不简单！一是说明了芸的性格开朗大方，二是说明二人心有灵犀，非常默契。有一种终于等到你的感觉。

在李白的《长干行》里也说到了一个新嫁娘，她是这样的形象——"十四为君妇，羞颜未尝开。低头向暗壁，千唤不一回。十五始展眉，愿同尘与灰。"是说14岁嫁给夫君的时候，根本害羞得不敢露正脸，始终低着头面向墙壁的暗处，任你千呼万唤也不回头。直到15岁才慢慢露出笑颜。害羞了整整一年啊！况且他们还是青梅竹马两小无猜的小伙伴，从"妾发初覆额"的年纪就已经"折花门前剧"了。什么意思呢？就是说从三四岁的时候两个小小的小伙伴就在一起玩了，而且他们同住在长干里，基本上是天天在一起玩耍的。

你看，即便是这么熟悉了，结婚还需要整整一年的时间，这个新嫁娘才能大大方方地面对自己的夫君。

不过，唐代和清代已经有了很大的不同了。

我们接着看正文吧！喝过合卺酒之后，我们并肩坐着吃晚饭，我偷偷在桌子下面握住她的手腕，觉得触手温暖，肌肤细滑，心里不由得像小鹿乱撞一样怦怦直跳。

合卺是古代的一个仪式，始于周朝。是把一个苦葫芦掏去瓤，切成两半，然后再用红线拴起来，新婚夫妻二人每人拿一半盛苦酒喝，喝完再把葫芦合二为一。这寓意着夫妻二人愿意同甘共苦，然后一心一意。

合卺酒也就是今天的交杯酒，现在的我们连葫芦都难得见到了，更别提这种古老的合卺酒仪式了。

在古代,男女授受不亲,再者,由于各种礼节的约束,无论大户人家还是普通人家的小儿女们直到结婚了才有真正的肌肤相亲。在这里,即便已经结成了夫妻,沈复还是偷偷在桌子下面握了一下芸的手。这美好的第一次亲密举动让我们都觉得特别含蓄,特别美好。

接着看正文:我让芸多吃些肉,结果这几天是芸的斋戒期,她已经吃了很多年的斋了。我心里悄悄算了下,她开始吃斋的日子正好是我出痘疮的阶段。所以我笑着对她说:"现在我已经红光满面,健健康康的了,姐姐你是不是可以开戒了呢?"芸满眼笑意,点了点头。

我们现代人对痘疮没有什么感觉,但是在古代,很多人都谈痘色变。痘疮也就是天花,那可是绝症,一旦得了那就只能听天由命。

据《清宫档案揭秘》记载,清朝入关后十位皇帝中,顺治、同治直接死于天花,康熙与咸丰虽然侥幸从天花的魔爪下捡回性命,脸上却留下了麻子。

天花在古代中国是不治之症,在国外也好不到哪里去。据统计,17世纪,单欧洲就有4000万人因得天花而丧失了生命。所幸英国的一位外科医生琴纳发明"牛痘接种",然后,1976年全球推行接种牛痘,最终世界卫生组织在1980年宣布天花病毒已经灭绝。

再回到书里,沈复侥幸活了下来,但是家人们也跟着遭了一趟罪,以前的人无计可施之后就只能寄希望于佛祖,连小小的陈芸都替他吃斋祈福。注意哦,陈芸是背着所有人吃斋的,肯定不好跟母亲讲嘛!也不好意思跟沈复说,就自己一个人默默地坚持了好多年。这不得不让人佩服，有时候见微知著，从这个细节就能看出芸的性格太坚韧，太有主见了！当然，这也是两小无猜的情感的见证。

站在沈复的角度上，大婚之日，心爱的妻子就坐在旁边，自己也刚刚知道原来她为自己吃斋好多年，这时候百炼钢都化成绕指柔了。此后沈复对芸的体贴和爱护就是从这些点点滴滴积攒起来的。

我们接着看正文：24日我的姐姐出嫁了，23日是国忌，民间不能操办喜事，所以22日晚上我家就为姐姐出嫁而宴请宾客。芸去堂前招待客人，我还在洞房里跟伴娘一起喝酒，跟她猜拳我总是输，最后喝得不省人事睡着了，醒来的时候芸已经在梳妆打扮了。

试想，结婚当天的新娘，晚上就已经出门以主人的身份为出嫁的姐姐而招待宾客，芸可真是贤惠大度。

继续看正文：这一天亲朋好友络绎不绝，掌灯之后家里才开始热闹起来。24日夜里12点，我以小舅子的身份送姐姐出嫁，回来都快凌晨3点了，这时候万籁俱寂，家家户户灭着灯正沉浸在梦乡。我悄悄走进卧室，老奴仆正靠着床沿打盹，芸已经卸了妆但还没有休息。明亮的烛光下，她低垂粉颈拿着一本书看得很专注。

到这里啊，男人和女人的差别，或者说沈复和芸的差别就已经出来了。你看，新婚夜里，芸作为主人去招待宾客，而沈复在猜拳喝酒还喝得不省人事，一觉睡到大天亮。这天夜里沈复去送姐姐过门，而芸就为他亮着一盏灯等着。她没有熄了灯睡去，也没有亮着灯打盹，而是边等边看书，这份缱绻情深很一目了然。

再看原文，我摸了摸芸的肩膀问："姐姐这些天这么辛苦，为什么还孜孜不倦呢?"芸连忙回头并起身说:"我正打算睡呢,开书橱就看到了这本书,读着读着就忘了困意。《西厢记》我早就有耳闻,今天才算看见,作者真不愧是个才子,但是这下笔也太过尖酸刻薄了。"我笑着说:"就是因为他是才子,他的文章才能这样尖酸刻薄啊!"这时,老奴仆催我们尽快休息,我让她关了门先离开。

他们的这番对话让我想起前几天才看的一篇文章"有一种爱,叫顺便",是说男人去买个菜然后绕道很远,寻寻觅觅才找见妻子爱吃的甜品买了回来。妻子惊喜地问起来时,男人只淡淡地说:"买菜就顺便买了。"这里也是,芸明明日夜操劳,又是自己的婚礼又是姐姐的婚礼,睡得晚起得早。但是她还是熬夜等沈复,问起时一笔带过。

这就是我对你好,但是又不让你为此而感激甚至内疚。当然,这个是我看完整本书对陈芸的性格了解了之后才做的解读。光看这一小段看不出来。

接着看正文:然后我就和芸一起坐着说说笑笑,仿佛是多年不见的知己好友一样。我开玩笑地用手轻轻试探了一下她的心口,感觉到芸的心狂跳不止。于是俯首在她耳边说:"姐姐的心为什么跳得这么快?"芸羞涩地莞尔一笑,我只觉得心头一缕情丝牵动,仿佛魂魄都被收走了。抱着她坐上床榻,放下帐子,浑然不觉东方的天空已然泛起了鱼肚白。

到这里,我只想到了苏东坡的那首诗:春宵一刻值千金,花有清香月有阴。

关于这段,原版的描写非常美好:遂与比肩调笑,恍同密友重逢。戏探其怀，亦怦怦作跳，因俯其耳曰："姊何心春乃尔耶？"芸回眸微笑。便觉一缕情丝摇人魂魄，拥之入帐，不知东方之既白。 我们体会到的美好正是嵌入沈复记忆深处的美好。

可能是已经知道了结局，所以在我读来总觉得是有一股挥之不去的淡淡的伤感。

接着看正文：芸做了新娘子后，起初很谨慎沉默，一整天都没有半点动气的时候，跟她讲话，她总是微微笑笑而已。她对待长辈非常尊敬，对待下人也很温和，处事面面俱到不会有什么不妥之处。每当太阳刚刚升起照上窗子时，芸便立马穿衣起床，就好像有人在催促她似的。

我笑着说："现在你已经和藏粥的时候不一样了，怎么还怕别人嘲笑呢？"芸回答道："以前是为你藏粥被人笑话，但现在不是怕被嘲笑，只是不想被公婆觉得新媳妇懒惰罢了。"

陈芸的小心翼翼让我想到了林黛玉刚进贾府时，不肯多说一句话，多行一步路，怕被人耻笑的样子。你可别以为像今天的女孩子一样嫁进来了就是王了，我的地盘我做主。在古代媳妇最没有地位，公公婆婆就是天，夫君是王，如果伺候不好公婆或者有一丁点儿没有满足公婆那就等着卷铺盖走人，丈夫也没有办法帮自己。

究其原因，跟古代的一些礼法有关系，比如三从四德，七出之罪，还有一些内则。三从四德中的三从是未嫁从父、既嫁从夫、夫死从子，也就是说女人基本没有自我，就围绕着老公和儿子转了。四德指德、言、容、工。而这几项基本上就是围绕着公婆转了，就是说如果你品德不好，讲话有问题，仪态不端庄，治家之道不好那就不贤惠，轻者挨批，重则被休。而七出之罪里有两条，不事姑舅和口舌，不事姑舅指的是不孝顺公婆，口舌就是多嘴多舌或者吵架拌嘴，这两条里随便满足哪一条都随时可能被休。

  这就是陈芸那么小心翼翼，注意言行举止的原因。如果你们说陈芸的婆婆不是自己的姑姑吗，还怕什么？各位，古代姑表之间结婚的非常多，结婚前是亲戚，结婚后就是婆媳，在儿子面前媳妇永远是外人，哪怕是亲侄女，这个在后面你们会听到原委。陆游的妻子唐婉不也是自己的表妹嘛，唐婉照样被婆婆也就是自己的姑姑给休了。

  古代还有《礼仪·内则》规定更奇葩，到了清代稍微好些了。即便如此，你看《红楼梦》里李纨和王熙凤每天都要站着伺候婆婆和贾母吃饭，完了她们才能各回各家吃饭去。贾府多气派啊，上上下下有几百号丫头婆子在伺候着。在这样富贵的人家，媳妇们都要事事小心，小门小户和贫困人家就更是事必躬亲，小心翼翼了。

  有句话说媳妇熬成婆，这句话真是流传下来的一句实话，我们现在不大理解个中意思，在古代这个就是真实写照。你想啊，作为媳妇的时候对婆婆那是百依百顺逆来顺受，婆婆简直就是悬在媳妇头上的一把刀啊，稍有不慎刀就下来了。终于苦苦捱到婆婆死了，自己也当上婆婆了，总算可以扬眉吐气了，所以又延续上一辈的恶习极尽手段地刁难儿媳妇。这个就是媳妇熬成婆。

  好了，我们接着看正文：沈复说，我虽然希望她陪着我再多睡一会，但又觉得她确实德行端庄，就陪着她一起早起了。从此以后我们耳鬓厮磨，形影不离。我们夫妻感情的默契和美好找不到合适的言语来形容。

　　自古好的夫妻感情都是二人共同经营的，靠一己之力撑不起美好的感情。沈复一再写芸的各种美好，但其实这世界在你眼里是什么样子也折射出你对这世界什么态度，同理，沈复一直说芸好也表明沈复是一个懂得感恩心存美好的人。

　　比方说前面沈复说芸新婚后沉默寡言，如果是气量小的狭隘男人可能就会觉得娶了个无趣的妻子，再比如芸每天清晨慌里慌张地早起穿衣，如果是愚蠢固执的男人又会觉得芸太神经质了。因为有沈复的理解和呵护，才有芸后来的活泼与坦诚相待。所以他们的感情才美好得无法用言语表达。

　　我们现实生活中也是，学着看对方的长处和优点，不要一味地盯着短处。婚恋关系是动态平衡的关系，是施和受的过程，你投入的是厌恶和责怪，收到的就是怨恨和冷漠，你投入的是理解和关怀，收到的将是感激与加倍的爱。只有在这样正向的动态关系中，婚恋关系才会越来越完美。不要指责对方不好，指责之前先审视一下自己有没有做到最好。

　　好了，那么俗话说水满则溢，月盈则亏，沈复都说了他们的感情好到无法用言语去说了，接下来就该转折了。那究竟发生了什么转折呢？我们留到下文去说吧！

小别重逢——沧浪亭里的吟诗作赋时光

前文我们讲到了沈复和芸感情特别好,好到无法形容了。那么接下来发生什么转折了呢?

我们看正文:欢愉的时光总是短暂的,转眼间我们新婚已经足月了。当时我的父亲稼夫公在会稽郡当幕僚,专门负责接待,他推荐我去武林的赵省斋门下学习。

那么,会稽郡是哪里呢?会稽是指在浙江省绍兴县东南的一座山,郡比县大一些。绍兴在清朝时有山阴、会稽两郡。沈复的父亲就在绍兴的会稽郡。

幕僚我们很多人都清楚,就是一种官员手下的小官职。实际上幕最初的意思是指帐篷,可不是普通帐篷哦,是古代外出征战时候临时搭起来作为行政据点的帐篷。那句"运筹于帷幄之中,决胜于千里之外"的帷幄就是这个帐篷,统称为幕。因为幕指的是具有行政意义的地方,就被慢慢延伸到了官府,比如高级一点的军政大员官署就被称为幕府。

僚呢,最初的意思有点接近奴仆,后来慢慢转变成了僚属,就是官员的随从或者小职员小跟班什么的。那么幕僚呢,顾名思义就是官署中的辅佐职位,官员自行聘请的私人化的小官职。最初狭义的幕僚指文职小官员。后来演变成了广义上的职位,有高有低,有秘书,有处理军务的，有出谋划策的等等。清代的时候，尤其康乾盛世之后，养幕僚的风气一度达到顶峰，各级的地方官员一上任就自带幕僚，少则三四个，多则十几个。

古代名人里面当过幕僚的人很多，比如蒲松龄、冯桂芬、林则徐、李鸿章，左宗棠都当过。

沈复的父亲作为幕僚负责接待的工作。

沈复去的武林的赵省斋门下，武林是哪里呢？可不是武林大会的那个江湖哦，是杭州，古代把杭州叫武林。比如苏轼有首诗是"沙漠回看清禁月，湖山应梦武林春。"说的就是杭州，杭州古时还有个特别好听的名字叫临安。

总体来说他们父子俩都从苏州远赴浙江，一个在绍兴，一个在杭州。

接着看正文：赵先生授课很有技巧，循循善诱。我今天之所以能写点东西，全仰仗他的功劳。我之前回家完婚时，就跟先生有了约定，婚后就要回来继续学习。在接到先生催我回馆的信件后，我内心特别怅然，怕芸会难过地哭，但是芸却努力保持着笑容，劝勉我出发，同时替我打点行李。当天晚上，芸也没有过度伤心，只是神色较往常略微不同而已。

到这里你们应该也发现了，芸的个性开始一点一点地凸显了。她很明事理，从前面的谨慎早起到这里的强颜欢笑，说明她是一个很聪明很大气的女人，不会说新婚燕尔的丈夫要去外地了就哭哭啼啼个不停，搅得大家都心绪不宁。

再来看正文：临走时，芸悄悄跟我说："出门在外，没有人照顾你，你自己多加小心。"

这一句让我想起了袭人对宝玉的精心照顾，宝玉这种含着蜜长大的富贵公子还没有出多远的门，随便出趟门，袭人一干人就着急得不得了。就连冬天睡觉时，袭人都要把他脖子里的宝玉取下来小心包好放到枕头下暖着，为的是第二天戴起来不冰。

虽然沈复没有宝玉这么富贵，但也是家境不错，未婚前家里人操心得好好的，结婚后芸给他照顾得妥妥的。所以我们应该能理解那句悄悄话的分量了。

再看正文：等我登上了小船，船解开缆绳出发时，正值桃李争妍的时节。而我则恍恍惚惚，如同离了群的小鸟，顿时天地都变了颜色。到了书馆后，父亲就赶往绍兴去了。

我在书馆待了三个月，却觉得像十年之久。芸虽然有时候有书信来，但内容总是寻常问候，报家里的平安，然后就是一些勉励的话，其余则是一些客套话。我心里特别不高兴。每当一阵风吹过，院子里的竹子沙沙作响，当月亮高悬在窗外的芭蕉树上时，我便触景生情。眼前的一切恍恍惚惚似梦似幻。

这一段你们听出了什么？哎呀，小男生情愫啊！你想想他们正在热恋劲头上呢，突然的分别确实很煎熬。所谓一日不见，如隔三秋。但是在心理年龄方面，女人总是要大于男人的。难道芸不思念他吗？当然思念啊，芸的爱一点不比沈复少，后面你们会知道。但是她克制得很好，如果芸再表现得抓心挠肝的，那沈复还怎么学习啊？所以芸的信件比较中规中矩，沈复还耍小孩子性子，还不高兴呢。他的心理活动是，你应该说如何如何想念我才是我想看到的啊，怎么半个字都不提呢？

然后写触景生情那段，原版文字非常精彩："每当风生竹院，月上蕉窗，对景怀人，梦魂颠倒。"特别美！

一般呢，一个事情到极致后就会有转折。你想沈复都思念成这样了，那肯定会有些动作。

看正文：赵先生知道我的心思了，他给我父亲去了一封信征得我父亲的同意后就给我出了十个题目，然后就暂时让我回家。我特别兴奋，简直像是守边疆的战士得到了回家的赦令似的。

坐上船以后，更觉得每一分每一秒都特别漫长。回到家中，我先到母亲那边去问安，之后就回到了自己房中。芸起身迎接我，我俩双手紧握没有说一句话，两个人的魂魄仿佛化成了一股青烟，只觉得耳中响了一声，都感觉不到自己的存在了。

这里的这个赵先生可以说是很负责任了，婚嫁结束了主动写信叫学生过来，观察着学生魂不守舍了就写信去征询家长意见，然后布置作业放虎归山。其实无论是古代的先生还是现在的老师，绝大部分都很为学生着想。回头想想，教我们知识和做人道理的除了父母还有谁，不就是老师了吗？但是金无足赤，人无完人，不用太苛责什么。希望家长们对老师多一些理解，不要因噎废食。老师们呢也再多一些责任心和爱心，毕竟这是良心职业。

再说归心似箭的沈复回家这事，古代的礼仪是蛮好的，真的感觉尊卑有序，很有修养。你看宝玉第一回出场的时候贾母就问他："去见过你母亲了吗？"这里沈复也是，尽管明眼人都知道他更思念谁，但是也要先去向母亲问安。

好了，继续正文：当时正是六月，室内就像是蒸炉一样闷热，幸好我住在沧浪亭爱莲居西面的屋子，板桥内有一间临河的轩室叫"我取"，名字取自"沧浪之水清兮可以濯吾缨，沧浪之水浊兮可以濯吾足"。廊檐前有一棵老树，郁郁葱葱遮住了我的窗户，树荫映衬的人脸都绿了。对岸的游客络绎不绝，这是我父亲宴请宾客的地方。我求得母亲的同意才带芸来这里避暑。

这段描写太美了，面水而居，廊檐外是一棵大树，闷热的天气里住在这样通透的地方想着都非常惬意。关键是非常美啊！生活在江南的朋友应该知道苏州的夏天有多热，最热是七、八月份，还好这里提到了还在六月。

我来延伸说说沧浪亭。你别看作者只提到了河水，老树，游人多这几个字眼，其实他们真是住进了画里。沧浪亭是四大园林里面建造最久的一个，里面有许多形态各异的漏窗，有复廊，有竹林……是很精致的园林。当时园子主人苏舜钦经常邀好友欧阳修来饮酒赏景，现在园子里还有他们二人作的对联呢。那句"沧浪之水清兮可以濯吾缨，沧浪之水浊兮可以濯吾足"形容官场比较暗黑。正好苏舜钦也被朝廷罢官才来建个园子打算养老，就取名为沧浪亭。沧浪有淡泊名利的意思。

园林最先都是私人住宅，后来才成为景点的。到了清代的时候这已经开放成为景点了。

古代大户人家的文雅之士一般都会选个临河有窗户的居室作为茶室,或者说就是招待客人的地方。因为他们聚在一起吟诗作赋啊,意境开阔便于赏景。可见这个时候沈复家条件还是不错的。

说到这里你们应该就能理解沈复开篇说的苍天待他不薄,曾住在沧浪亭的意思了吧?不过后面还有重点,就是他和妻子陈芸在这里度过了一段浪漫美好的时光。

好了我们继续看正文:因为天太热了,芸也不再刺绣,整日陪着我一起温习课本,谈古论今。品评百花,欣赏月色。芸不擅长喝酒,顶多可以喝三杯,我教她行射覆的酒令,然后我们饮酒作乐。人间最快乐的事也莫过于此了!

到了这里你有没有发现一个问题啊,就是芸这个女子太聪明了啊!我们看待人物不要脱离时代背景,这个女子不像是现代社会的我们,读过书出过门见过世界。芸可是大门不出二门不迈的哦,也没有专门读过书,还是自学认识了一些字,怎么就能跟书生沈复一起谈古论今呢?真是太聪明了。

那个射覆的酒令是个什么东东呢?很简单,类似于我们扔起一枚硬币然后迅速用手扣住问人"正面还是反面?"这里呢,稍微高级一些,是用盆子或者盘子扣住一些生活物品来猜,比如猜是手帕啊,还是扇子啊,还是笔墨啊等等。

别看我们讲出来很无趣,但是古人玩得很嗨呢,据说东方朔猜出了汉武帝盆子下面是壁虎,然后得到了大量赏赐。然后别人不服,说你要是能猜出我这下面是什么,我给你打 100 杖。结果东方朔猜到了,那个人也白白挨了 100 杖。幸亏那个人没说,你要是能猜对我把头剁给你。

好了,继续正文:有一天芸问我:"各种各样的古文,我应该着重学哪一种呢?"我回答她:"《国策》和《南华》可以学习到它们轻快的语言,对于匡衡和刘向的著作,可以学习他们的高雅;而对于司马迁和班固的著作,可以学习里面的博大精深;韩愈的作品浑厚,柳宗元的作品峭立,欧阳修的作品跌宕起伏。三苏的作品比较雄辩,贾谊和董仲舒的可以学到对策,庾信和徐陵的是骈体,陆贽的是上奏和议论……能够学习的东西没法完全列举,而是在于人们对它的理解和领会。"

这一段可以看出沈复的学问很深,不仅博览群书还有自己的见地,能把他们的特征归纳总结出来。这个学问是相当深了,学古汉语的朋友可以借鉴一下。

一本好书就是这样,不仅能看到书里的内容,更能看出书中书。比如《红楼梦》,我们能看到大观园里的众姐妹和宝玉在诗社里作诗,更能从黛玉口中知道学诗的诀窍。好书就是有深度,知其一也能知其二。

我们刚说到了诗词,下面正文里沈复和芸也提到了诗词,看看正文:芸说:"古文学问很高且都气势高雄,我们女子来学恐怕很难精通。只有诗词这种我还能稍微品出点味道来。"我说:"在唐代,皇帝是用诗词来衡量一个人的学问高低,从而判定他是否有资格做士大夫,而唐代写诗最有名的当属李白和杜甫,你喜欢哪一个呢?"芸说:"杜甫的诗语言锤炼精准,李白的诗洒脱自由。与其学习杜甫的严格,还不如学李白的活泼。"我说:"杜工部是诗歌的集大成者,很多写诗的人纷纷向他学习,为什么你偏偏喜欢李白的诗呢?"芸说:"杜甫的诗固然格律严谨,用词老道,但是李白的诗像一个美貌的女子,有一种落花流水的韵味,让人爱不释手。并非是说杜甫的诗没有李白的好,只是我偏爱李白罢了。"我笑着说:"我没想到,芸姐居然跟李太白是知己啊!"

到这里,芸有没有让你惊掉下巴啊?她居然吃透李白和杜甫的诗了,居然讲得头头是道。这个真叫自学成才。《红楼梦》里黛玉教香菱学诗的时候也说了,你刚开始学就先从杜甫开始,因为格律严谨,这也和芸的见地符合,确实李白的诗很洒脱。

这里短短几句对白,可以看出沈复对芸的宠爱,每一句都是循循善诱,他做到了亦师亦友。当大家都先以杜甫的诗开始时,芸却很有主见,要从李白的诗开始。这时候沈复没有站在高处指指点点或者指责她不懂,而是很俏皮地说,原来她和李太白是知己啊!沈复真是太有爱了!

所以好的爱情一定是双方努力的结果。我抛出去的招你要稳稳地接住还能漂亮地还回来,这就是融洽和默契,这是爱的基础。

那么,沈复说芸是李白的知己,芸怎么说的呢?看正文:芸说:"我学诗的启蒙老师是白居易,经常在心里感激他,从来不敢忘记。"我问:"为什么呢?"芸说:"《琵琶行》难道不是他写的吗?"我笑着说:"真是太巧了!李太白是你的知己,白居易是你的启蒙老师,我的字叫三白,是你的夫君。你跟这个'白'字真是缘分不浅啊!"

芸笑着说:"跟'白'字有缘,那恐怕以后写出来的文章通篇都是别字了。"我和芸都笑了。

这里说一下,吴侬软语里的错别字的"别"发音也是"白"字。所以芸幽默地自黑了一把。

再看正文,我说:"既然你已经了解诗了,那么对于赋也应该知道该学哪些该舍弃哪些了吧?"芸说:"《楚辞》是赋的鼻祖,我只知道一点点,还不是十分理解。就汉人和晋人的作品而言,辞调高雅,语言精练,似乎是西汉的司马相如写的赋最好。"我打趣地说:"当时卓文君跟着司马相如私奔,可能不是因为司马相如的琴声,而是他的赋的才华吧!"接着我们都哈哈大笑起来。

说到这里我莫名地想起了黛玉进贾府时,宝玉问黛玉的话,"妹妹可曾读书?"黛玉说不曾读,只上了一年学,些须认得几个字。都是套路,黛玉认得几个字却是诗社里的魁首,陈芸呢知道一点点却能总结汉人和晋人作品的特点,还能看出司马相如写的最好。不过相对来说黛玉的套路更深些。

司马相如的赋确实厉害,鲁迅曾评价说:武帝时文人,赋莫若司马相如,文莫若司马迁。把他摆在和写《史记》的司马迁同一个位置上了。

你们有没有发现,沈复跟芸开文君夜奔相如的玩笑,芸也能听懂。这更能说明芸确实读书已经有了相当深的底子了。

我们延伸说一下文君夜奔相如吧！

卓文君是大富豪卓王孙的千金，才貌双全。然后司马相如当完官回来了，他一穷二白没有地方可以去啊，然后就联系了一个好朋友，这个朋友正是卓王孙所在地方的一个小官。这个小官也好事，就问了司马相如有没有成婚啊等等，司马相如说没有。然后这个朋友就出了个馊点子，当然也可以说是妙点子。他说我们这里有个大富豪家有个千金，你要是能想办法得到她估计以后也不用愁了。要知道这时候的司马相如除了官配的车马及一身体面的衣服，其他真是一无所有。

然后这个朋友就把司马相如安排在就近的旅馆里，自己隔三差五地去拜访。你想想地方的小官频频去拜访的能是普通人吗？那肯定特别有来头啊。

这个消息传到了卓王孙耳朵里，攀高枝是人的本性嘛！他就找来那个小官说要举办一场宴席，想把那个神秘的有来头的人请来。这个小官说，你只管摆宴席，请他的事情交给我，我尽量想办法把他请来。

没几天宴请的日子到了，众人都来了唯独司马相如不来，卓王孙特别着急啊，害怕他不肯放下身段来。结果这个戏精小官就又去请了，当然是请来了。

司马相如派头不小，车马喧喧，气度不凡，他人长得也比较帅。一来就一言不发，这阵势这气场唬住了大伙，卓王孙请他坐上上座。司马相如还是冷着脸一言不发，大伙都特别紧张，这是个大人物啊！

这时那个戏精小官就说了，司马相如弹琴了得，如果我们能有幸听一下，那简直三生有幸啊！司马相如接过琴就开始弹奏了。

场面上大家都屏住呼吸听，背地里卓文君也从门缝偷看偷听。这一看一听就动了芳心。那边司马相如也是个不错的演员，他知道这个姑娘肯定在偷听，就尽量耍帅。

然后，我们都知道结局了，卓文君听出了曲中的意思，这是求爱的曲子啊！连夜就和司马相如私奔了。

大家都当司马相如不说话是官职大不屑于讲话，其实后来才知道，这人就是个结巴。他来的时候那么体面，其实后来才知道，他穷得可以说是家徒四壁。后来的文人都骂他不要脸，耍手段，骗财骗色。

无论怎么样，我们主流的价值观就还是说他们有美好的爱情，是卓文君听懂了曲中意才夜奔的。

这就是沈复和芸开玩笑说的，卓文君私奔不是因为琴声而是因为他的赋啊！

不祥之兆——一切早有定数

上一章我们说到了沈复和芸在沧浪亭里面讨论各种古代的名家名篇，这一章继续讲讲他们在沧浪亭里的那段举案齐眉，相敬如宾的恩爱日子。时间够的话还能讲到他们在中元节的晚上偶遇的灵异事件。

看正文：我的性子比较爽直，落拓不羁，但是芸的性格却有些迂腐，拘谨而多礼。我偶尔帮她披一件衣服，整理整理袖子，她也要连说："得罪，得罪。"有时给她递毛巾或扇子，她也一定要站起身来才接过去。

好，正文先到这里，我们展开说一下。其实我觉得婚姻里面最搭的就是性格有反差的，这是一种互补，比方说古灵精怪的黄蓉和笨笨傻傻的郭靖，风流潇洒的杨过和孤僻冷艳的小龙女。虽然这是虚拟人物，但是金庸老先生这么安排角色是有他的道理和逻辑的。现实生活中也是啊，开朗活泼的应采儿和稳重寡言的陈小春，简直甜蜜到爆炸。有互补才会有新鲜感，才会阴阳更和谐，正如这里的性子爽直的沈复和拘谨而多礼的芸。当然，不是绝对的哈。

再看正文：刚开始的时候我很不高兴，说："你是想用这种礼法束缚我吗？古人说了，礼法多了难免有点虚假。"芸听后满脸通红，回我道："恭敬而有礼，怎么反说我是虚假呢？"我说："恭敬应该放在心上，而不是表现在这些虚礼上。"芸说："世间最亲的人莫过于父母,难道我们就可以只要内心恭敬,外在却表现得放荡不羁吗?"我词穷了,说:"我刚才是跟你开玩笑呢!"

我们展开说一下,芸这么做呢也有道理,就是不分裂,无论面对谁,她始终就是恭敬有礼的样子,达到了人前人后对内对外统一的形象。记得樊登老师曾说过一件事,说他在央视的时候,崔永元是他老师,就教导他说:"无论在台上还是台下,永远不要说脏话。否则脏话说习惯了,上台后总要十分小心,但是总有说漏嘴的时候,因为你已经习惯了。"所以崔永元老师确实无论台上台下都从不说脏话,而且他的风趣幽默也都是始终统一的,不论台上还是台下,无缝对接。

再说沈复确实很直,那是当面打人脸啊!这次姐姐也不叫了,当面说人家,你是想束缚我啊?要知道男权社会里女人哪里敢束缚男人呢?上纲上线起来,这可不是闹着玩的。那芸当然是急了,面红耳赤地赶紧解释。直男沈复还说:"你有点虚假!"芸可真是又气又委屈啊,自认为自己做得已经够好了,没想到夫君还这么说。幸好幸好,芸脑子活络,同时也伶牙俐齿,两个回合就把这个直男老公沈复说得哑口无言。

沈复也可爱,虽然直但他没有大男子主义,知道自己不对了也不背着牛头不认账,而是转口就说自己在开玩笑呢!这可真是个好台阶啊,给自己下的同时也缓解一下气氛。自己这一鲁莽,芸都急得面红耳赤了。

再看正文,芸说:"世上反目成仇的事情,大多都是以为开玩笑而起的,以后再也不要这样冤枉我了,让人郁闷得想死。"我于是揽她入怀,抚慰她,这才让芸重新有了笑容。

从那以后,"岂敢,得罪"居然就成了我们夫妻之间的常用语了。

展开说一下,芸也聪明,沈复既然已经示弱了,那自己就赶紧再加固一下这个观念,顺便撒个娇。沈复也很会观察形势,赶紧把芸搂在怀中安抚她。自此,一场因快言快语差点引起的误解和纷争就这么化解了。这可不是今天的小夫妻哦,这是清朝的时候。那时候没有妇联,没有曝光男人劣行的媒体,女人也没有地位,男人要怎么对待女人全凭人品。《红楼梦》里面贾赦想纳鸳鸯的时候是怎么说的?他说:"凭他嫁到谁家去,也难出我的手心。除非他死了,或是终身不嫁男人,我就伏了他!"邢夫人呢也是对花心的贾赦言听计从,不敢违拗。可以说在王夫人和邢夫人眼里,贾政和贾赦那是绝对的权威,不容僭越。

再看正文:像鸿案相庄那样举案齐眉般的生活,我跟芸已经过了23年了,时间越长,我们之间的关系就越亲密。在家里时,我们有时候会在昏暗的房间或是狭窄的道路上遇到,一定会拉着对方的手问道:"你去哪里呀?"彼此还有些担心,好像害怕被别人看到。其实我们总是出双入对,刚开始的时候还犹豫着要躲避别人,后来时间长了反而不在意了。

这一段开头提到的鸿案与相庄是什么人,为什么要用到这里呢?其实这是个典故。据《后汉书·梁鸿》记载说梁鸿人品好,很多有权势的人家都相中了他,想让他做女婿,但是他回绝了无数女子。很巧,同县有个姓孟的女子,长得又胖又矮又黑,还力大无比。但是这个女子也拒绝了无数亲事一直到了 30 岁还没嫁出去，古代的 30 岁可真的就是超级剩女了。于是父亲就问她原因，这个女子说："我想嫁的心上人是梁鸿，因为他人品好。"梁鸿听说此事后果断娶了她，并送她名字为孟光。

然后两个人抛弃荣华富贵到吴地山区隐居，后来靠打短工为生。每次孟光给梁鸿送饭时把案子举得跟眉毛一样高，眉来眼去，夫妻十分恩爱。举案齐眉这个成语也是这么来的。

用鸿案相庄这个典故是说他们感情特别好，夫妻间举案齐眉。但不是说只有女方把案子举到眉毛那么高递给梁鸿，梁鸿也是哦。

在《红楼梦》里有一回也用到了这个典故，贾宝玉看到林黛玉和薛宝钗忽然亲密无间就觉得很诧异，于是私下里问黛玉："是几时孟光接了梁鸿案？"这个问句有几层意思，按字面意思看，梁鸿接了孟光的案子再正常不过，但是孟光接了梁鸿的案子这就稀奇了，女人被这么尊重和爱护实为罕见。引申意思是说，黛玉居然主动接纳和亲近宝钗实在是难得。还有一层意思是着重问几时，就是什么时候的事情，这个就不展开说了。

所以把梁鸿相庄的典故用在这里是说沈复和芸是互相尊敬彼此爱慕的意思。

结婚 20 多年是瓷婚。对于一般夫妻来说，结婚这么久早已经是左手握右手了，可是他们还像处在热恋中的人一样，这段感情确实太好了，跟穿同一条裤子似的。

继续看正文：芸有的时候跟别人坐着谈话，看到我来了，很自然地往旁边给我挪一个位置，我就跟她并肩坐在一起，我们彼此不觉得什么，反而觉得理所当然。开始的时候不好意思，后来就成了非常自然的事情。我们总是奇怪有些年纪大的夫妻把彼此看成仇人，不知道是什么缘故？有的人说："如果不是这样，怎么能够白头到老呢？"难道真是这样吗？

展开说一下，我们听这一段觉得很稀松平常啊，并肩坐到一起有什么值得提起的吗？要知道古代比较封建，男女不会公开表现得很亲密，即便是夫妻，那也影响伦理纲常。所以才会把坐到一起都说得那么郑重其事。

这里沈复又在为芸的逝去而找原因，甚至都在考虑是不是彼此太过亲密才导致芸早逝。

接着看正文：这一年的七月七日，芸设了香烛和瓜果，跟我一起在"我取轩"中拜织女。我刻了"愿生生世世为夫妇"的两枚图章，我拿着印有阳文的图章，芸拿着印有阴文的图章，这两枚图章可以在我俩互相通信时使用。

七月七日我们都知道，中国传统七夕嘛！我们现代人过情人节，人家清朝人也过啊。只不过今天的我们送花，吃烛光晚餐等等，沈复和芸则是很符合当时社会的过节方式，就是跟我们八月十五接月亮一样，摆好香烛瓜果等等，他们是拜织女。然后刻了两枚图章，一枚是阳文的，一枚是阴文的。阳文就是有凸出花纹的，阴文就是有凹陷花纹的。然后写信的时候可以盖个章，这是独家定制的，每次看信就会看到那句"愿生生世世为夫妇"，多浪漫！这也是时代所赋予的特殊意义，今天的我们谁还能写信啊，提笔都很少见了。不过这个做法倒是可以效仿，小情趣大幸福嘛！

看正文：这一夜月色极美！"我取轩"旁边的小河波光粼粼，就像是一条白色的丝带。芸拿着扇子跟我肩并肩坐在窗户旁边，抬头看天空中的云朵飞过，姿态变化，千奇百怪。芸说："宇宙那么大，共享同一轮明月。不知道此刻在这人世间，还有没有其他夫妻跟你我二人一样，有如此的闲情逸致呢？"我说："一边纳凉一边赏月，到处都有这样的人。如果说评论云彩和霞光，或者说在闺阁之中求得这样的美景、这样聪慧的女子也不少。但是夫妻二人共同赏景，那么之后谈论的恐怕就不是云彩和霞光了。"

没过多久，蜡烛燃尽，月亮落了下去，我们撤下瓜果也去睡觉了。

看到这里时我就想起自己写过的一篇文章叫《配偶易得，佳眷难觅》。夫妻分为三种，第一种是没有任何默契感的，这种相看两生厌，连正常沟通都成了不可逾越的障碍；第二种是貌合神离的，这种可以进行最基本的交谈，然后同床异梦，生活的交集也仅限于此；第三种是达到灵与肉的高级契合的，就如同沈复和芸一样，能纳凉赏月也能品评云霞，互相都懂对方，就像高山流水的知己，彼此给到了对方极大的踏实和安全感。一定范围内双方可以知无不言。

在沧浪亭过七夕，在那样醉人的园林中赏月赏景，又说着那样令人难忘的一番话。这些时刻越是美好越是成了此后蔓延在沈复心里的伤。乐极生悲，盛极必衰，一切像是在冥冥中注定的。难道真的只是因为他们太圆满太相爱了吗？

再看正文：到了农历七月十五日，俗称鬼节，芸备了一些下酒小菜，准备跟我对月畅饮。忽然月亮被云朵遮住，天色一下子变得昏暗。芸伤感地说："如果我能跟你白头偕老，月亮就会出来。"听了这番话我也一下子没了兴致，静静地望着隔岸成千上万只萤火虫发出的点点荧光，时明时暗，密密织织在河岸的柳树和水草间来回穿梭。

这一段里有两个关键词，第一个是鬼节，第二个是白头偕老。古人很信天机的，喜欢让上天来裁决。所以芸这个时候就把双方能不能白头偕老这事交给月亮来定夺了。真是让人无限唏嘘！这又不得不让人想到宿命这个词，恰逢鬼节，为什么芸会莫名其妙蹦出这样一句话呢？

在三毛笔下也发生过类似的事情，拉芭玛岛是三毛和荷西结婚旅行的地方，而婚后荷西的新工作又在拉芭玛岛，当两个人故地重游时，没有预想中的欢喜与激动。相反，三毛看见岛上的火山没来由地郁闷想哭，她闷闷地对荷西说："这个岛不对劲！"在此之前三毛的新年愿望是连续12句"但愿人长久"。其实这不是一句很吉利的愿望，因为下一句是"千里共婵娟"。果然，荷西最后在这个拉芭玛岛上溺水了，三毛跟最爱的荷西永远千里共婵娟了。

再说这个萤火虫，古代生态环境好，就会有成片的萤火虫，现在人几乎很少看到了。我迄今为止第一次见萤火虫是在同里古镇的郊外，田野里。确实成片成片的。现在的我们去沧浪亭也不会再有萤火虫。

夫妇二人本来怀着美好的心情对月畅饮的，结果这一番话扫了两个人的雅兴。那么看接下来的正文：我和芸玩对对子来排遣心中的不快，但是对了两联之后，就越对越离谱，东拉西扯，随口乱说。芸笑得鼻涕眼泪一脸,倒在我的怀里,说不成话。我闻到了芸鬓角边的茉莉香,十分浓郁扑鼻而来,所以就轻轻拍打着她的背,换了个话题来缓解气氛:"我觉得古人是因为茉莉的样子像珍珠,所以才会把它别在鬓间做装饰,殊不知这花沾上了女子的头油和脸上的脂粉,就香得更怡人了!就连我们供的佛手也要退避三舍。"芸止住了笑说:"佛手是香中君子,味道在有意无意间,茉莉是香中小人,还要借助人的势头香味才更浓,这是谄媚。"我说:"那卿为何戴着茉莉花,远君子亲小人呢?"芸说:"我还要笑你这样的君子却爱我这样的小人呢!"

还记得我们第一期内容里提到过林语堂说"芸是最可爱的女人"这句话吗?芸真是可爱,尽管彼此那么相爱,但是在礼仪上很有分寸感。她在生活中有情调,私下里又可以做对子笑成个孩子,还伶牙俐齿说得沈复有口难辩。

还有沈复啊,太暖了!看芸笑得眼看上气不接下气了就赶快拍拍芸的后背并支开话题分散注意力。其实狂笑到极致的人是很痛苦的,已经没法控制自己了,要么肚子疼要么呼吸困难,真的会出现笑死的情况,不是危言耸听。

苏州素有"茉莉花城"的美称,女子都喜欢把茉莉花戴在头上,清代有位叫陈学洙的诗人就写过一首《茉莉》诗,很形象地描写了茉莉花特征、种植情况以及女人们把它作为首饰的风气。其中有一句是"银床梦醒香何处,只在钗横髻发边"。

至今我们还能在茉莉花盛开季节看到卖花的阿婆,把花穿成一串串,然后买到的人喜欢戴在胸前或者别在发髻上,尤其是老人喜欢别在发髻上。关于这个，在《虎丘竹枝词》里也有写"竟把花篮簪茉莉，隔船抛与卖花钱"。其实头戴茉莉的习俗不只是苏州有，从长安到海南岛都有。也不是只有清代才出现，而是从晋代就已经有簪茉莉的风气。

再看正文：正在我们说话的时候，夜已三更，大风吹散乌云，一轮明月赫然挂在天上，心中大喜。我们倚靠着窗户对饮，还没有喝三杯，突然听到桥下轰然一声响，好像是有人落水了。我急忙走到窗边细看，只看见水波如同镜子一般平静，没有看到任何东西，只听到河滩上有一只野鸭子快速奔跑的声音。我知道沧浪亭畔向来有淹死的水鬼，怕芸害怕没敢说。芸说："呀，这是什么声音？"不禁浑身发抖，我们急忙关了窗，把酒菜撤回了房间。

房间的灯光像黄豆般昏暗，纱帐直直地垂下，我们疑神疑鬼，惊魂未定，就熄灯上床睡觉了。芸已经浑身忽冷忽热，紧接着我也病了，被疾病折磨了两个月。真是乐极生悲！也是我俩无法白头偕老的征兆啊！

还记得前面芸说的吗？如果我们能够白头偕老，月亮就会出来。这一席话让双方都非常情绪低落，因为月亮实实在在被乌云遮着。后来好不容易转移话题，沈复嘴里乱滚把芸逗得鼻涕眼泪都笑出来，一直到了三更时分快要结束赏月了月亮才忽然露出来。然而，根本来不及高兴他们就遇到了灵异事件。

为什么要说成灵异事件呢？你想啊，有巨大的落水声，那么如果是活物肯定会有扑腾，如果是没有生命的物体比如石头之类的，水面也会泛起一圈圈涟漪。但当沈复和芸探出窗外看时，整个水域的水面平静得如同镜面一般，不可思议的一幕是野鸭子受惊，快速奔跑，房间内的油灯也变得极其昏暗。虽然两个人都没有说破什么，但已经心照不宣。

关于灵异事件，在这本书中出现了两次，一次就是这里，发生在中元节夜里的沧浪亭。这个日子本来就很特殊，阴历七月半就是中元节，道教意义上指鬼节，佛教意义上是盂兰盆节。在民间传说里这个节日也有非常多的习俗和禁忌。第二次是芸过世后的回魂夜，这个留到后面具体章节时再说。

其实在《红楼梦》第七十五回里也有过类似桥段，那是中秋夜，众人正在宁国府里举行宴席，席间听闻祠堂墙下传来一声长叹。接着便听到祠堂内格扇的开合声，月色也变得惨淡起来，众人都觉得毛骨悚然。

如果说在《红楼梦》里这样描写是文学意义上的渲染，是为了预示贾府的衰败，那么《浮生六记》里的沧浪亭中元节事件则是普通人的普通记录，无论真假无论虚实每个人都有自己的见解。当然，这不是最重要的，重要的是我们应该对生命，对大自然有一颗敬畏心。

厮守——甜蜜的二人时光

上一期我们讲到了沈复和芸在沧浪亭遇到了灵异事件,然后沈复还为此病了两个月。继续看正文:到了中秋时节,我的病才刚刚好,因为芸嫁到我家半年,从没有真正去游玩过沧浪亭,所以我事先让老仆人跟看守沧浪亭的人约好,不要把无关人等放进来。到了黄昏时分,我带着芸和我的小妹妹,让老妈子和婢女扶着她俩,老仆人在前面带路,经过石桥,进门之后向东转,沿着弯曲的小道走。

好了我们来看看这一段,前面哪一期的内容里说了,我们看待事物不要忽略它的背景。这可是清代哦,女子的地位是很低的,而且不能轻易出门抛头露面。但是沈复呢,刚刚病愈就迫不及待地要带芸去逛沧浪亭。

其次,这个时候他们家境还是蛮好的,又有老仆人又有婢女,还能说服或者说买通看守沧浪亭的人让他们放放心心地逛,可以说是包园了。记住这里哦,到了后面他们落魄的时候再前后对比一下会觉得人生真是永远不知道明天会如何。我初中时看《红楼梦》的时候,到了末尾看到曾经那么生机勃勃花团锦簇的大观园,沦落到人都不敢进去的地步就会自虐地再回翻到它的鼎盛时期去做对比,越对比越是心碎。真是那句:眼见他起高楼,眼见他宴宾客,眼见他楼塌了。

还有一点,为什么老仆人在前带路,老妈子和婢女要搀扶着芸和沈复的妹妹呢，因为裹脚。在那个年代女人裹脚是司空见惯的，所以沈复不会明说出来，我们还是能结合上下文时代背景以及语境看出来。

裹脚是古代非常残忍和变态的方式，硬生生把脚指头往脚心里折，经年累月的裹脚之后，女人的整个脚指头都垫在了脚心里，脚后跟也往里弯，整只脚看起来又高又小，呈三角形状。因为疼，所以裹脚女人走起路来踩不稳导致晃晃悠悠，而男人们恰恰以此为美，认为那是三寸金莲所独有的婀娜多姿。

裹脚是从什么时期开始的专家们也看法不一，但至少唐宋就已经有了，起初只在上层社会才有，一直到明清时期发展到顶峰。那时候有没有裹脚，脚裹得小不小成为一种审美度量衡，也决定着女人能不能嫁出去。女人裹小脚习俗一直延续到孙中山时期才被废止。

所以这里芸她们让老妈子和婢女搀扶着。

接着看正文：石头堆砌成假山，树木和丛林都郁郁葱葱。沧浪亭在土山的山顶，我们顺着台阶向上走。到了亭子中心，向四面看去能够看到几里之外的风景，炊烟袅袅，晚霞灿烂美丽。河的对岸是"近山林"，是巡抚出巡时宴请宾客的地方，当时正谊书院还没有开始修建。

解析一下，刚刚说了，进门之前要过一座石桥，然后进门后有假山，还有土山上的沧浪亭。这些今天都还在，只是隔了这许多年间，园子遭遇过兵火，被日军当司令部损坏过，后来又重修过几次。这200多年间园子里面发生了许多变化，园子外面更是有着翻天覆地的变化。今天的我们登上高处的沧浪亭再也看不到炊烟袅袅，更别提能看到几里之外，我们的视野最多不过100米。河对岸的"近山林"

指的是另外一个园林可园。可园和沧浪亭门对门只隔着一个巷子,用一座桥连通起来。

再看正文:我们带着一张毯子,铺设在亭子当中,围成一圈坐在地上,看门人煮好茶水招待我们。不一会儿,一轮明月悄悄爬上树梢,我们渐渐觉得衣袖生风,月亮倒映在水波中,世俗的种种想法突然间消失得无影无踪,心中十分轻快。

这简直就是我们今天的春游或者秋游啊,我们也喜欢带一个毯子坐在青青的草地上。但是今天的大环境商业化浓重,人情味淡薄。在这本书中动辄看门人或者船夫给他们煮茶或是煮饭,我们可以感受到古代民风淳朴的一面。

接下来一轮明月悄悄爬上树梢这段原文特别美:少焉,一轮明月已上林梢,渐觉风生袖底,月到波心,俗虑尘怀,爽然顿释。读原文能够增加我们的语感和审美。

其实无论是古人还是现在的我们,骨子里都有着中国人特有的诗意。当我们走到一处风景特别美的地方,要么是一片水域,要么是一处园林,我们也会有这样的感觉,觉得心灵一下子被洗涤了,那些淤积在心底的烦恼和压力可以瞬间排解掉。这就是我们常说的多出去走走的原因。

再看正文:芸说:"今天游玩得好开心啊!如果摇着一叶小舟,在亭下的河中往来,那就更痛快了!"这时已经是掌灯时分了,想到七月十五夜里我们受到的惊吓,我们就互相搀扶着下了亭子。

钱钟书曾写过一段话:"旅行最试验得出一个人的品行。旅行时最劳顿麻烦,叫人本性毕现。经过长期苦旅行而彼此不讨厌的人,才可结交做朋友。结婚以后的蜜月旅行是次序颠倒的,应该先旅行一个月,一个月舟车仆仆以后,双方还没有彼此看破,彼此厌恶,还要维持原来的婚约,这种夫妇保证不会离婚。"

虽然说沈复和芸只是在近在咫尺的沧浪亭小小地旅行一下但也能看出双方气场合不合,再说那个年代女性不能随便出门,即便是这样的出门也相当于旅行了。假如人品不好,那么芸就会对随身的仆人们和替她煮茶的看门人颐指气使;假如她没有情调,就会在沈复觉得心灵都被洗涤的时候,她突然来一句"这有什么好看的?"相反,她很助兴,甚至还提出去摇一叶小舟,在审美情趣上他们是一致的。同时也说明芸该矜持时会矜持,该玩时也能放得开。的确是一个聪慧灵秀的女子。

沈复倒是比较理智,不想再次上演中元节晚上的灵异事件,就匆匆回了家。

再看正文:按照苏州的风俗,这天晚上,无论大户人家还是小户平民的妇女,都要聚在一起出游,俗称"走月亮"。沧浪亭幽静清雅,倒没有人到这儿来。

走月亮是吴地习俗,这天晚上苏州女人们都可以出门,通常去的地方是虎丘,在那里赏景听曲,其次还有到石湖去看石湖串月奇景的,还有到宝带桥赏月等等。所以正好,沧浪亭也几乎没有什么人来。

接着看正文:我的父亲稼夫公喜欢认义子,所以我有26个不同姓的义兄弟。我母亲也有9个义女,其中王二姑和俞六姑跟芸相处得最好。王二姑为人憨厚,喜欢饮酒,俞六姑性格爽朗,能说会道。

看到这里我们会不会觉得沈复的父母真是宽厚仁慈啊,把不相干的人认作义子义女,数量高达 35 个呢,但其实好与不好等着我们后文见分晓。

接着看正文:每次她们聚会,一定会把我赶到门外,这样她们三个就能一起挤在床榻上说话玩闹,这个点子是俞六姑出的。我笑着说:"等到妹妹你嫁人之后,我一定会邀请妹夫到家里来,一住就住上十来天。"俞六姑说:"我也来你家,跟嫂子一起,不是更好吗?"芸和王二姑只是看着我俩斗嘴,笑而不语。

那时为了给我的弟弟启堂娶妻,我们迁到了饮马桥的仓米巷,房子虽然很敞亮,却没有沧浪亭的幽静。

这里的启堂是沈复的亲弟弟,而上面提到的王二姑和俞六姑都是义妹。饮马桥是苏州的一个地名,仓米巷是普通民居,在宋代是平江府的粮仓,所以才叫仓米巷。平江府是指当时的整个苏州。今天我们在苏州还可以去看看文中提到的这些地方,都还存在着。其实从沧浪亭迁居到饮马桥也意味着一个转折的开始。代表着那无忧无虑甜蜜幽静的二人时光告一段落。

接着看正文:我母亲寿辰的时候请戏班子过来唱戏,芸刚开始觉得挺新鲜的,我父亲也没有什么忌讳,就点了《惨别》等剧目,那个年老的伶人把人物演得栩栩如生,观看的人都入了戏,非常动情。我透过帘子看见芸突然起身,出去很久都没有回来。我去屋子里找她,俞六姑和王二姑也跟着来了。只见芸用手托着下巴坐在梳妆台边,我问她:"怎么不开心了呢?"芸说:"看戏本来是为了让人高兴,而今天的戏却让人伤感万分,肝肠寸断。"俞六姑说:"那难道嫂子要在这里独自坐一整天吗?"芸说:"等到有可以看的再说吧。"王二姑听了后走出去,请我母亲点了《刺梁》《后索》等戏目,然后劝芸再去看,芸这才高兴起来。

请戏班子唱戏这事,在我们今天看来觉得很遥远,但是在那时候是有面子的事,这也代表着一定的地位,因为穷苦老百姓是根本请不起的。在《红楼梦》里面我们也数次看到了贾府请戏班子的场景,比如生日、喜事、节日等等。而生日宴一般是要说些吉利话的,点的戏目也自然要喜庆应景一点。可是沈复他父亲居然点了从名字看起来就凄凄惨惨的剧《惨别》。

这里也可以看出芸其实内心是个比较积极乐观的人,也有一个独立的不随大溜的灵魂。我们还能看得到一丝丝她的骄傲,那是一种轻微的优越感,当然,这里她才过门不久,还有些作为新嫁娘的新鲜感,到后面就一点都没有了。

再看正文:我的堂伯父素存公早就过世了,但是他无后,我父亲就把我过继给他做子嗣。素存公的墓地在西跨塘福寿山祖坟的旁边,每年春天,我都要带着芸一起去扫墓。王二姑听说那里有个很出名的园子叫戈园,就要求跟我们一起去。到了之后,发现地上有好多小石子,表面有苔藓一样斑驳的花纹,可供欣赏,芸就对我说:"用这种石头做盆景,比宣州白石还要精致。"我说:"像这样的石头恐怕不多。"王二姑说:"嫂嫂如果喜欢,我就去给你找些来。"接着就跟守坟者借了一个麻袋,像鹤一样边走边捡。每捡到一块,我说"可以"她就放进去,我说"不行"她就扔掉。

没过一会,她已经香汗淋漓,拖着麻袋返回说:"没力气再捡了。"芸一边捡一边说:"我听说山民驯养猴子来收获果实,原来是真的。"王二姑听了之后生气地搓了搓手掌就要过来给芸挠痒痒,我赶紧阻拦,埋怨芸说:"人家劳动,你享受安逸,你还说这样的话,难怪妹妹生气了。"

注意这里过继的事实,后面沈复和他家庭发生的一系列事情都跟这个过继有很大关系。还有,情趣这个东西很多时候是与生俱来的,三毛跟荷西在撒哈拉住的时候,因为没钱所以租住在贫民区,而且是靠近垃圾场的。但是她靠捡来的垃圾把她的居所装饰成了一个城堡,比方说把废旧轮胎捡来铺上红色坐垫,人人都来抢着坐;把被丢弃的大水瓶抱回来插上野地荆棘,瞬间有了痛苦的诗意;快腐烂的羊皮也被她清洁整理一番又是一个好坐垫。所以她的家成了全沙漠最美的家。

在这里呢,芸只是走一段路都能发现独特的石子,还能联想到用它来做盆景,后面我们还会发现她更多的小妙招,真是一个蕙质兰心的女子。沈复也是一个护妻狂魔,挠个痒痒他都护得好好的。

再看正文:回来的时候我们去了戈园,里面真是百花竞放,姹紫嫣红。王二姑素来性子憨厚,逢花必折。芸制止她说:"你又不插瓶里养,也不往头上戴,折那么多干吗?"王二姑说:"花又不疼,怎么不能折啦?"我笑着说:"将来惩罚你嫁一个麻子,给折下的这些花报仇。"王二姑生气地瞪着我,把花丢在地上,还用脚把它们踢到水中，说："你太欺负人了！"芸连忙笑着劝解。

　　清明时节的江南真的很美，比如我们现在的小区，下楼就是一片娇嫩粉红的海棠，黄灿灿的迎春花，还有洁白或者粉红的玉兰花，还有鲜红的山茶花。园林里面更是不用说了，更要美。所以是百花竞放，姹紫嫣红。花是很美，也会自然凋零，但是硬生生去折确实不好，这是作为一个人最基本的自觉和素养。心底柔软的人真的不舍得伤害一草一木，把那么美的花无缘无故折下来确实有点暴殄天物。这里也可以看出芸是个分寸感很好的人。

　　原文中说王二姑用脚把花踢入水中，原话是：以莲钩入池中。莲代称脚，三寸金莲的意思，也佐证了我们前面说的女人裹脚的解释。

　　再看正文：芸刚嫁入我家的时候特别寡言少语，喜欢听我高谈阔论。我就故意引她多说话，就像用草斗蟋蟀一样，慢慢地她的话也多了起来。她每次吃饭都要用茶水泡，喜欢吃卤腐乳，苏州的俗称是臭腐乳。她又喜欢吃虾卤瓜。这两种食物恰恰是我最讨厌的，所以我调戏她说："狗没有胃，所以吃粪便，因为它闻不出来臭味；屎壳郎滚粪蛋是为了变成蝉，是为了要修行高飞。而你呢？你是狗狗呢还是屎壳郎呢？"芸说："腐乳便宜而且好配饭吃，也能配粥吃，我小时候就吃习惯了。现在我嫁到了你家，就像是从屎壳郎变成了蝉，但我还是爱吃，因为我不忘本啊。至于虾卤瓜，我也是到了你家才喜欢吃的。"我说："你这么说，那难道我家是狗窝吗？"芸为自己刚刚的这番话而感到难为情，所以强行辩解道："有臭味的东西任何家庭都有，区别只是吃与不吃罢了。就像你喜欢吃蒜，我也勉强跟着尝一点。腐乳我不勉强你吃，但是卤瓜你可以试着捏着鼻子尝尝，吃了之后就知道有多香了。就像长相丑陋的女子也有美好的品德一样。"我笑着说："你非要骗我跟你一样做小狗咯？"芸也笑着说："我已经做了很久的狗了，夫君你也委屈尝试一下。"说完已经用筷子把卤瓜强行塞到了我嘴巴里。我捏着鼻子嚼了几下，发现它的味道居然清爽可口，于是松开鼻子再嚼，发现更鲜美。于是从此以后也喜欢上这种食物了。

此后芸用麻油加一点白糖再少拌一点卤腐乳，味道也很鲜美，或者干脆把卤瓜捣碎伴着腐乳吃，我把这道美味取名叫双鲜酱，味道异常美。我说："我一开始很厌恶这种食物，最终却爱上了它，真是不可思议。"芸说："钟情的东西，即便是丑陋也不会嫌弃。"

写到这里，正好是饭点，居然也垂涎欲滴，虽然同沈复一样不爱吃腐乳，但我想去尝试一下。是的，没有什么是一成不变的，一切都有可能改变。《红楼梦》里面宝玉也说了，女儿未出嫁前，是一颗无价珠宝，出嫁了就有不好的毛病了，虽然还是那颗珠子，但再也无光泽，再老，竟然不是珠子了，是鱼眼睛了。

《甄嬛传》里，甄嬛婚前还是那个胆怯羞涩的女子，在秋千架旁边惊慌失措，后来从甘露寺回来就经历了风霜，看淡了一切，内心不再那么脆弱单纯。所以，在沈复的影响下，那个拘谨且小心翼翼的芸自然也会活泼起来。

我不吃腐乳，也不吃虾卤瓜，这种臭味大概像是柳州螺蛳粉里面那种酸笋的味道，要么，口味更重类似臭豆腐？这个确实爱的人爱不释手，不爱的人避之不及。但是如果大胆尝试一下说不定立马被拿下。

沈复和芸吃双鲜酱这一幕特别打动人，这代表着双方都肯迁就对方，芸不爱吃蒜，但是肯陪着沈复尝一点，沈复不爱吃这两种有异味的食物，但是当芸强行塞到他嘴巴里，他不温不火也能吃得津津有味。最重要的是，芸会考虑到沈复的味蕾，变着花样加一些白糖和麻油来中和那种味道。正好苏州人喜欢吃甜嘛。

所以好的婚姻关系不是某一方好就行，而是互相的。我们都不要指望对方寄予我们更多的爱，而是去施与，就像沈复和芸这样。沈复说，很奇怪我一开始明明讨厌这种食物，最后却爱上了它，芸用很富有哲理性的话回答了他，也说明芸特别睿智。但我觉得，之所以这样，是因为心里有爱。有了足够的爱才会去做许多尝试和改变。

岁月静好——向往粗茶淡饭的平淡日子

前面我们说过,沈复和芸因为要给弟弟启堂筹办娶妻之事,才从沧浪亭搬到了饮马桥的仓米巷,现在启堂的婚事差不多敲定了。我们来看正文:我弟弟启堂娶的是王虚舟的孙女,我们家在送彩礼时没有合适的珠花,芸就把自己当初彩礼中的珠花给了我母亲,婢女和奴仆都在一旁感到惋惜,芸却说:"女人都是纯阴体质,珍珠又是纯阴之精华,用它来做首饰,把阳气全部都克走了,有什么好可惜的呢?"

珠花是婚礼上必有的首饰之一,今天有些地方的人还在用。就是把珍珠镶嵌点缀在美丽的手工花上,在婚礼中可以作为头上的装饰品。大概那个时候珍珠比较稀有昂贵,所以芸慷慨地拿出自己的一份作为给弟媳的彩礼时,大家才会觉得无比惋惜。对此,芸的回答也是相当淡然。芸的行为体现了三点:

第一,嫁夫从夫,进了这个家后芸就真正把自己当作了沈家人,齐心合力急人所困。

第二,慷慨大方

第三,睿智大气

这样一个看起来淡然的女子,她对什么事情才会看得很重呢?

我们看正文:然而,芸对于破书残画却极为珍视。残缺不全的书籍,必搜集齐全,分门别类,汇编装订成册,统称为"断简残编"。

对于所有破损的字画，一定寻来旧纸粘贴，将其补成整副。遇到残破处，就请我补好再做成卷轴，起名为"弃余集赏"。在做女红闲暇之余，她总是忙着做这些琐事，也不嫌麻烦。

这是芸爱书护书，爱字画，护字画的表现。这种表现略不同于古代那些书痴，比如把书视为神仙的司马光，自称"人生百病有己时，独有书癖不可医"的陆游。倒是有点像入门版的李清照。近现代的木心也会对破损的书籍"补缀装订"。

芸珍爱书籍和字画是一方面，更多体现的其实是芸做事的有条不紊和强逻辑性。这是一个女人的极致温柔和细致。我们常常说女人味，什么是女人味呢？不是仅仅把外表打造得精美，显得凹凸有致，看起来美丽温婉就可以诠释的，这叫精美的花瓶。真正的女人味是骨子里透出来的绵绵不绝的女人智慧和魅力，然后由内而外浸润在举手投足间，形成独特的气质和情趣，这才是真正的女人味。说到这里想起了作家张宏杰曾做过一期关于贵族精神的演讲，什么是贵族呢？同理，不是吃山珍海味，住豪华别墅，开限量豪车才是贵族，而是拥有一颗贵族的心灵，有骑士精神才叫贵族，否则充其量只能是暴发户。

好了，接着说：芸在破书烂卷之中偶然找到可以观赏的字画，就像得到稀世珍宝一样高兴。以前的邻居冯妈就经常收一些乱书残画卖给她。她的爱好跟我一样，而且她会察言观色，懂得暗示，稍微指点一下，她就能够做到井井有条。

我们学习一样新兴事物时，兴趣是首要条件，有了兴趣自然会事半功倍。要知道芸是一个没有受过一天教育的旧时女子，她所有的知识都是自己一点点领悟得来的。所有这些仅仅因为她对知识有兴趣。其次,悟性也太重要了!从前面几期的内容来看,芸天资聪慧,属于玲珑通透之人。

继续看正文:我曾经对芸说:"可惜你是个女子,你要是男子,跟我一起寻访名山大川,搜罗名胜古迹,畅游于天地之间,那真是太开心了!"芸说:"这有什么难的?等到我头发花白的时候,虽然不能去五岳游览,但是近处的风景比如虎丘、灵岩山、南面的西湖、北方的平山都可以跟你一起去啊。"我说:"怕是到了那时候,你就根本走不动啦!"芸说:"今生办不到,那就等到来世咯!"我说:"来世你做男子,我做女子跟着你吧!"芸回答道:"那可不能忘了这一世的所有事情,这样才会有趣啊!"我笑着说:"我们少年时,那碗粥的事情到今天都还说不完,如果到来世还记得今生发生的所有事情,那等我们喝合卺酒的洞房花烛夜,细细谈今生的事情,就更不得了了,连闭眼睡觉的时间都没有。"

我在前面说过,婚姻有三种,一种是貌合神离的,一种是貌和神都分离的,还有一种就是灵魂高度契合的。而沈复和芸就属于第三种。很多人说婚姻是爱情的坟墓,其实未必,婚姻在于两个人的契合度,也靠经营。这里两个人共同生活了多少年以后还能期望结伴出行,还希望来世为夫妻,可见这种爱情的甜美程度!说到这里我们再回顾一下之前沈复多次试图为芸的死找原因,就能深切体会他的痛了。

再看正文:芸说:"人们都说天上的月老专门管理人间的婚姻嫁

娶，如果是这样，今生我们已经结为夫妻，那么来世的姻缘还要依靠月老的力量，我们为什么不画一幅像来祭拜他呢？"当时苕溪有个画家叫戚柳堤，名遵，他擅长人物画。我特地请他帮忙画了一幅月老的像，画中月老一手牵着红线，一手拄着拐杖，拐杖上挂着姻缘本子，鹤发童颜，在非烟非雾中行走。这也是戚柳堤的得意之作。我的好朋友石琢堂看到后在这幅画上又题了词。我把月老像挂在房间里，每逢初一和十五，我们夫妻俩一定会上香祭拜。后来家中遭遇变故，这幅画居然丢失了！现在也不知道在谁家里。所谓：他生未卜此生休，我们两个人的深情，神明真的能够帮我们见证吗？

新媒体文里面有一个常用格式的标题是：真正的好夫妻，是XXXXX，如果套用一下那就是，真正的好夫妻，配偶的每一句话，对方都重视。

我们前面解析说沈复和芸二人爱情甜美，是的，甜美不只是嘴上说说，还落实到了实际行动中。比如前面某一期芸说刻枚"愿生生世世在一起"的印章，沈复很乐意地照做。这里，芸说要画一幅月老的画像来祭拜他，沈复还是照做，他没有说妻子神神鬼鬼的，嘲笑一番抛之脑后。很多时候点子都是芸在出，但是沈复配合度堪称完美！这一点就是我们刚刚说到的婚姻的经营。有一本书里也曾写到过"打败爱情的都是细节，成全爱情的也是"。这让芸的心思巧妙有了安放之处，也给了二人更正向的互动体验。这一份份小小的乐趣不经意间促成了大大的幸福。

我们现实生活中也是，一方对另一方说："咱们去看场电影吧？"

对方说:"不去,有什么好看的!"再过些时候,一方对另一方说:"我们去某某地方玩吧?"对方说:"省省吧,不嫌累啊!"再过些时候,一方对另一方分享当天的有趣见闻,但是对方完全没有反应,一副没有半点兴趣的样子。基本上这样几次以后,提出建议的人就失去了动力和兴趣,拒绝的一方也觉得另一方越来越冷漠寡言。这些打败爱情和婚姻的细节不容小觑,得正视对方的任何一个小小的需求,那是经营和培养爱的过程。所以沈复和芸那么相爱,不能忽略那些微小的细节。婚姻是两个人的事儿。

这一段里有一句"他生未卜此生休"是沈复引用了李商隐《马嵬》这首诗里的一句,这首诗写的是唐玄宗和杨贵妃的爱情,我们延伸说一下,也是为了能更好地理解沈复把这句话放在这里的意思。

《马嵬》的前两句是:海外徒闻更九州,他生未卜此生休。

在解析之前我们先说说背景,白居易的《长恨歌》大家应该都知道,那个让六宫粉黛无颜色的杨贵妃,让唐玄宗从此君王不早朝。贵妃有多美丽绝伦呢?你且看皇上又是春寒赐浴华清池,又是春从春游夜专夜。总之杨贵妃集万千宠爱在一身。但即便是这样宠爱一个妃子,皇上也在兵变后逃亡时面对六军不发无奈何,最终以宛转蛾眉马前死收场。

接下来的时间,唐玄宗就处在思念和悲痛中,多年后他找了一个江湖术士,这个术士跟他说海上有一座飘飘渺渺的仙山,贵妃就住在那里。她虽然没有活在人世间,但她就住在那座仙山上,并托人带话给唐玄宗:天上人间会相见。再者,他们明明之前在七月七日的长生殿里悄悄许下"愿生生世世在一起"的誓言。既然如此,那么二人应该来世还做夫妻的吧?

好,这个是背景,白居易的这首《长恨歌》浪漫虚幻,冲淡了贵妃被迫自缢的哀伤,给我们一种贵妃还活在四维空间的一种情感寄托,还有一种来世续缘的慰藉。

如果说白居易是个浪漫的文科生,那么李商隐这个理科生一下子就理性起来了,他要打破这首诗营造的想象,所以他写了"海外徒闻更九州,他生未卜此生休"。什么意思呢?说徒然听到个传说,海外居然还有九州。来世是什么样谁都不知道,但可以确定这辈子你们是缘分已尽,见不到面了!

好了,沈复把这句话放在文中,我们联系上下文再看看,他们夫妇二人请人画了月老的像并挂在卧室里,然后每逢初一十五都虔诚地上香祭拜,为的是求月老让他们来世还在一起。这点也重合了唐玄宗和杨贵妃在七月七日长生殿里的私约。但现在,来世是什么样谁都不知道,这一世自己和芸却缘分已尽。这句话里沈复带着深深的失望、嘲讽,甚至还有责怪,明明二人那么虔诚地祭拜了,为什么还要夺走他心爱的芸,所以他责问神明,我们两个人的深情,神明真的帮我们见证了吗?

我们接着看正文:迁居到仓米巷后,我在卧室门的匾额上题字"宾香阁",这是芸的主意,主要是取"夫妻相敬如宾"之意。院子很窄,围墙很高,没有什么可取之处。后面有阁楼,是去往藏书阁的必经之路,打开窗户就是陆家废弃的园子,弥漫着荒凉悲伤的气息。芸常常怀念沧浪亭畔的景致。

我们前面刚刚说过，很多点子都是芸出的，这里又是。虽然她肚子里墨水没有沈复多，但是架不住她心思聪慧啊！所以学历真的不能代表能力。

芸怀念沧浪亭畔的美好时光，其实作为看客的我们也怀念啊，那一推开窗就是满眼绿色和一汪湖水的美景与如今一推开窗就是满目萧条的凄凉形成了鲜明对比。

接着看正文：有个老婆婆住在金母桥的东面，埂巷的北面，屋子四周全是菜园子。门是用篱笆做成的，门外面还有一亩多的水塘，繁花和树木错落有致地分布在篱笆两旁。这个地方原本是元朝末年张士诚王府的遗址，往屋子的西面走几步，有瓦片和石头堆积而成的土山。站在山的最高处远眺，地广人稀，一片野趣。

这个描写俨然是偏远农村的幸福农家，可是如今的金母桥附近寸金寸土全是民居，再也没有地广人稀的感觉。而且登高也没法再远眺，更是没有任何野趣了。这就是时代的变迁。

接着看正文：老婆婆有一次说起那里时，芸十分向往，对我说："自从离开沧浪亭，我总是魂牵梦绕，如今不得已而求其次，那不正是老婆婆居住的地方吗？"我说："连日来暑热难耐，我也正想找个清凉之地消消暑呢，你如果想去，那我先去他们家看看是否可以居住，如果可以再收拾行李，去住上一个月怎么样？"芸说："恐怕母亲不答应呢。"我说："我自然会去请示她的。"

这个点子又是芸出的，沈复真是神配合！一拍即合是他们的相处之道。

　　接着看，第二天我就去了那里，只有两间屋子，前后一隔分为四间，纸糊的窗户，竹制的床榻，颇有闲情雅趣。老婆婆知道我的来意后，很高兴地把其中一间屋子出租给了我。四周的墙壁用白纸糊好后一下子就大不同了。于是我征得母亲同意，带着芸去那里住。邻居是老夫妇二人，以种菜为生。他们知道我们二人前来消暑后对我们十分友善，还把自己钓的鱼和菜园的菜送给我们，我们给他们钱他们也不要。于是作为答谢，芸便开始给他们做鞋，这样他们才感激地接受了。

　　当时才刚到七月，树荫浓密，水面微风徐徐，蝉鸣阵阵，邻居老人又帮我们做了鱼竿，于是我跟芸在树荫里垂钓。到了日落时分，登上土山观看晚霞，随性吟诗，比如"兽云吞落日，弓月弹流星"之类的。不一会儿，月亮倒映在水中，虫叫声四起，我们在院中放好竹榻，老婆婆过来说饭菜和酒都已经备好了，我们就在月下对饮，喝得微醺再吃饭。洗完澡后穿一双水拖鞋摇个蒲扇，要么坐一会要么躺一会，听邻居老人给我们讲一些因果报应之类的事儿。到了三更以后才去睡觉，这时四下清凉安静。竟然不觉得我们生活在闹市之中。

　　这些描写特别写实，可能我们每个人都曾在盛夏的夜里伴着虫鸣听老人话家里长短。摇着一把扇子的夏夜记忆特别美，安静祥和。

　　这里的老人讲因果报应也确实很形象，大概老人们都爱讲这些，《红楼梦》里刘姥姥被贾母鼓励着讲些乡村趣闻时，她也胡诌一些因果报应的事儿。包括我们身边的老人也是，特别信因果报应。

如果说沈复是不幸的,也不尽然,某些层面上他又是幸运的,他遇到了与他步调一致的芸,曾度过了一段美好的时光,回忆是人生最好的馈赠。

佛说人生有八苦:生、老、病、死、爱别离、怨长久、求不得、放不下。那么到这里,沈复和芸可以说暂时非常幸福,因为人生的八苦他们一样都还没有经历到。随着时间的流逝,这八苦一样一样全都来到了他们的生命中。

其实于我们普通人也是,该开心的时候就开怀大笑吧,因为不知道上天会在什么时候把这八苦就降临到我们头上。

好了,接着看正文:我们请邻居老人帮我们买来菊花种在四周。九月的时候花开了,我又和芸一起去住了十来天。我母亲听闻后也高兴地来了,一边吃螃蟹一边赏菊,竟然玩了整整一天。芸开心地说:"再过些年我就和你在这里盖一院房子,将屋子周围的数十亩地都买下来种菜,督促奴仆种植各种水果蔬菜以供日常开销。你画画,我刺绣的钱用来买平时我们爱喝的酒。我们穿最朴素的布衣,吃粗茶淡饭,快快乐乐地过一生,不一定非要去遥远的地方游玩。"我表示深深赞同。

可是现在我已然有了这样的条件,有了这么多土地,我唯一的知己芸却已经不在了,真是无限感慨……

讲到这里我突然想起一个词:幸福。到底什么才是幸福呢?我见过锦衣玉食的人愁眉不展,我见过名下有大公司的人焦躁不安,我也见过从一无所有拼搏到财富自由的夫妻找不到往日的幸福……所以,幸福不是拥有得多就有的，而是"若无闲事挂心头，便是人间好时节"这样的，换句话说平平淡淡健健康康才是幸福，最好在平安健康的基础上对未来有美好的期盼，这才是最大的幸福，就像是沈复和芸筹划着未来盖一院小房子过平淡农家日子一样。

还有，欲望少也会增加幸福感，这是一种心态。就如同芸，她只希望一家人其乐融融在一起，哪怕粗茶淡饭，至于旅游的兴趣甚至都可以舍去。但是很多时候，我们连拥有最简单幸福的权利都没有，人生八苦随机地点选着我们，也在猝不及防中点选了沈复和芸。仿佛那个盖一院小房子的话音还没有落，斯人已远去。

清代的王夫之在《姜斋诗话》里说："以乐景写哀，以哀景写乐，倍增其哀乐。"所以沈复在回忆开心的往事时，突然间笔锋一荡，写到坐拥田产而斯人远去，可见他心里有多酸楚。一无所有时，有芸陪着自己，等到物质条件满足时，爱人已离去。这是生命不能承受之重。

元稹著名的悼亡诗也写了这种情况：

谢公最小偏怜女，自嫁黔娄百事乖。
顾我无衣搜荩箧，泥他沽酒拔金钗。
野蔬充膳甘长藿，落叶添薪仰古槐。
今日俸钱过十万，与君营奠复营斋。

我们展开说一下，这是元稹写给他的发妻韦丛的悼亡诗。当然后世人可能会说元稹是个处处留情的渣男，但至少他在怀念发妻韦丛，为她写下这首千古悼亡诗时，他是情真意切的。

　　诗的内容是：妻啊，你出身名门望族，在家里最得父母疼爱，下嫁我以后却事事劳神，只因你嫁了我这个贫寒书生。看到我衣衫单薄时，你焦急得翻箱倒柜。我想喝酒，你敌不过软磨硬泡，拔下头上仅有的金钗给我换酒喝。没有吃的，就用野菜豆叶充饥。没有柴烧，你急得围着古槐树搜寻落叶。如今我官高位尊，月银有十万了，可是你人呢？我只能筹办祭品，延请僧人，超度你的亡魂。

　　这首诗写尽了八苦中的爱别离，求不得，放不下。跨越了数年，仍然击中了我们后世人内心最柔软的角落。如今想想，哪怕当日那么贫穷，至少发妻还在啊，我们还是幸福的啊！如今我有了不敢想的财富和地位，却没有了当日的你。

　　所以我们能从这种强烈的反差里读出作者最深的遗憾，无论是元稹还是沈复。这就是生命的无常！无常才是常态，珍惜当下的每一个小幸福吧！

打破陈规——女扮男装及泛舟水上

我们继续来讲《浮生六记》：距离我家半里路的醋库巷有一个洞庭君祠，当地老百姓都叫它"水仙庙"。回廊曲曲折折，还有小小的花园亭台。每次到了太湖神的诞辰，很多不同姓氏的家族都会各自在这里包下一个院落，然后悬挂密密麻麻的玻璃灯，中间设有宝座，旁边摆放几案，陈设着各色花儿，暗中互相比赛，看谁家布置得更好。白天的时候只演戏，到了晚上就在瓶花中间参差不齐地插上蜡烛，美其名曰"花照"。花影在灯光中摇曳不定，宝鼎中香烟袅袅，就像是在龙宫设宴。

苏州这座古城里，每一个小巷都是故事，醋库巷在十梓街和十全街之间。之所以叫醋库巷，是因为在北宋时候，这一带曾有个盛放醋的仓库，于是周围都是一股醋味，当地老百姓就很形象地称之为醋库巷，反而把之前的名称替代掉了。苏州水多，河网多，人们常年与水打着交道，太湖是其中一大水域，所以自然要敬水神或者说水仙。那么这个洞庭君，也就是水仙是谁呢？据民间传说他是唐朝时候苏州的一名落第书生柳毅，据说他救下了龙王的女儿，后来与龙女结为夫妇，作为龙王女婿他曾在苏州大旱时求雨救过黎民百姓，所以大家都自发地奉他为太湖水仙。

其实据记载，很早时候苏州有很多水仙庙，后来几乎都不存在了,就连苏州才子沈复"代言"过的这座水仙庙也不存在了。然后这一段写的盛况是水仙诞辰,也就是柳毅的生日。了解了这些前提之后我们就会理解作者为什么会说,就像是在龙宫设宴了。

其实不管在沈复所在的清朝还是现在,人们敬水神的文化一直在延续着。比如苏州每年的太湖开捕节都会有盛大的祭祀大典,其间,渔民身着旧时渔服,手持黄色月牙鱼旗,请神、祭神、敬神、放生、悦神、送神,唱着渔歌,一环不落演绎着代代相传的祭祀仪式,祈求风调雨顺、鱼儿满仓。感兴趣的朋友有机会可以去看看。

好了,我们接着说:主事者奏乐歌唱,或者煮茶聊天,观看的人就像蚂蚁一样多,屋檐下设置了围栏作为界限。我受朋友们邀约而去帮助摆放插花,所以才能有幸看到里面的盛况。回家以后我跟芸讲述了我看到的这一切,芸很遗憾地说:"可惜我不是男子,不能去看。"我说:"穿我的衣服,戴上我的帽子,女扮男装去吧!"芸听了后把发髻放下来学着男人的样子编成辫子,又把眉毛画粗了些戴上我的帽子,遮了遮两鬓的头发。但是我的衣服她穿着很长,于是把长出来的部分折进去缝好,外面再加上马褂还能将就。芸说:"脚上穿什么呢?"我说:"外面有卖蝴蝶履的,有大有小,应该也好买,而且早晚还能当拖鞋用,不是很好吗?"芸听了也特别高兴。

吃过晚饭以后,芸装扮好,效仿男人的样子拱手作揖,大踏步走路,学了好一会儿,突然改变主意说:"我还是不去了吧,要是被人认出来就不好了。母亲知道了也会不高兴。"我劝她说:"庙里管事的人谁不认识我?就算认出来笑一笑也就过去了。我母亲现在九妹家里，我们悄悄去然后悄悄回，她怎么能知道呢？"

芸对着镜子照了一下后大笑不止，我强行挽着她悄悄溜出去，庙会都逛完了还没有人发现她是女子。当有人问我旁边是谁时，我回答说表弟，芸也只拱拱手。到了最后一处，有少妇和小女孩坐在宝座后面，那是杨姓主事者家属。芸突然走上前去跟她们打招呼，身子一侧，不由得按住了那年轻女人的肩膀，旁边的丫鬟就生气地说："哪里来的狂小子，不知法纪！"我刚要为芸辩解，芸一看情况不妙就立刻脱掉帽子，并抬起脚给她们看，说："我是女子啊！"那些人惊得面面相觑，然后转怒为喜，并挽留我们吃了些点心和茶水，最后热心地叫来肩舆送我们回家。

这一段是《浮生六记》里面比较经典的桥段，果然艺术是源于生活的，沈复和芸的这些过往片段就是艺术的最佳素材。我在读明代的《醒世恒言》的时候，里面有些桥段也很精彩，有好多次我都很诧异，这是大明朝吗？女人这么开放吗？还有这样的操作？话说回来，精彩归精彩，它总归是小说，我不会把它代入到真实生活中。这里就不同，故事发生在真实的醋库巷附近，醋库巷今天还在，沈复和芸都是真实存在过的人物，所以以这个视角去读去听会觉得特别有意思，因为那就是我们身边的人，只是早了几百年。

文中提到的肩舆是一种人力轿子，类似于把椅子担在两根长竿上一样，有点像我们登山时见到的滑竿。明清时候的肩舆在苏州很常见，有权势有官职的人家养着专职轿夫，逢年过节时候也有人家乘坐临时租的肩舆。而在这里，芸女扮男装败露以后，杨主事的家属觉得又新鲜刺激又好玩,她们作为熟人可以理解和包庇这种行为,别人就未必了,所以很体贴地叫来肩舆给芸,意思是悄悄地快回去吧,别显了,再让别人发现就不好了。真是中国好乡亲!

我们接着看:吴江的钱师竹病故了,我父亲写信来要我前去吊唁。芸私下跟我说:"去吴江必经过太湖,我也想一起去,开开眼界。"我说:"我正好一个人去比较孤单,能跟你同行再好不过了。但是没有说得过去的借口啊。"芸说:"我借口回娘家,你先上船,我随后就到。"我说:"如果是这样的话,我们回来的时候就把船停在万年桥下,我跟你一起在月下纳凉,继续我们在沧浪亭的雅事。"那天是农历六月十八。

吴江现在是苏州的一个区,地铁直达,而在那个时候是吴江县,需要乘船经过太湖才能到。即便是家门口的太湖,芸也没有去看过。假如沈复是一个迂腐守旧的人,芸也不敢提出去看太湖的要求。相反,从之前沈复带芸私自去沧浪亭游玩,带她女扮男装去水仙庙会就可以看出来,他是一个比较超前的人,愿意打破陈规陋俗,在他眼里,能跟芸一起分享美好才是最重要的。

不经历挫折的人是长不大的,到目前为止,我们看到的沈复其实还是有很重的孩子气。还有,他们二人之前在沧浪亭的时光实在太美好了,念念不忘必有回响,所以机会来了,从吴江回来的时候,二人可以在万年桥下共同纳凉赏月。想想都非常美好。

接着看:那天早上十分凉快,我带了一个仆人先到了胥江渡口,上了船等她,芸一会后果然乘坐肩舆到了。船夫解开拴住船的绳索,船驶离了虎啸桥，渐渐地我们看见大船上的船帆和沙鸟，水天一色。芸说："这就是传说中的太湖吗？今天见到天地如此宽阔，真是不虚此生。想想很多闺阁女子一辈子都不能见到太湖啊！"话还没说完，只见河岸的杨柳在风中摆动，我们已经到吴江了。

　　讲到这里时莫名地想起了阿富汗女人，不知道现在有没有好一点，反正之前女人在那个国家根本没有地位，法律也不保护她们。这样一来，成家以后对她们至关重要的只有自己的丈夫。如果自己的丈夫对自己好，那么日子会稍微好过些，假如自己的丈夫要求她们出门得裹上厚厚的布卡出门，那么她们外出时可能一辈子都不会有展现身材和相貌的机会。

　　同理，如果沈复跟其他封建人士一样，认为女人就该大门不出二门不迈，那么芸也会跟其他女人一样，一辈子都见不到太湖。《红楼梦》里也是，那么多女眷活动范围也只有贾府，小姐们范围更小，平常都是在大观园内，著名的秦淮风光她们自然无缘相见。有幸她们还读过些书，对这世界的感知能从书本中了解一二。来了一个游览过山川河荡，见过世面的薛宝琴之后，薛宝琴反而像是一个异类。

　　好了，接着说：我登岸去祭拜回来后，在小船上不见芸的身影就赶紧问船夫，船夫说："那边长桥柳树底下看鱼鹰捕鱼的不是嘛？"原来芸和船家女一起登岸了，我过去后发现芸香汗淋漓，倚靠着那个女子正在出神，我拍拍她的肩膀说："衣服都湿透啦！"芸回头说："我怕钱家人也到船上去，所以特地避一下，你怎么回来这么快？"我笑着说："急着抓捕逃犯啊"。然后我们就互相搀扶着上船，当船行到万年桥下时,太阳还未落山。我们打开船上所有窗户,阵阵清风拂来,芸手摇着团扇,身着罗衫,跟我一起吃瓜解暑。不一会,晚霞映红了万年桥,烟雾笼罩着柳岸,天色愈加昏暗,一轮明月即将升上来,点点渔火遍布江面。我让仆人去船尾跟船夫一起饮酒。

我们在讲沧浪亭那一期时说过,苏州的六七月份特别热,蒸笼一样。在这样炎热的一个黄昏,才子佳人驾一叶扁舟漂在水面上,夕阳落下月亮升起,江面火光点点,这番景象特别美,所以有很多人就照着沈复他们提到过的地方重新去走一遍。

再说回沈复和芸这夫妇俩,真是甜炸,先是沈复速去速回,估计他去了匆匆吊唁然后啥也没干,根本没有多停留就立马转身回来了。这个小小的举动就可以看出两个人感情有多好了。其次是对话,一个男人细心到妻子的衣服被汗湿透还一直记得,可见他有多在意对方。那句"抓捕逃犯"也是满满的宠溺感。在我的某一期讲书中有听友评价说想要夫妻感情好就该来听听《浮生六记》,真是没错,细节见真情,婚姻中的爱都在细节里。

我们接着看:船家女名叫素云,曾跟我喝过一杯酒,也不是俗人,我喊她来和芸一起坐。船头不点灯,就着月光小酌,以射覆为酒令。素云的眼睛睁得大大的,听了很久以后说:"酒令我倒是熟悉的,但是这种从来没听过啊,教教我吧!"芸就开始教给她,最后素云还是没有弄明白。我笑着说:"女先生先不用教了,我来打个比方她就懂了。"芸说:"你打什么比方呢?"我说:"白鹤善于舞蹈却不善于耕地,老牛善于耕地却不善于舞蹈,这就是事物的天性啊。女先生这是要教学生违逆天意,这不是在做无用功吗?"

素云笑着捶我肩膀说:"你居然骂我!"芸说了个酒令:"只许动口,不许动手。违者罚喝一大杯。"素云好酒量,满满斟了一杯一饮而尽。我说:"动手也只能摸摸,不能捶人。"芸笑着把素云推到我怀里说:"请尽情摸吧!"我笑着说:"这你就不懂了,摸只能在有意无意间进行,哪能抱过来就狂摸呢,那是乡村野夫才干的事。"

前面的部分有点温吞,这段描写特别真实,沈复和芸的性格也一下子立体起来了,喝酒要找个不俗的人,喝酒时还说点段子,两个人都能开得起玩笑。而且这里芸也能接受这样尺度的玩笑。现实中的夫妻不都是这样吗?

接着看:此时她们两个人的双鬓间簪的茉莉因为酒气所蒸,再加上女人的香汗就变得格外香,我开玩笑说:"小人的臭味充满了船头,让人作呕。"素云听到后连连捶我,说:"谁让你闻的?"芸叫道:"犯规了,罚两大杯!"素云说:"他骂我小人,不该捶他吗?"芸说:"他说的小人是有典故的,你喝了罚酒我告诉你。"素云连干了两大杯,芸就把我们在沧浪亭乘凉时候关于茉莉是小人的旧事告诉了她。素云说:"原来是这样啊,那我该受罚。"于是又喝了一大杯。芸说:"早就听说素娘唱歌好,能否有幸听一听呢?"素云随即拿起象牙筷子敲着小碟开始唱,芸开心地畅饮着,不知不觉就醉了,于是乘着肩舆先回去,我又与素云说了一会话,踏着月色也回去了。

那时我借宿在朋友鲁半舫家的萧爽楼中,过了好几天,鲁夫人听到了传闻就悄悄问芸:"前天听说你丈夫带着两名妓女在万年桥下的小船中饮酒，你知道吗？"芸说："确实有这事，不过我也是其中之一。"然后就把我们的来龙去脉说了一下，鲁夫人听完大笑，这才放心地离去。

我们前面刚说芸开得起玩笑，但是开得起玩笑不代表没有底线，尤其在那个男女授受不亲的年代，船家女素云当芸的面捶沈复，这不正是"拿小拳拳捶你"的写照吗？芸只好拿酒令说事，规定只动口不动手，以此来稍加约束。这个方法也确实好用，船家女素云两次举起的拳头都及时放了下来。很多时候男女之间有了肢体接触才会有微妙的感情，得防微杜渐。这时候生气未免太失态太小家子气，而听之任之又不是良策，正好在喝酒，那就拿酒令说事，最终皆大欢喜，这是芸的智慧，实在是妻贤夫贵啊！

好了，接着看：乾隆甲寅年七月，我从广州回家，有个叫徐秀峰的同伴带着小妾一起回来，徐秀峰是我的表妹夫。他称赞自己的小妾美艳无比，并邀请芸来观看。芸对徐秀峰说："美是很美，但是差点味道。"徐秀峰说："那你的郎君娶妾也一定要美而且有韵味吗？"芸说："那是自然咯。"从此之后芸就开始专心为我物色人选，但是我并没有巨资可以耗在这上面。

那个年代娶小妾是再正常不过的事情，婚姻还没有实行一夫一妻制嘛。身为大房，虽然内心有不情愿但是表面上得支持丈夫纳妾，否则这就成了妒妇了，在封建礼教来看，这是大忌，严重了是要被休妻的。而且大房越是主动张罗越是贤惠和通情达理。我在前面某一期解析时举了王熙凤的例子，说贾琏纳妾就连王熙凤也得捏着鼻子，有些评价说王熙凤哪有捏着鼻子,她明明害死了尤二姐。是的,没错,但是你仔细看,当贾琏要娶尤二姐时,她半点拒绝的理由都没有,虽然恨得牙痒痒但表面也装得一团和气,还假模假样地把尤二姐带到贾母等人面前去,显得自己很大度很贤惠。明着一套,背后却使坏心。

然后说说女人,徒有美貌不是最高级的美,相貌好没有内涵,人迟早会厌倦腻歪,况且美人芳华很短暂,美人迟暮以后都一样是个皱巴巴的中老年女人。但是内在散发的美就不一样了,因为灵魂的美是时时都散发光芒的,让你觉得跟她在一起如沐春风,时时有新鲜感和趣味性。也就是说,外在美是短暂的视觉引诱,时效性很短。而内在美说明她有料有思想有深度,这才是最高级的女人味。所以娱乐圈的美女才最怕别人叫她花瓶。

人常说,人以群分,物以类聚。在一定程度上来说沈复和芸是一类人。两个人能一起品酒赏月,谈论诗词。沈复在小船上随便喝个酒都要看对方是不是个俗人,比如素云,他认为不俗就邀请过来一起喝酒。芸也是,替沈复物色小妾更要求有姿色有韵味,这是她的意愿更是沈复的意愿。他们都太懂对方了。

好了,接着说:当时有个浙江的妓女温冷香,住在苏州,写了《咏柳絮》诗四篇,传遍了苏州,很多好事者都去和诗。我的好友吴江的张闲憨素来就赏识冷香,就拿着《咏柳絮》来找我帮忙和诗。芸看不起冷香这样的人,就把诗词搁置一边,我一时手痒就和了一首,中间有"触我春愁偏婉转,撩他离绪更缠绵"两句,芸看到后非常同意其中的气节。

我们来说一下，古代的文人们都喜欢和诗，第一位诗人写一首诗，第二个人依第一个人作的诗词体裁、题材、原韵或者思想内容和诗一首，人们去和诗要么是跟原作者关系好，或仰慕前者才华，要么就是原作者比较有名气。在这里作者也交代了，只是因为冷香是有名的妓女，所以好事者都去和诗。

接着说，第二年秋天的八月初五，我母亲带着芸去游虎丘，我的朋友张闲憨忽然到了，他说："我也正打算去游虎丘，邀请你做探花使者吧！"所以我就央求母亲带着芸先走一步，之后约定在虎丘半塘会合。张闲憨拉着我到了冷香的住处，冷香已经上了年纪，有一个叫憨园的女儿，已经十六岁了，还没有嫁人。憨园长得亭亭玉立，真正是像秋水一样明艳动人。在招待我们时候，发现她居然也识文断字，有些学识。她还有个妹妹叫文园，年纪尚小。我这时还没有其他念想，只是觉得在妓院聊天喝酒的费用并非我一介寒士能支付得起的，但是既然已经来了，只好压制着内心的忐忑勉强应酬。我偷偷跟张闲憨说："我是个穷人，你拿美人来戏弄我吗？"张闲憨笑着说："不是啊，今天有朋友邀请了憨园，但这个人临时有贵客要见，我就拉了你来填补个空缺，你不要担心。"我这才放下心来。

结束以后我们划船到了半塘汇合，两艘船相遇，我请憨园到母亲所在的船上叩见我的母亲。芸和憨园一见如故，两个人一同携手登山，游览名胜古迹。芸特别喜欢千顷云的高旷，坐着观赏了好久。返回到野芳浜以后，大家痛快地喝酒，两艘船停到一起。等到解开船的缆绳开船时，芸对我说："你陪着张闲憨，让我陪着憨园怎么样？"

我同意了。

回去的时候，两艘船一起开到都亭桥才分开，我们到家已是三更时分了。芸说："今天终于见到又有貌又有韵味的人了，刚才我已经约了憨园明天来家里拜访，我帮你争取到她。"

有些事情注定一开始就是错的，也许从沈复第一步踏入冷香家门时错误就埋下了，这是什么地方啊，这是名妓家里啊。我们常说交友不慎，他这个朋友张闲憨看名字就知道是个浪荡公子，之后又招惹冷香就知道他是个酒色之徒。而沈复在愁什么呢？他愁的只是付不起那些消费钱，当他知道这个困扰解决了之后居然也心安理得了。

再之后，就一步错步步错，把憨园介绍给母亲和芸也是大错特错，要知道憨园长在妓院啊，她什么人没有见过，什么场合没有经过，待人接物自然说得过去。看到芸和憨园那么反常地亲密，沈复没有加以阻拦，不是什么人都可以亲密无间啊，这就给之后沈复父母责怪芸埋下了祸根，直接导致芸和公婆关系恶化。

解析了几期之后其实不难发现沈复是一个不大有主见的书生，决定都是芸在做，责任也是芸在承担。单纯的芸居然因为一面之缘就认为憨园会是那个跟自己共事一夫的人。

再说说文中提到的野芳浜，这是在山塘街，古代著名的烟花地。俗话说"七里山塘到虎丘"，所以这是来去虎丘必经之途。一到晚上，这里特别热闹，游船画舫众多，卖唱的或者卖小吃的船上都挂着红灯笼，前来的文人商贾也特别多。据清末文人袁学澜记载："时有船载女优，并集画船鹢首演剧。锣鼓开场，昆腔弋调并奏，又有牵傀儡、象声鸟语、弄盆飞水诸法，同时呈技，观者为之神怡。"可见当时野芳浜有多热闹，又有人直接说："觅得百花深处泊，销魂只在野芳浜。"

所以就不难理解冷香为什么住在这附近，而且在这里与会的不是别人是憨园了。况且等他们闹腾够回家已经是半夜三更，因为在这里晚上才是最热闹的，谈笑畅饮间浑然不知已是什么时辰。

从憨园的出现，沈复和芸的命运就已经悄悄发生了转折，人的命运会在什么时候悄悄转折谁也无法预料。

想象一下，如果现在不是一夫一妻制，一个男人除了正妻以外还能娶几房小娇妾，关键小娇妾还由正房心甘情愿地物色张罗，也就是说自己只等着迎娶过门就好了。美不美？世上竟有这样的好事！这世上还真有这等好事，不过不会发生在你头上，而是发生在了封建社会的许许多多男人头上，沈复就是其中之一。

前面我们说到了芸替沈复物色了一位又有姿色又有韵味的女子憨园，并跟沈复说要争取拿下她，接下来看看发生了什么。

正文是：我吓了一跳说："这样的女子没有家财万贯是养不住的，我一个穷光蛋可不敢打这个算盘。何况我们两人情深义重，何必再从外面找一个来呢？"芸笑着说："我喜欢就是了，你就等着吧！"

第二天中午，憨园果然如约而至。芸非常殷勤地款待她，酒席中两人玩输赢小游戏来决定谁喝酒，自始至终都没有提这档子事。等憨园回去后，芸说："刚刚我又跟她私下约定十八号来家里，我们结为姐妹，你帮我们准备结拜的用品吧！"然后又指着手上的翡翠镯子笑着说："如果那天你看到镯子在憨园手上说明这事成了。前面她其实已经有点那个意思,只是我没有细说。"我只好随她。

我们常说路遥知马力,日久见人心。在沈复的真实记录中,他们二人的性格也越来越突出立体。首先看他们的对话,芸说争取拿下憨园,沈复第一反应是什么?他的反应是没钱养不住那样的女子,其次才说二人感情甚好,不用再娶。这看似是两条拒绝的理由,但是这两条理由都有很大的缺口在。第一条不假思索说出口的是,这样的女子没钱养不住,那如果有钱呢?如果这是一个不贪慕虚荣不嫌贫爱富的女人呢?这事是不是就成了?

第二个理由是说感情好,何必从外面找一个来。这是个问句?不是感叹句!既然是问也就有商量的余地。如果真的感情甚笃,不是会说:不许再娶,别白折腾了!你们听听这两句表达的意思,明显后者有不容分辩不接受反驳的力量。果不其然,你看,经过芸的一番说辞后,沈复就妥协了,说只好随芸了。所以他心里还是想要的!

人的第一反应往往是内心最真实的写照,假如他脱口而出的是二人感情很好,不用再娶了,其次是养不起。这就又不同了,说明他确实先想到了芸,想到了他们两个人最深厚的感情。

心理学上有个小测试也是规定了不许想,要立马给出答案,因为这个才是最真实的答案,没有经过后期加工的。鲁豫在采访某名人时也会突然发问,并且要她快速回答不许思考,就是这个原因。

说这些不是非要做杠精,否定沈复对芸的感情,不是!只是把人性体现出来,其实人性就是这样,没有绝对的,没有完美的。何况我们不能忽略背景,那是妻妾成群相当正常化的时期。

再看正文：十八号大雨，憨园居然冒着雨前来赴约。进去跟芸坐了很久然后挽着手出来，憨园见到我有点羞涩，手上赫然戴着那个翡翠镯子。烧香结拜以后，我们打算继续饮酒，正好憨园要去石湖游玩，就作罢。芸高兴地跟我说："美人已经帮你争取到了，你怎么答谢我这个媒人呢？"

我问她详细情况，芸说："我一直不敢挑明了说，怕憨园已经有心上人，后来试探了下发现没有，就说：'妹妹你知道今天我请你来是什么意思吗？'憨园说：'多谢夫人抬举，我就像是蓬蒿依仗着玉树，但是我母亲希望我择一门好亲事，我恐怕身不由己，但我还是愿意跟你们一起想办法。'我摘下镯子给她戴上后，跟她说：'玉镯因为坚固而受人喜爱，同时也象征着团圆。妹妹你先戴上，做个好兆头吧！'憨园说：'团圆还是分开，决定权在姐姐你的手里。'这么说来，憨园心属于你，难就难在她母亲冷香那里，我们再想想办法。"我笑着说："您要效仿笠翁系列之《怜香伴》中的事迹吗？"芸说："是！"

其实芸做事挺有分寸但还是太单纯太投入，冷香是什么人，名妓啊，什么人没有见过。再说作为名妓她手里攒下的银子也不少，她的眼窝子可不浅，怎么可能让女儿嫁一个寒酸人家呢？虽然出身不好可能做不了正房，但至少做妾也得挑挑门户。但是芸一门心思想促成，她太实心眼了，又是结拜姐妹又是送镯子，她所做的事情却为了给心爱的丈夫纳妾，让人心疼，万恶的封建礼教！

憨园身在那样的环境里，见过不少达官贵族，但是小女孩和历经世事的中年女人视角可能不大一样，小女孩会看中相貌才气甚于其他，中年女人只关注门第名望。换句话说，看遍世事的女人比较事故，不再有飞蛾扑火的单纯。

从侧面来看沈复有才可能也有貌，不然肯定入不了憨园的眼，她虽然比起自己的母亲来说单纯，但比起普通家庭女孩子可复杂多了。

再来说说《怜香伴》是什么？沈复为什么会说那个典故？他表达了哪种意思呢？《怜相伴》是清代的戏曲家李渔写的一部传奇集《笠翁十种曲》其中一篇，《笠翁十种曲》写的都是以女性为主的喜剧，总共有十篇，整体来看格调不高，但是深受老百姓喜爱，是扎根民间的戏曲。

戏曲《怜香伴》写的是女同性恋的故事，说一位女子喜欢另一位的体香，另一位则羡慕这位的才气，二人互生倾慕，想方设法要长相厮守。于是这位女子就设计把另外一位女子给自己的丈夫娶进门，从此以后两位女子朝夕相伴、形影不离。

所以沈复这么说就是在打趣芸，等于开玩笑地跟芸说：你是不是和憨园有一腿，要把她娶给你自己呢？

再看正文：从那以后我们每日的谈论内容就是憨园，后来憨园被有权势的人夺走，芸精心策划的事不了了之，没想到这个竟然成为芸的死因。

套用郦波老师的一句常用语：宁不悲乎？悲芸的至情至性，把太多心思投入其中；悲芸的单纯，一开始就没有看透这个结果；悲人心不古，收下定情信物却还是攀了高枝；悲芸的命运，年纪轻轻就因为不相干的人枉送性命。

这里插一下，很多人都说实在不理解芸的脑回路，为什么一定要给心爱的丈夫纳妾，还这么尽职尽责，甚至还搭上性命。我想说归根结底还是人品，基于封建礼教基础上的人品。举个例子，《饥饿的盛世·乾隆王朝的得与失》一书中就有个这样的案例，说在乾隆年间，一位三品大员犯事了，审案子的大臣就刨根问底、事无巨细地拷问他，最后问到了娶妻纳妾的事情上。提审官说："你个老不正经的，老实交代，你为什么想把一个50多岁的老处女纳为妾室？"这位三品大员就说："我妻子素来就贤惠通达，大家都对她评价极高。为了博一个不妒之名，所以就张罗着替我纳妾。"提审官说："寡廉鲜耻，不要辩解！你明知人家保持操守终身不嫁还去说亲。"三品大员又说了："我那时在外地做官，当真不知道这件事，后来还是我妻子告诉我的。至于为什么要去向这个50多岁的老处女说亲，是因为，一来这门亲事肯定不成，二来我妻子的好名声也传开了。"

　　从这个案例看出，正妻替丈夫纳妾越无私，风评就越高，所以很多女人都想做一个人人夸赞的好媳妇。但是很多人又想博得好名声又不想把事情干漂亮，因为毕竟那是给自己招情敌啊，所以背地里都使坏，如王熙凤，如刚刚这个案例中的女人。这么一说，芸的行为举止我们就可以理解了，她是真正想要做一个贤惠通达的人，可以说对自我要求很高。而且她也实实在在去做了，又想找漂亮的又要找有韵味的。这才导致了她的悲剧。

　　第一章结束，这一章整体来说简直就是处理夫妻关系的枕边书，取其精华去其糟粕，其中有很多值得我们学习和思考的地方。

第二章

闲情记趣

生活素笺——插花技巧及艺术情趣

前一章写了两性关系，这一章要写生活。对于我们很多人来说，我们只是负重活着而不是在生活。生活本应该是充满情趣的，诗意盎然的，但我们都忘记了生活本来的样子，活得潦草而敷衍，所以好好读读这一章，里面有花艺、盆景、画画等内容的介绍，读完之后无论是理论还是实际我们肯定都会大有收获，也许其中某一段内容就能改变我们的生活方式，给我们增加些新鲜感和情趣。

来看正文：我记得我小时候能直视太阳，能看得清很多细微的事物。每次看到微小的玩意，我总要细细观察它的纹理，所以常常有超乎寻常的乐趣。夏天，聚蚊成雷，密密麻麻，我把它们想象成一群仙鹤在空中飞舞。这么一想，好像它们真的变成了仙鹤，我盯着它们看，直到脖子僵硬。有时把蚊子留在蚊帐里，慢慢对它喷烟雾，让它冲破烟雾飞出，就好像仙鹤飞出乌云，这让我特别开心。我蹲在土墙凹凸不平的地方，或者花园长满小草的地方，平视花坛，仔细观察，把草丛当森林，把蚂蚁等虫子当野兽，小土块当丘陵，凹陷处当沟壑，经常沉浸其中，快乐无比。

有一天我看到两只小虫在打架，正看得入迷，忽然有庞然大物排山倒海而来。原来是一只蛤蟆，舌头一伸两只小虫都一起被吞下去。我那时年纪小又看得出神，倒是被吓了一大跳。定了定神后，我捉住蛤蟆打了十几鞭子赶到别的院子里去了。年纪大了一些后我再回想,两只虫子打架其实是一方想干坏事而另一方不从。古话说"奸近杀",对虫子来说不也是吗?

我因为常常玩这些,有一回阳物被蚯蚓咬了,肿胀得无法小便。于是捉来鸭子张口含着,仆人不小心松了一下手,鸭子的脖颈朝前一点好像要整个吞下去,我吓得嚎啕大哭,因此被传为笑柄。

这些都是小时候的趣事。

这是沈复的童年,也是每个熊孩子的童年!我其实在写稿的时候也一直在回想我的童年。童年大差不差,但是长大后就命运各异,千差万别。

不需要解析或者解析点少的话我们就进行得快些,直接往下走。

等到长大后,我又爱花成癖,喜欢修剪盆栽。认识了张兰坡之后,我才精心钻研修剪枝叶的方法,后来又学会了嫁接和堆叠石头的技巧。兰花是花中最可贵的,因为它香味幽静又有韵味,成为被计入花谱中的名贵品种,真是不可多得。

兰坡临终时,把一盆荷瓣素心春兰赠送给我,这种花花瓣均匀,花蕊大,枝叶较细,但花瓣的颜色却很纯净,在花谱中榜上有名,我把它视作珍宝。当时我还在外地做幕僚,芸亲自照顾这花,给它浇水,花也长得枝繁叶茂。不到两年,一天早晨,忽然全部枯萎了。挖出它的根来看,洁白如玉,而且新长的嫩芽也十分茂盛。起初我不大理解,以为我无福消受,只能叹息。后来才知道有人想要分走一枝,没有答应他后,那人拿滚烫的热水浇花所以花立马枯萎了。从那以后我再也不养兰花了。花中排行老二的是杜鹃,虽然不香但是颜色耐看,而且容易修剪。因为芸怜惜它的枝叶,不忍心修剪,所以它总是很难长成盆栽的样子,其他盆景也是这样的情况。

每年菊花开的时候,我喜欢剪几枝瓶栽,不喜欢盆栽。不是因为盆栽不能赏玩,而是因为家里没有花园,不能自己种植。在花市买来的盆栽多半杂乱无章,缺乏形态美,所以我就不选择盆菊。插花的数量最好是单数的,不能是双数的。

每个瓶子里的插花须得颜色一致,不要取两种颜色的花,瓶子的口要大,小口瓶不可取,广口瓶能够让花舒展,不受拘束。花朵无论是五朵,七朵还是三四十朵,都要在瓶口并成一丛共同怒放,以不散漫,不拥挤,不靠瓶口为妙。所谓"起把宜紧"。造型要么亭亭玉立,要么花枝飞舞横斜,花朵参差不齐,中间以花蕊间隔开,以免难看。要选取叶子不乱的,梗子不硬的,用针固定花枝时,要把针藏好,宁可折断也不要让针从枝条里露出来,这就是人们常说的"瓶口宜清"。

摆放的时候看桌子大小,一桌放三瓶到七瓶最多。多的话就杂而乱,就像市场上卖菊花的展览。桌子的高度最好是在三四寸到五六寸,一定要参差不齐,相互呼应,如果能在气势上形成一种联系就最好了。如果中间高两边低,后面高前面低,要么一排要么一列又很俗,就像"锦灰堆"一样,摆放或疏或密,或进或出,都全凭人的情趣和意境。

这一段简直就像是上了一堂花艺课,老师是来自清代的才子沈复。这个爱好真的是很雅！非常给人加分。再串联前面看，我们就知道他为什么喝酒都要找个不俗的人。蒙曼老师之前说过，大意是，一个人的爱好很雅，譬如爱好诗词，那么他的审美情趣也会高出几个层次，这样的人一般也低俗不到哪里去。爱好本身已经就在提高他的审美。

既然是上课，那么还没有上完，后面还有更详细的。

接着看，要是在盆、碗、盘子和洗具中插花，就要用漂清、松香、榆树皮和面粉和上油脂，再和麦秆的灰一起熬成胶，然后把钉子固定在铜片上，尖朝上，再把胶加热融化，把铜片粘在这些容器中，等到胶冷却，再把花用铁丝扎成一束一束的，插在钉子上。最好有点偏斜，不要放在正中间，枝叶要稀疏，不能浓密，不能拥挤。之后再加水，用少量沙子埋在底部遮住钉子，让观赏者觉得花是从碗的底部长出来的。

其实这个很简单，我们不用去考虑熬什么胶，古代没有现成的胶，但是今天万能的淘宝什么都可以搞定，包括可以这样插花的容器都已经是弄好的造型，只要动动手指头就能买到，我们只需要掌握怎么插以及掌握美感就好了。动手插起来吧！估计几百年前的沈复根本没有想到科技发展速度如此之快，后人们已经不用费心思去制作容器去熬胶水，估计他更没有想到他的经验之谈会被我们这么多读者读到。

接着看，如果要将木本花果插瓶（不能事事亲力亲为，让别人折的总不满意），那么修剪枝叶时先拿在手中，先横着观察它的势态，再反过来判断其势态。看准之后，剪掉多余的杂枝，以稀疏、纤瘦古怪的造型为上佳，再考虑它的梗怎么装瓶，要么折断要么弯曲着插入瓶口，才能避免叶子的背面朝人或者花朵歪斜。如果拿到一枝花，先选择直的梗插瓶，势必会显得枝叶杂乱无章，而花径很硬，叶子背面也朝着人，这样的话既没有造型又没有意趣。

　　有一个可以让梗弯曲的好办法，那就是把梗折断一半，嵌上砖石，这样一来花梗直的也就变歪了。如果担心花茎倒了，可以用一两根钉子固定。就算是枫叶、竹子、乱草和荆棘都能够插瓶。或者是一根绿色的竹子，配上几粒枸杞，几根细草配上两株荆棘，如果摆放得当，又是一番别致的野趣。如果是新栽的花木，不妨让它歪着生长，取其歪斜的姿态，一年后它的枝叶也能向上生长。要是每一棵树都被栽种得笔直，那盆栽还有什么可欣赏的呢？

　　说到这里我想起来一位特别有情趣的前辈，她家里有许多造型怪异的插花，真的是跟寻常端端正正的绿植有很大不同，看起来就特别具有艺术美。然后插花摆件里有一节很具艺术感的枯木，她是从外面捡回来的，跟插花放在一起相映成趣，真的是沈复所说的，只要摆放得当，什么都可以作为素材。

　　回想我们去园林看到的那么多盆栽造型各异，确实因为歪斜才格外美，端端正正反而没有意思，显得乏味。人也是啊，太端端正正一本正经就无趣了。张爱玲就说过：一个女人太四平八稳了，端正得过分，始终是不可爱的。而她也确实是这样的人，经常语出惊人。

　　世事洞明皆学问啊！

其实生活处处都有美，只是我们缺乏发现美的眼睛，沈复说枫叶、竹子甚至野草、荆棘都能插出有美感的花来，所以开拓了思维以后我们也可以动手试试，给自己的生活增添些生机，这是最经济最鲜活的居家陈设。

苦中作乐——物质贫民与精神贵族

上一章我们说了插花艺术，真正像是上了一堂花艺课，这让我出门看到新奇的花花草草满脑子都是取势搭配。我记得去年冬天我在一个园子里闲逛的时候偶然发现一种植物结着红彤彤的果实，果实一串串挂在枝头特别漂亮，就像缩微般的樱桃，我忍不住摘了一串把玩了很久，最终还是狠狠心丢掉了。如果我早点讲这本书的话，我可能把它带回家搭配一些路边的青草，做成一盆有造型的插花来，因为那种结着红色果实的植物委实好看，但是也很普通，就长在野外。

然后由感而发再说一句：人的审美情趣相当重要，而且情趣完全可以后天培养。但问题的关键是，很多人没有意识到自己缺乏情趣，不知道后天可以培养，也不知道缺乏情趣有什么不好。希望在讲书的过程中我们除了收获知识，也能被带入进行一些拓展思考。人做很多事情归根结底是思维在支配，思维一打通，很多问题迎刃而解。

好了，我们接着看后面内容：至于裁剪盆栽，要先拿长得像鸡爪一样的根，剪成左中右三节，然后修剪起枝。一枝一节，通常七节到顶，最多不能超过九节。枝叶不能像两条胳膊那样长得对称，结节部位也不能像白鹤的膝盖那样臃肿突出。必须四面八方都有枝条，不能只留两边的枝条，这样才能防止有"光着胸脯露着后背"的缺点。前面和后面也不能直接伸出枝条来。所谓"双起"和"三起"，是指一条树根上面竟然长出了两三棵树。

如果它的根部没有像鸡爪那样，那就成了笔直的树，所以不能选择。然而，一棵树能够裁剪成功，至少需要三四十年。

我一生中只见过我的老乡万彩章花了一辈子成功修剪了好几棵树。我还在扬州的一位商人家中看到了常熟虞山的游客送来的黄杨树和翠绿的柏树各一盆，只能叹息明珠暗投，扬州商人并不懂得品鉴这两盆好树。

如果留下来的枝条能够盘旋得像宝塔一样，枝节弯曲得像蚯蚓一样，那就匠气了。

用来点缀盆景的花朵和石头，小则可以精巧到入画，大则能够怡人心神。就像捧一碗清茶，神髓都进入其中，才能在幽静的书斋里品茗。

种植水仙时没有灵璧石，我曾经捡煤炭中有石头意趣的去代替。有种叫黄芽菜的大白菜洁白如玉，我选了大小不等的五颗到七颗，用沙土种在长方形的盆子中，用煤炭代替摆设的石头，黑白分明很有意思。这样有趣的事儿很多，没法一一例举。比如把石菖蒲的种子和凉的米汤一起嚼烂，之后喷洒在煤炭上，放在阴暗潮湿的地方，就会长出细细的菖蒲，随意移植到盆栽里，绿油油的，特别惹人喜爱。又比如把坚硬的老莲子两端磨薄，嵌进蛋壳中，让老母鸡同其他鸡蛋一起去孵化，等到小鸡孵化成功时把这个蛋壳拿出来，用陈年的燕窝泥再加上十分之二的天门冬，捣烂之后搅拌均匀，然后把那颗母鸡孵过的老莲子种在小容器中，用河水浇灌，晒早上的太阳，荷花绽放之后像酒杯一样大，荷叶缩小到只有碗口那么大，亭亭玉立，十分可爱。

讲完这段后我脑袋里蹦出两个字，那就是：讲究！

古人真是精细，当然，正是因为古人那样考究，才能有那么多有格调和典雅的居室陈设，不得不说，在家居艺术方面，古人是比现代人有情趣。我们都知道荷花荷叶是硕大的，而沈复居然用这个方法把荷花荷叶变成迷你版的，也确实让人啧啧称奇。

尽管当下人都疲于奔命，但其实每个人心中都是有尚美情结的，所以我们爱看一些美好的事物，爱去一些美好的地方。园林，就是我们很多人向往的美好，因为那里有山有水，亭台楼阁，回廊曲折。接下来，沈复作为苏州人也会讲到如何布置一座园林。当然，沈复不是多有钱的人，所以他的方案也适用于我们普通人，如果我们需要装修或者整饬庭院，也许可以运用到他的方法来提高艺术审美呢。

看正文：如果是布置园亭楼阁，套室回廊，或者叠石成山，栽花取势，那就需要大中见小，小中见大，虚中带实，实中有虚，或藏或露，或浅或深，不仅仅在于周回曲折，也不在于地广石多，那不过是白白浪费工夫罢了。或挖泥土堆积成山，用石头间隔，中间夹杂着花草，用梅花枝编制篱笆，用藤萝引绕墙壁，这样一来，就算没有假山，都造出假山来了。

大中见小的做法是在空旷的土地上种上竹子，用梅花枝编织成屏障。所谓小中见大，比方说狭窄院落的墙壁，应该让它凹凸不平。用绿色点缀，用藤蔓牵引，再镶嵌上大石头，在石头山刻字做成石碑来纪念。推开窗户就像是面对着悬崖峭壁，显得异常险峻。

虚中有实的做法是仿佛在山穷水尽的地方，一拐弯就又出现开阔的景象，或者在阁楼的橱窗，一开门又能通向别院。实中有虚的景象是在封闭的院落里打开一道家门，用竹子和石头做装饰，似有似无。也可以在墙头装上低矮的栅栏，就像是弄了个月台一样，其实是没有的。

穷人家的屋子很小，而人口又多，可以效仿我们家乡太平船船尾的设计，再增添一些可以移动的家具，把台阶当作床，前后互相拼凑借用，能够做三张床，中间用纸板隔开，那么前后上下都是相互独立的空间。空间多了就像是走很长的一条路，就不会觉得狭窄了。

我们夫妻二人在扬州居住的时候曾用过这个办法。虽然只有两间屋子，但我们把客厅、卧室和厨房安排得有上有下，将原来的空间界限打破，反而让空间显得绰绰有余。芸曾经笑着说："这样安排的位置虽然很好，但是始终也不是富贵人家的气势。"真是这样吗？

这一段是庭院布置的理念，很遗憾我们现在住的楼越来越高，很少有人家有个大大的庭院，但是也并非所有人家都没有庭院，我见过有些独门独院设计得真是雅致。

很多时候我们不能因为取美好的寓意就堆砌好东西，比方说，我在我的《苏州味道》节目里讲过东山雕花楼，它是各种木雕、砖雕、石雕，也就是说可以在不同材质上雕刻，雕着的东西也各不同，有花、八仙庆寿、福禄寿三星、龙、凤、牡丹等。确实工艺精妙，毕竟人家是香山帮匠人嘛，设计过北京皇家宫殿的。但汪曾祺在一篇文章里有批判说：这是集恶俗之大成。言外之意就是把所有寓意好的都一股脑陈列在了上面，过犹不及，这也正是沈复所说的地广石多的做法。

另外，前两年有一档节目是"梦想改造家"，那些设计师简直脑洞大开，能巧妙利用空间，把窄小的家庭改造成多功能使用空间。我当时在想这是魔鬼脑子吗？怎么能想出这么好的方法呢？但其实你看看沈复，也就是说几百年前的人早就掌握这套方法了。所以叫沈复一声才子当之无愧，他确实除了满腹经纶，还有众多兴趣爱好，关键还挺有研究。

说完了庭院和家居空间设计，还有盆景里的石头摆设以及熏香，我们接着往下看。

我在山里扫墓的时候，捡到有像山峦一样纹路的石块，能够用来欣赏。回到家后我对芸说："用油灰加上宣州的石头做成假山，一起放在白石盆里，是为了让色彩协调一致。这座山上的黄色石头虽然朴实古老，如果同样用油灰糊上，就会出现黄色和白色的间隔，那些人工雕琢的痕迹就会全部显露出来，怎么解决这个问题呢？"

芸说："挑一些不太好的黄石块，把它们捣成粉末，涂在黏合的地方，在油灰还没有干的时候抹上去，干了之后，可能颜色就会变得一致。"我就照着她的方法做了，用宜兴窑烧制的长方体盆子堆叠出一座假山，山体偏左，右面凸出，背面做成横向的方纹路，如同倪云林画的石头，岩石凹凸，就像临江而生的石头。空出一角，我用河底的污泥种了千瓣白萍，石头上种下了茑萝，一般都叫云松。

这个盆景花了我好多天才完成，到了深秋季节，茑萝已经长得满山都是,就像藤萝悬挂在石壁上一样。茑萝花的颜色是大红色,白萍也在水中盛放,红白相间,特别赏心悦目,就像登上了蓬莱仙境。

我把这假山放在屋檐下,跟芸一起品评:这里应该设立一个亭台,那里应该凿六个字"落花流水之间"。这里可以居住,这里可以垂钓,这里又是远眺的地方……总之,心中有许多关于山水的构想,就好像我们搬进去居住了一样。

有一天,小猫互相争抢食物时从屋檐上掉下来,盆栽和架子因此都碎了。我叹息着说:"这种小玩意难道都不被造物主所容?"说罢我们双双落下泪来。

为一个砸掉的盆景夫妇二人双双落泪,这事在今天来看绝对不可能!我们的心已经被磨砺得坚硬无比,很多事情我们都只会打掉牙齿往肚里吞,有眼泪往心里流。其实回归到那种真实自然的状态是最健康的,那个才是真实自然的我们。

其实这里的盆景被砸碎也预示着他们的圆满将被打破。

再往下看:在安静的居室内熏香,是一种闲趣。芸曾经把沉香和速香一起放在做饭的锅中蒸透,之后再在火炉上加上一根铜丝,距离火苗有半寸远,慢慢地烘烤,香味非常悠远,而且还没有烟。

佛手不能被喝醉的人闻,否则闻过之后容易腐烂。而木瓜最忌讳出汗的手触摸它,人手出汗后必须立马水洗掉。唯独香橼没有什么顾忌。佛手和木瓜都有不同供法,只是用文字说不清楚。经常有人把供的瓜果随手拿起来就闻,然后随手放在一边,那是不知道用法的人。

我闲居在家时,桌子上总少不了插花。芸说:"你插的花总是兼具风晴雨露时的各种姿态，真可谓是精妙入神。但是绘画作品中经常有虫子，你为什么不效仿一下呢？"我说："虫子活蹦乱跳的，怎么可能受我的控制呢？"芸说："有一个好办法，只怕是我要干坏事了，罪过。"我说："你说来听听。"芸说："虫子死后颜色不再变化，你找到螳螂、知了或者蝴蝶之类的小虫子，用针把它们刺死，再用细细的铁丝拴住它们的脖子，系在花草之间，调整它们的腿部，或是让它们抱着枝梗，或者让它们踩着落叶，就像是活的一样，不是很好吗？"我听了之后很高兴，就按照这个方法做了，任何人看见我的盆栽都拍手叫绝。访遍闺阁女子，恐怕再也找不到芸这样跟我拥有同样艺术趣味的人了。

我跟芸寄宿在锡山华府的时候，华夫人让她的两个女儿跟着芸一起学习认字。乡下的房子院落都很宽敞，显得很空旷，夏天的太阳都十分晒，于是芸教她们编活花屏。这个方法特别好！每个活花屏只有一扇，用两根大约四五寸长的木梢，做成矮板凳的样式，中间挖空，安四个横档，大概有一尺宽，四角都凿出圆孔，然后在孔中插入竹编的方格屏，高约六七尺。

用紫砂花盆栽种扁豆，摆放在花屏当中，让扁豆的枝条在花屏上缠绕盘旋，两个人就能够搬得动。多编制几个花屏，随意放在什么地方用来遮阳或者做隔栏，就像是绿色的叶子遮住了整个窗户，风能透过来，太阳却被遮挡了。

它们迂回弯曲，时时刻刻都能移动和改变方位，所以才叫活花屏。用这个方法，所有的藤蔓和花草都能利用起来，这真是居田园之乐，住乡村之美！

我们上一章说过，沈复心思巧妙，爱好广泛，很有审美情趣，而芸有过之无不及。说到这里大家都看出来，芸实在很聪慧，她能想出给石头染色的巧妙方法，懂得用最好的方式熏香，能开动脑筋在插花上固定小昆虫，也能想出做活花屏的妙招。后面还有她无穷无尽的智慧闪现处呢！

真是有妻如此，夫复何求啊！

刚刚提到的锡山是无锡的一个区域，无锡紧邻苏州，而华姓是锡山大姓，我们都知道的《唐伯虎点秋香》里的华太师就是锡山人，电影中唐伯虎混进去的华府正是在锡山区。所以这里也提到了朋友家华府，但是此华府非彼华府。锡山也是非常美，非常有历史底蕴的一个区。额外说一下，锡山有个荡口古镇，这个镇的居民大多都是华氏，里面有华氏义庄，华衡芳纪念馆等等都属华氏的。

好了，我们接着说：朋友鲁半舫名璋，字春山，擅长画松柏和梅花菊花，而且对隶书特别专长，对篆刻也颇有研究。我住在他家的萧爽楼一年半时间。萧爽楼共有五间房，朝东，我住了三间。不管阴晴雨雪，在楼上都能远眺。院子里有一棵桂花树，特别清香，楼中有走廊有厢房，地理位置十分幽静。我们搬过去时，有男仆和女仆，还带着他们的小女儿。男仆能做衣服，女仆能纺织，所以芸负责刺绣，让女仆负责纺织，男仆则做衣服，所得的钱用来做我们的日常开销。

我向来喜欢招待客人，喝酒的时候一定要行酒令。芸擅长做菜，所用材料花费也不高，所有瓜果、蔬菜、鱼虾但凡经过芸的烹制，就会成为出乎意料的美味。而朋友们都知道我家境贫寒，每次来都自带酒菜，一待就是一整天。我又喜欢干净，地上没有尘土，就无拘无束，也不觉得别人放纵。

当时我结交的朋友有杨补凡，名昌绪，擅长人物画；袁少迂，名沛，擅长山水画；王星澜，名岩，擅长花卉鸟兽画。他们也都喜欢萧爽楼的清雅幽静，都带着画具来这里作画，我就跟着他们一起学画画。我写草书和篆书，雕刻图章，得到的润笔费都交给芸，让她去准备茶酒来招待客人。

那时我们每天只是评论诗文，谈论画作。还有夏淡安、夏辑山两兄弟，跟缪山音、缪知白两兄弟，以及蒋韵香、陆橘香、周啸霞、郭小愚、华杏帆、张闲憨等人，就像是梁间燕子一样来去自由。芸把自己的陪嫁首饰卖了来招待客人，对此没有一点怨言，从不轻易错过良辰美景。如今朋友已经天各一方，往日风流烟消云散，再加上芸已经香消玉殒，往事更加不堪回首……

需要说明一下，其实这本书不是按照时间线来写的，而是按照分类，我们前面讲的第一章是闺房记乐，专门说他们夫妇二人的闺房之乐，这一章是闲情记趣，是生活中的艺术情趣，下一章又是坎坷记愁……就是说沈复把不同时间段的同一类内容都集中到一章里，所以这一章到了这里大家就会有疑惑，明明我们在第一章的时候说他们条件还是可以的，曾住在沧浪亭畔那么逍遥看起来也比较阔绰，为什么这里突然连招待朋友的茶酒钱都没有了呢？其实这时他们已经被父母赶出来无处可去，过着寄人篱下的日子。

那个时候文人可谋生的路子非常少，要么考取功名当官，要么去做幕僚，要么种地，要么经商。那么沈复科考失败，当官自然是不能了，做幕僚也曾做过一阵子，现在赋闲在家，总要有得做才能去。种地呢总要有地可种，经商是作为文人最后的一条无路可走时的路了，那时候商人地位很低的。所以他们夫妇才靠着一对仆人和芸辛苦做衣服卖衣服赚钱维持生计。

可能有人要说都这么窘迫了，为什么还要打肿脸充胖子去招待那些朋友呢？去经商赚钱不好吗？其实这就是今人和古人的区别，功利心！

今天的我们做什么都要考虑值不值得去做，能得到什么实际好处。而那时候不同，文人有文人的志气，这叫物质上的贫民，精神上的贵族。你看他结交的都是画家朋友，而不是整日喝酒厮混的酒肉朋友就知道了。正因为这样，芸也希望沈复能学习作画和篆书，她宁愿把陪嫁首饰都变卖掉，因为这是精神上的享受，甚至大过物质所能带来的。

李清照的丈夫赵明诚非常痴迷金石书画的收藏，一旦碰到喜欢的，他就不计代价一定要买到手，经常为此节衣缩食。每逢初一和十五，赵明诚都要去市场上搜罗一番，一发现好的就把身上所有银两都花光买回来，有时候实在没钱了，当即脱下衣服鞋子做抵押。而李清照呢，赵明诚走了之后她带着丈夫的毕生收藏东躲西藏，她颠沛流离，贫困潦倒，吃尽了苦头，但是没有想着把这些宝贝换钱来填饱肚子和过上较为安定富足的生活。

这种精神我们现在的人很难理解。

所以不要站在今天的大背景下看待问题，而是站在那个时代下。这样一来，芸变卖陪嫁首饰给沈复招待朋友就可以理解了，那是爱情，是信仰，是守望。

只是花无百日红，人无千日好。留给沈复的只有回忆了。

再有一期，他们闲情雅趣的日子就要结束了，接下来是那段心酸的坎坷日子的回忆了。

好了，这一期暂时到这里结束。

生活之道——用智慧把贫困日子过成一首诗

  今天我们讲"闲情记趣"的最后一部分内容。连着讲了几期插花盆栽艺术后,可能有人会觉得太平淡也太不接地气了。但其实这就是平淡的生活。

  我们的生活里也有幸福的、波澜不惊的时光,等提笔写下来后才发现,那些特别开心或特别不开心的事情读起来更有料,而那些波澜不惊的幸福时光就显得平淡如水。另外,这种我们认为不接地气的生活可能是别人司空见惯的寻常日子。

  刚好今天早上看到一篇文章是这样的:夫妻二人把家里装饰得跟普通家庭截然不同,没有大屏高清的电视,有的只是一面书墙;没有空调,只借助通风对流和电风扇来降温;没有豪华装修,取而代之的是一面供孩子画画的墙;没有考究的艺术软装,有的只是一家人纯手工制作的小玩意。为了释放孩子们的天性,屋子里有秋千,有简易登山绳,还有一处孩子们的小乐园。为了有个棒棒的身体,一家四口早起一起做运动做瑜伽;为了培养孩子们的独立性和专注力,他们一家各自有各自的爱好,要么做手工,要么写书法,要么看书。在他们家里没有谁捧着手机、IPAD 不放。每个人都独立着,但是彼此都凝聚着。屋顶上更是别有洞天,不是厚厚的天花板,取而代之的是透明玻璃,这样下雨天就能听着滴滴答答的雨声。为了让女主人有个愉悦的做饭环境，厨房也是改造得宽敞明亮。可以说每一处都考虑到了每个家庭成员的需要，个性而又温馨。

所以，我们不妨试着靠近一些这种生活。

好了，接下来看正文：萧爽楼有四忌——莫谈官员升职，莫谈朝廷事宜，不做八股文，也不能打牌掷色子。如有犯者，罚酒五斤。但同时也鼓励四样——慷慨豪爽，风流儒雅，落拓不羁，恬静沉默。

这里说说为什么有四忌，这四忌除了不能打牌掷色子这一项，其他都与当时国情有关。乾隆年间是文字狱闹得最令人胆颤的时候，因为各种莫名其妙的理由被杀头甚至灭九族的不在少数。

乾隆皇帝希望平民百姓恪守本分，不要妄议朝廷之事。偏偏有很多人太操心了，飞蛾扑火般地往上扑。曾经有个老秀才抱着远大理想，写了一份建言献策书递交给朝廷，按理来说这份书写得真是好，有关乎民生的，有关乎礼法的，还有关乎经济以及社会问题的，总之都是好建议。

老秀才本心是好的，想着为国效力，生怕有壮志未酬身先死的遗憾。但是当他颤颤巍巍把这份凝聚了自己心血的建言献策书递交上去后，等待他的不是嘉奖，不是重用，而是凌迟处死，女眷变卖为奴。连带亲戚们都遭殃被绑来动用大刑。理由是：普通读书人胆敢批评国家政策。其次，行文中居然没有避讳，两次用了弘历的弘字。

抄家之后甚至还继续调查有没有同谋，在这样风声鹤唳的情况下，除了不怕死的，文人们都避谈国事，也很少写文。所以萧爽楼的这几个文人才有这些规定。而不打牌不掷色子则是对自己的要求，避免低俗的娱乐活动。

　　至于鼓励的四样，则是效仿竹林七贤。竹林七君子不正是有着慷慨豪爽，风流儒雅，落拓不羁的特性吗？而恬静沉默也是呼应了前面的不打牌不掷色子，这是文人的自我修养和约束。正好他们八个人里除了芸是个女子外，七位男士也对应着竹林七贤的七。

　　其实还有一样，再说一下，不做八股文，是因为当时很多文人对八股文很排斥。

　　好了继续看：夏日漫长，实在没事做就对对子玩。我们有八个人，每个人拿 200 文铜钱，先抓阄，抓到第一名的就做主考官，为了避免泄密，他独坐一旁。第二名是抄录者，也坐好。其他的就是考生，每个人都去抄录者那里取一张纸，在上面盖上自己的私章。

　　然后主考官出题，出五言和七言各一句，燃一炷香计时，考生们可以站着也可以走动，各自去思考，不准交头接耳。对好对子的人将纸张放入一个匣子内，然后重新入座。等大家都交卷后，抄录者打开匣子，把众人的对子誊到一张纸上，再拿给主考官，以免徇私。

　　在 16 个对子中取七言和五言各三联，然后在这六联中评出第一名作为后面的主考官，第二名为抄录者。有人如果两联都没有进入预赛者罚钱 20 文，只有一联进入预赛者罚 10 文，如果考试时间超过了一炷香者加倍罚钱。

　　一场考试中，主考官可以得到百文的铜钱，而一天可以来十场，这样就可以有千文铜钱，喝大酒的钱足够了。众多考生中，只有芸是被优待的考生，可以坐着思考答题。

真的一个圈子一个特色，沈复本来是文人，而结交的都是画家之类的朋友，所以他们的游戏也这么有文化。这让我想到了《红楼梦》里宝玉跟一干人等行酒令，各个都说得很好，蒋玉菡甚至在酒令中不自觉地为自己的姻缘埋下了伏笔。而经常厮混在勾栏瓦肆或者狐朋狗友的酒场上的薛蟠不合时宜地加入进来，憋了半天憋出来了个黄段子。大家都很无奈。这是圈子不同不可强融的典型啊！

　　古代的焚香计时真是太通用了，很具有时代特色。电视剧里也经常出现，一炷香的工夫怎么怎么了，要么对着香发毒誓。

　　再岔开说说，上一期我们说了，住在萧爽楼是他们被家人赶出来的，并不是有钱有闲的公子在这里饮酒作诗享受。他们是苦中作乐，穷中作乐。而沈复的穷除了自身原因，更多的则是时代原因。乾隆时期常被人称作乾隆盛世，但其实国富民穷，很多人都很穷。工作机会少之又少，政治环境又阴森恐怖，难啊！

　　我们接着看：杨补凡为我们夫妇二人画了张载花小影，神情惟妙惟肖。那天晚上月色极美，兰花的影子投射到墙上，别有一番幽雅的情趣。星澜最后兴致大发，说："补凡能给你们画像，我就画兰花的像。"我笑着说："兰花的影像能跟人的影像一样吗？"星澜取过纸来铺在墙上，纸上立马有了兰花的影像，然后他用墨水按照轮廓描绘。第二天拿来仔细看时，虽然不十分精美，但是花叶有疏有淡，真有月下花影的意趣。芸十分宝贝这幅画，我们每个人都在上面题了字。

　　苏州有南园和北园两处地方，油菜花盛开的季节，苦于没有酒家可以小酌，于是我们带着酒食前往，一边赏花一边只能喝冷酒，一点意思都没有。有人说，就近找个喝酒的地方吧，也有人建议说回去了再喝，一时之间定不下来。这时芸笑着说："明日你们各自出点辛苦费，我自己担着炉火来。"大家都笑着说："行！"

众人都散去后，我问芸："你真的要自己挑着炉火来吗？"芸说："才不呢，我见到市里有卖馄饨的人，他的担子里锅灶都齐备，把他雇过来，我先提前把菜肴原料都准备好，明天直接下锅。到时候热菜热酒都有了。"

我说："酒菜倒是都有了，但是喝茶怎么办呢？没有东西煮茶啊。"芸说："带一个砂罐去，用铁叉插在它的把手上。然后拿掉锅，直接在炉灶上煮，不是很方便吗？"我拍手叫好。

街头有一个专门卖馄饨的，姓鲍，我们花100文铜钱雇了他，约定明天午后去，他欣然前往。第二天朋友们都来了，我告诉他们原委，大家纷纷表示折服。吃完早饭以后大家带着席子一起前往。到了南园后，选了个阴凉处团团围坐着，芸先开始煮茶，喝完茶后，她开始暖酒，准备美味。

那天风和日丽，满眼都是黄灿灿的一片，年轻男女青衫红袖，嬉戏流连，彩蝶飞舞，让人不觉沉醉其中。一会工夫，热腾腾的佳肴美酒都好了，我们坐着大口大口吃起来。卖馄饨的鲍先生人也不俗，于是叫过来一起饮酒。路过的人纷纷羡慕我们的奇思妙想。

不一会，杯盘狼藉，大家都有种吃饱喝足后的陶醉感，有的坐着，有的躺着，有唱歌的有长啸的。

转眼到了夕阳西下时分，我想喝粥，鲍先生去买了米来煮上，我们吃饱之后满意而归。芸问大家:"今天都玩得尽兴吗?"众人都说:"如果不是你的聪明才智,我们断不能如此开心!"

郊游这事,今天的我们爱干,风雅的古人自然不在话下。那个时候真是原生态,两个景区附近连个酒家都没有,这就格外考验智商了,几个大男人比不过一介小女子。娇情方面倒是有过之而无不及。当然也可以说非常注重生活品质,去赏花还得有酒喝,酒还必须得是热的。那个时候苏州人喝的应该都是黄酒,而黄酒确实热了才好喝。一热之后酒香也飘出来了,酒也格外柔和。《红楼梦》里面众人吃完薛蟠送的大闸蟹后,肠胃不好的人,比如黛玉就得烫点酒喝。因为大闸蟹是凉性的,黄酒是温的,烫热了的黄酒喝下去浑身都舒畅。

但是没有热酒喝,那怎么办呢?对比之后就发现芸是真聪明。这让我想到了曹冲称象,在一众文武大臣前,区区五岁小儿居然智商碾压众人,想到称大象的妙招。

在这里呢,芸古灵精怪,说自己挑担子来,沈复还小担心了一把,毕竟路途遥远,怎么挑得动呢?脑子是个好东西,咱自己没有可以花钱雇嘛。众筹以后自己也没有损失半分,大家也都非常满意,结果皆大欢喜。所以有时候,变通很重要。

不得不说,有了芸的沈复太幸福了!此时他还像个孩子一样,芸其实承担了部分母性的。经过长久的相处之后,他大概也觉得芸无所不能,所以有热酒喝,有美食吃还不够,还得有热茶喝。芸还真是不让人失望,当真想出了办法。

有时候夫妻之间的相处会形成依赖,一方太聪明,另一方就会慢慢呆萌。一方太强大，另一方就会自动弱小。故事讲到现在，大家也看出来了，沈复和芸的相处中，芸是那个温柔的掌舵人。像芸这样聪明、外柔内刚的女人我见过的听过的其实不少，的确能给人一种很值得信赖的感觉。老舍在写他母亲的时候也说，她总能从无办法中想出办法来。这样的女人真是家庭的一笔财富。

另外，这段中有几句描写风景的特别美，忍不住读一下：时日风和日丽，遍地黄金，青衫红袖，越阡度陌，蝶蜂乱飞，令人不饮自醉。我们去看油菜花忍不住要发一番感慨的话可以引用之。

好了，接着看：穷人家起居饮食，以及所用的物件和居住的屋舍，都应当节俭朴素而雅洁。所谓节俭，用四个字概括就是：就事论事。比如我爱小酌几杯，不喜欢多吃菜，芸就准备一个梅花盒，具体是，拿两寸的白瓷小碟六只，中间放一只，外面放五只。盒子用灰漆漆好，形状就像梅花一样，底和盖子上都有突出的花纹，盖子上面有个像花蒂一样的把手。放在案几上以后，宛如一朵梅花盛开在桌子上。而打开盖子后，菜就像装在梅花花瓣上一样。一个盒子能装六种菜色，邀请两三个知己，可以随便拿来就吃，吃完之后再添加。

芸另外又做了一只矮边的圆盘，以便放置杯子、筷子、酒壶之类的，随处可摆，移动起来也方便。这也是节省食物的一个方法。我的帽子、袜子以及衣服都是芸亲手做的，衣服破了就移东补西，一定得保持整洁。衣服的颜色选深色系，耐脏，而且又能见客人又能家常穿。这样一来，衣服上就又省下了一笔。

我们刚到萧爽楼的时候，室内光线有点暗，于是以白纸糊墙，一下子就亮堂起来了。夏天,楼下去掉了窗户,且又没有栏杆,显得格外空荡。芸说:"有旧竹帘在,何不拿竹帘代替栏杆呢?"我说:"怎么做?"芸说:"找几根竹子刷成黑色,一横一竖,留出走路的空间。把竹帘截成半截固定在横竹竿上,垂到地面,高度差不多跟桌子一样。中间竖起四根短的竹子,用麻线扎结实,然后再在横竹竿搭帘子的地方裹上黑布条,裸露处、缝隙处都仔细包好。这样既能当作装饰又能遮视线,而且还不费钱。"这就是我前面说的"就事论事"法中的一种,以此类推,古人说的"竹子头和木头渣都是有用的"这句话不无道理啊!

说到这里我觉得,人的雅趣真的不分有钱没钱,有些有钱人尽管手里握着大把票子该没有品味一样没有。知乎上有个问题是:你见过的土豪有多土?有些答案真的让人捧腹,我记得有一条是,有个暴发户请人去最高档的地方吃饭,不知道怎么点菜,索性把整个菜单的菜都点上来,然后慢慢挑自己喜欢的吃。

没钱如芸,一样能把生活过成一首诗,我相信很少有人能手动制作那么精美鲜活的梅花餐盒。盖上是一幅画,打开又是另一幅景象。在没钱的压力之下,还保有这样的雅趣,以平常心对待周遭的人与事,真的是个强大的人,人格魅力巨大!姥姥就是个典型的有情趣的女人,尽管家里清贫,但是她的假山盆景有"流水落花春去也"的意境,她的韭菜一样普通的花草养得油绿油绿的,她桌上简单的食物做得色香味俱全,她的衣柜里终年有一股淡淡的"姥姥"牌香味,她的一双巧手做出来的手工艺品让十里八乡都啧啧称奇。姥姥在清贫的日子里把生活过到了极致。

再说回芸,除了心灵手巧以外,她对生活保有的持续的热情才是这一切的动力。很多人因为贫穷会心烦意乱,丧失心智,因为压力巨大而不堪承受,这会导致生活成为一团麻。

杨绛在《干校六记》里写过一段往事,她曾被强行剃了阴阳头,什么是阴阳头?就是从额头正中间开始画一条线到脑门后,然后线的一边剃光头发,另一边不动。这对女人来说是一种巨大的羞辱,与她同时剃了阴阳头的女人当即就有了断生命的。而杨绛笑着把另一边索性也剃光了,于是顶着个光头照样去上班,哪怕处处遭羞辱,时时受人嘲笑,她依然坚强地撑了过来,生活照旧,工作照旧,感情照旧。

虽然这是两种不同形式的来自生活的苦,但是杨绛和芸都有着强大的内化力,这点在生活中太重要了。无论你经历了什么或者正在经历什么,别忘了内化一切,然后一如既往热爱生活。生活是自己的。

好了,接着看:夏季荷花开了,晚上花朵闭合,早上开放。芸于是用一块纱布包了一小撮茶叶放在荷花中心,等到第二天取出,再用泉水来烹茶,茶香简直奇妙绝伦。

这个描写在我第一次看《浮生六记》时被震撼到了!真的很感动,一个人得有多蕙质兰心才会这样?难怪林语堂会说:芸是中国文学上一个最可爱的人。

在《红楼梦》中也有一个女子做过类似的事,她是妙玉,招待宝黛钗喝体己茶的时候用的是五年前梅花上的雪水煮的茶。同样都是雅致人,但是妙玉清冷孤僻多了,不接地气,连刘姥姥喝过的杯子都要扔掉，非常不可爱。况且她养尊处优，衣食不愁，不用为生计劳苦，不食人间烟火，所以她才有如此闲情雅致。

假如妙玉是飘在云端的人，芸就是在泥土中淌着过的人，这样一个浑身带着烟火气却精神高雅的女子不可爱，谁敢称可爱？

可能正是因为芸太美好太优秀了，而且他们夫妇二人太过相爱，所以上天才要早早带走她，所谓天道忌全。

这样好的一个人带给沈复的幸福有多深，最后造成的伤痛就有多深。

好了，轻松美好的日子过去了，下一章开始讲"坎坷记愁"，他们真正被命运暴击复又还击的日子来了。

第三章

坎坷记愁

坎坷之始——矛盾重重，贫病交加

正值荷花盛放期，我去了好几处荷花满池的地方，每到一处都会想起芸包着一撮茶叶放进荷花骨朵内，第二天再拿出泡茶的情节。

世间女子很多，有几人像芸这样温柔聪慧，心思灵巧呢？

自古先苦后甜易，先甜后苦难。像沈复和芸经历了童话一样美好的爱情后，突然经历坎坷困苦、疾病缠绕、阴阳两隔后真是苦不堪言。

这一章就是"坎坷记愁"了，我们来看正文：人生为什么那么坎坷呢？往往都是自己作孽之后的报应。但我不是啊，我多情又讲道义，性格爽朗不羁，反而因此所累。而且我父亲稼夫公为人也慷慨豪侠，能急人所难，会成人之美。他帮人家嫁女儿，替人家养儿子，这样的事情数不胜数。他经常为了别人挥金如土。

我们夫妇二人居家过日子，偶尔急需钱时，会去典当东西，要么拆东墙补西墙，最后难免捉襟见肘。古谚语说："处家人情，非钱不行。"开始的时候被小人议论，后来慢慢地遭家里人嘲笑。"女子无才便是德"真是千古至理名言啊！我虽然在家里是老大，但在家族中排行老三，所以上上下下都称呼芸为"三娘"，后来忽然改口叫"三太太"，刚开始是戏称，叫习惯以后，无论尊卑长幼，都叫芸为"三太太"，难道这就是家庭遭变故的征兆吗？

说到这里大家可能会有疑问，把三娘喊成三太太有什么区别吗？

为什么会说这是家庭遭变故的征兆？看过《红楼梦》的人应该都知道，贾府众女人的称呼都不同，老太太是贾母，太太们是王夫人，邢夫人等，虽然王熙凤管着家却不叫太太，下人们叫她奶奶，作者的旁白总会说媳妇们，当然是包含了李纨、王熙凤等人。被称为太太，那是说已经媳妇熬成婆，成了一家之主了。既然是一家之主就要单着过，不再依附于婆婆。在这里，沈复的意思是说，这预示着他们马上要被单出去自谋生路的意思。而这一变故确实是他们坎坷的起始，所有苦难的根源。

好，再接着看：乾隆乙巳年，我跟着父亲去了浙江海宁的官舍，芸寄来的家书中总是有给我的信。我父亲说："既然你媳妇通文墨，那以后你母亲的信就让她来代写好了。"之后家里偶尔有点矛盾，我母亲总疑惑芸不能正确中立地阐述意思，所以就不让她代写。等我父亲收到信以后发现不是芸的字迹就问我："你媳妇病了吗？"我赶忙写信去了解，也没有收到答复。时间一长，我父亲很生气地说："肯定是你媳妇不乐意代写！"

等我回家以后才了解了事情始末，当我想去跟父亲解释的时候，芸制止了我，说："我宁愿被公公责怪，也不愿惹得婆婆讨厌我。"最后就没有再为自己辩解。

乾隆乙巳年是1785年，这个时候沈复和他父亲稼夫公都还有一份做幕僚的工作，远在浙江海宁。既然一家人分作两处，那就肯定要通书信。这里沈复的母亲之所以不让芸代写家书，是怕她在家里的两位男人面前说对她不利的话，因为毕竟刚刚说了，家里会有矛盾嘛。

婆媳关系是永远无法解决的难题。但是这一举让沈复父亲非常不悦，认为媳妇懒怠自私。而芸呢，两头为难，不说吧，惹公公不开心，说了吧，又惹婆婆不开心。两害相权取其轻，觉得还是不要得罪婆婆为好，至于公公嘛，男人气量大一点，得罪了应该没什么。

所以呢，亲上加亲有什么好？是自己的姑妈又怎样？做了婆婆之后，她的身份就削减了姑妈的角色，她就是一个婆婆，跟自己抢儿子的女人。

这看上去是个死局，两边都不能得罪，注定受委屈，难道没有解决方法了吗？当然有啊，这时候男人就要起到润滑作用，男人可以私下去跟自己的父亲说啊，但是沈复这一点做得相当不好，他完全听从芸的话，失去了自我判断。但其实芸也判断失误，她以为公公会比婆婆好对付，事实证明，她太单纯了。

我觉得很多误解和委屈当面锣对面鼓地说开来比较好，因为有些后果自己并不能一力承担。

再看正文：庚戌年的春天，我又跟着父亲去邗江做幕僚，有同事叫俞孚亭的，携家眷一起住在那里。我父亲就跟俞孚亭说："我这一生都在异乡奔波辛苦，想找一个能服侍我起居，陪伴我左右的人而不得，儿子们要是能体恤我，就应该从家乡给我找一个来。我也好有个能说说话的人。"俞孚亭就把这话转达给了我，我赶紧写了一封家书跟芸说了这事，托她去物色。倒是有一个姚氏女子合适，因为不知道这事能不能成，芸就没有禀告我母亲。姚氏来的时候，芸就说是邻家女子来串门玩耍。

等我父亲让我把姚氏女子接到住处后,芸又听从别人的意见,说姚氏女子是我父亲一直心仪的姑娘。我母亲见了后便质问芸:"你不是之前说她是邻居家的姑娘来串门的吗?怎么老爷就娶了她呢?"因为这事儿,芸特别不受我母亲待见。

看到现在,感觉芸总在为别人的事情而陷入危机,这事又是两头难,不办吧,是公公的意思,老公分派的任务;办吧,肯定在给婆婆拉仇恨,给这家里白塞进来一个年轻貌美的女子,婆婆心里能痛快吗?

所以,清官难断家务事。不过还是那句话,不要替人背着扛着,有什么问题直截了当说出来比较好。芸应当提前跟婆婆说明白,打好预防针,就说父命不可违,夫命不敢违,然后请婆婆一起物色,请她掌掌眼会不会好点呢?毕竟,那个时候娶一房小的也不是不可以。那既然芸替公公解决了人生大事,公公会不会感念她的好呢?

我们接着看正文:壬子年的春天,我去真州上任,我父亲在邗江病了,我去看望他时也病了。弟弟启堂当时在邗江侍奉父亲。芸来信说:"启堂弟弟曾向邻居女人借了钱,让自己做的担保,现在对方要债很急。"我问启堂,启堂反而说嫂子多事,我随即回了一封信说:"我们父子都病了,没有钱可以还。等启堂回去之后,让他自行解决吧!"

没几天我们都病愈了,我还是去了真州。芸又回信来,是我父亲拆了看的,其中说到启堂弟弟跟邻居家借钱的事,而且又说"你母亲说父亲的病都是因为姚氏女子而起,所以等父亲病好以后,就悄悄让姚氏以思家为借口回趟娘家,我自会让她的父亲去接迎她。这个实在是我们得以推卸责任的方法啊。"

我父亲读了信之后勃然大怒,先问了启堂借钱之事,启堂居然说不知道。然后父亲火速写信给我说:"你的妻子居然背着男人借债,还毁谤小叔子。这也罢了,居然还称呼她姑姑为令堂,称我为老人,实在是大逆不道到了极点!我已经专门差人拿着信去斥责她赶她出门。你如果稍稍有些良知,也应该知道对错和轻重。"

我接到父亲的信后犹如遇到晴天霹雳,当即回书一封认罪,然后找了一匹快马加速赶回家去,我怕芸受不了会寻短见。到家后我把事情的来龙去脉都说了一遍,但家人仍然拿着信件斥责她,历数了芸的种种过错,言语也极其严厉,分毫不讲情面。

芸哭着说:"我确实不该这样说话,但请公公饶恕我的无知啊!"过了几天后,我的父亲又来了一封信,信中说:"我也不打算特别过分,你就带着你的妻子搬出去吧,别让我再看见,见你们我生气。"

我打算让芸先暂住在娘家,但是芸的母亲早亡了,弟弟也长年在外,她不愿意依靠宗族里的人。这时好友鲁半舫听说我们的事情后很同情,他招呼我们去他的萧爽楼住。

壬子年是1792年,真州是在江苏仪征,史上有"风物淮南第一州"的盛誉。邗江则在扬州,也就是说他们父子俩不在一处。前面说了,芸总是被卷入别人的事端中,现在又来了,摊上这么个混蛋弟弟和是非不分的公公,的确是烂事缠身。对她来说这些日子真的是多事之秋,流年不利。芸之前明明护着婆婆怕得罪她,有什么用呢?自己的亲姑妈在遇到自己即将被赶出门时不做任何辩护措施,难道她不知道是自己小儿子借债惹的祸吗？她不知道自己的老头子要娶小妾并非芸能决定得了的吗？其实这一切都是女人在感情上的妒忌。在这件事情上，芸恐怕已经给她中毒太深，她不能怪罪别人，只能把怨恨一股脑抛到芸的头上，所以，保护芸，这是不可能有的操作。

这个公公也是"奇葩"一朵，儿媳妇给儿子的信也乱拆，不怕辣眼睛吗？结果眼睛没有辣到，辣到心脏了。又惹起了很多是是非非。

有时候女人真是难做，嫁到一个陌生的家庭里怎么做都是错。像芸这样，明明每次都是好意但是每次都被误解，沈复也没有发挥什么积极作用。

一个公公专门差人去斥责儿媳妇这个真的是很严重了，对于极其注重礼义廉耻的古人来说，这个是莫大的羞辱，所以沈复才会担心芸会自尽。关键时刻还是鲁半舫伸出了援手，让他们住在萧爽楼。也就是说，其实我们前面讲的他们八个人在萧爽楼里吟诗作画，一起去赏菊野炊都是在这个事情之后。

沈复父亲还说，他不想做得太过分，言外之意就是没有休了芸已经是仁慈宽厚了。芸真是何苦来哉？真想替芸发问一句："我做错什么了？"

再看正文：过了两年，我父亲才渐渐知道事情的来龙去脉，我也刚好从岭南回来，我父亲去萧爽楼跟芸说："之前的事情我都已经知道了，你还不回去住吗？"我们夫妇二人开心地回了家，回家后骨肉团圆其乐融融，谁知后面又有了憨园的孽障事情。

芸向来就有血崩的疾病，当年因为她弟弟出走未归，而她母亲又因思念过度而去世，芸伤心欲绝得了这个病。自从认识憨园以后，有一年多没有再发，我还在庆幸求得了一副良药呢。结果憨园被有权有势的人抢走，拿千余两银子来做聘礼，并承诺会赡养憨园的母亲，佳人就跟那人走了。我知道后没有敢告诉芸，等芸亲自去探视时候才知道，回来之后痛哭不止，跟我说："我根本没有料到憨园如此薄情。"我说："是你太重情了，这样出身的女子哪里有什么情可讲呢。再说她们锦衣玉食习惯了，哪里受得了我们这种粗茶淡饭的日子呢？与其后面后悔不如现在就算了。"

我再三劝慰之后，芸还是觉得被愚弄，一直耿耿于怀，以至于血崩再次发生，连床都起不来，吃药也不见效。有时发病有时又好，整个人瘦骨伶仃。不到半年我们欠下的债务也越来越多，家人对我们议论纷纷。我的双亲又因为芸曾经跟妓女结拜为姐妹而憎恶不已。我在他们中间调停，已经不是人过的日子了。

人与人之间有些误会和嫌隙产生之后就再也回不到当初，虽然公公已经知道了事情始末，也让芸回家了，但他们还是避免不了地厌恶芸。再说芸自始至终都是在为别人活，说白了这些是非矛盾大多都是因为给家里两个男人纳妾而惹的祸。先帮她公公纳妾，家里人不但不感谢她，还一致把矛头对准她。她又帮自己的老公张罗娶憨园，结果还让公婆憎恶，说她结交妓女，难道他们不知道为什么芸要结交憨园吗？很多事情有时候就是没有道理可讲。

原文中说憨园最后被人抢走，原句是：佳人已属沙叱利。这里作者用了一个典故，我们展开说一下，沙叱利是一个人名。

在唐朝天宝年间，有个叫韩翃的人在朋友宴席上和朋友的歌姬柳氏暗生情愫，然后这个朋友就成人之美，把他们二人撮合到了一起。后来二人真的结为夫妻。第二年韩翃也新科及第，当他风风光光荣归故里的时候，安史之乱发生了。忽然之间一场战乱把两个人分开且失去联系，韩翃很着急啊，他也知道一个弱女子在乱世没法自保，但是没有办法。而柳氏也确实孤苦无依，最后实在没办法逃到寺庙里剪掉头发做尼姑来避免被迫害。

后来，过了几年后战乱渐渐平息，韩翃着人四处寻找柳氏的下落，并托人带着自己的亲笔信，假如真的找到柳氏就先把这封信给她。信是这样写的：

章台柳，章台柳！昔日青青今在否？纵使长条似旧垂，也应攀折他人手。

这是对妻子的担忧，更是质疑，又是惶恐。担忧的是妻子的安危，质疑的是妻子是不是已经另属他人，惶恐的是曾经那般明艳动人的模样还在吗？是不是已经经历了岁月的磨砺变得暗淡枯黄。这就是男人本质。

去寻找的人真的在寺庙里找到了柳氏，果然，这个聪明的女子躲过了一劫，还好好地完完整整地活着。她看到信件后泪如雨下，赶紧回了一封：

杨柳枝，芳菲节，可恨年年赠离别。一叶随风忽报秋，纵使君来岂堪折。

女人的情感很单纯又很炽热，没有男人那么多花花肠子，这封信里只表达了离别之苦、担忧和对对方的亏欠。担忧的是自己容颜不再，人老珠黄而不被爱，亏欠的是因为青春流逝无法以色侍人。一句"纵使君来岂堪折"，其实就已经说明了自己还清清白白孑然一身在等着对方。

韩翃接到回信后激动万分啊，然而就在柳氏重新蓄发，精心打扮等待许久未见的丈夫时，她的姿色惊动了外藩一个将领沙叱利，随后柳氏被沙叱利掳走。

后面的故事我们暂时就不说了，但此后沙叱利就成了一种特殊意义，形容依仗权势和财富强娶民女的一类人。沈复之所以说沙叱利，其实也表明了他起初对憨园是心有所属，而且沈复的表现其实我们前面也说过了，不是光凭这里推断。我们也不能说不好，毕竟，纳妾在古代是被允许的。

还有，那时候的血崩还是蛮严重的病，《红楼梦》里面的王熙凤就死于血崩。芸的确从来都是为别人而活，这也是封建女子的悲哀。

接着看：芸生了一个女儿叫青君，才14岁，知书达理又特别贤淑。我们穷得靠典当东西过活的时候，多亏了青君的能干。我们的儿子叫逢森，12岁，跟着老师学习，我又连续几年没有工作，于是在家门口设了一个书画摊，三天赚的不如一天的花销，穷困潦倒、苦不堪言。到了隆冬时节，全家人都没有棉衣，就那么硬挺着过来。青君衣衫单薄，但是她很懂事，强撑着说不冷。越是这样芸越是怕花钱不肯吃药。偶尔能起床的时候，恰逢朋友周春煦从福郡王的府中回来，想找人绣一部《心经》。芸想着绣《心经》能消灾祈福，而且还能赚钱贴补家用，就开始了刺绣。但是春煦来得匆忙，不能久留，所以芸只用了十天就绣好了。像她这样身体虚弱的人没日没夜劳作，最后又添上了腰酸头晕的病。谁知命薄的人就连佛祖都不发慈悲。《心经》绣好之后，芸的病又加重了，每每需要人端汤喂水，上上下下的人都厌弃她。

这段话里我们能读出三层意思来，第一层，娶一个好女人很重要，这个好不仅仅是后天的好，而是基因里自带的好，这样她的下一代很大程度上也很好，所以青君身上也有着芸的样子，懂事到让人心疼。

第二层意思，穷是一种痛觉，这是很实实在在的问题，没钱就买不起冬衣，全家人只能冻着，就像刘姥姥一样，全家人都买不起冬衣只能厚着老脸去贾府打秋风。没钱就看不起病，君不见，现实生活中这种例子比比皆是，很多人因为没钱只能回家拖着等死。穷，真是一种实实在在的痛觉。如果不是为钱所迫，芸可能不会没日没夜拖着病体去帮人家绣《心经》。相比来说，大户人家绣一部《心经》只是形式上的需要，可以花重金找人去绣，心情不好了或者忘掉了又不要了，所以绣一部《心经》对有钱人家来说可有可无，但是对于沈复和芸这样等着米下锅的人来说简直是救命稻草。如果不是这部《心经》，芸可能会多活些日子。所以，没钱人经常用命换钱，然后没钱换命。

第三层意思，别人对你的态度很大程度上取决于更权威的人对你的态度。在这个家里，沈复父母都瞧不上芸，而他们两口子又生计艰难，所以所有人都敢对他们厌弃。曾经我有个朋友跟我讲过这样一件事，每次在大家庭面前，朋友的老公都对她格外尊重格外好，所以其他家庭成员不自觉地也对朋友格外好。当我朋友问她老公为什么这么表现时，对方的回答是：你在我家里是陌生的，我要是都对你不敬不理，其他人更是要漠视你了。就是这个道理。

这三层意思，人的好与坏都是相对的，也有真伪。在这里，沈复和芸的悲剧都跟沈复的父母脱不开关系，沈复曾说他父亲有多慷慨豪爽，有多仁爱，但是面对重病的儿媳置之不理，在儿媳被全家都厌弃时不出面，再多的仁爱都是假的。

之所以这么说，是因为当时时代所限，父母大于天，那时候父母很有权威性。

曾经在书本中看到过一段话特别有道理：爱小动物的人不一定对人类也有爱心，孝顺父母的人不一定对爱人也呵护有加，对女子非常疼爱的人不一定对父母尽到赡养之责。所以一方面只能代表一方面，不能全盘代表，也不能联想。至少在这里，沈复的父母是冰冷无情、蛮不讲理的。

好了，今天就先说到这里，我们下一期再会。

坎坷无奈——远走他乡，骨肉分离

我们继续来讲"坎坷记愁"：有个陕西人在我画室的左边租了房子，他以放高利贷为生，有时候也让我帮他画画，我们因此也就熟悉了起来。有朋友想通过他的渠道借50两银子，请我做担保，我没好拒绝就答应了，谁知这个朋友居然带着钱跑路了。这个放高利贷的陕西人只好找我这个担保人要钱，经常为此来吵架。起初我拿笔墨来抵债，后来根本没有什么值钱的可以来还。年底的时候我父亲回家来，正好这个陕西人来讨债，在门前大喊大叫，我父亲听到后喊我过去训斥道："我们是书香门第，怎么会招上这样的小人来讨债呢？"我正要解释原委，芸有一个自小就结识的小姐妹，锡山的华氏听到芸的病情后请人来探望。我父亲误以为是憨园派人来的，就更加火上浇油，愤怒地说："你这媳妇不守妇道，跟娼妓结拜姐妹，你也不思进取，跟一帮小人鬼混。如果把她逼入绝境，情有不忍，姑且宽限你们三天，赶紧自谋生路去，迟了的话我就去官府告你们个不孝之罪！"

这里忽然让人想到"屋漏偏逢连夜雨，船迟又遇打头风"来，本来芸已经病情加重，正需要好好休养生息、需要来自亲人的关怀和资助时，却来了这一出。

怪谁呢？首先怪沈复。

中国自古以来就是人情社会，面子大过天，很多时候明明内心不想但是碍于面子就违心地去做了,到头来吃力不讨好,还惹得自己一身骚。很多事情真的不能拿人情来说事,这其中之一的就是替人做担保。担保之前得先考虑几个问题:第一,一旦发生最坏结果,且不论是被担保人跑路还是破产,我们是否能承担得起这个后果?第二,不要抱着侥幸心理,因为事情的发展是不可控的,继而,人心更是不可控的。第三,碍于面子答应做担保人是为了不伤情面,但是一旦有了最坏的结果,那么这段情谊就会毁得很彻底,比不担保更具有毁灭性。第四,你排除万难打算为别人承担风险,那别人在找你之前有替你考虑过风险吗?

这些都是很现实的问题。生而为人,善良得有,但是过度善良就是愚蠢。再看沈复,自己的小家已然一地鸡毛,还替别人去担这个风险,这不是愚蠢是什么?

其次得怪沈复的父母,同样是面子大过于天的人,是非曲直不了解只看后果,执念很深且不听解释,这种人很可怕。我们作为置身事外的人都知道,这是天大的冤屈,儿子因为过度有情有义才惹上灾祸,作为父亲不听解释只想撇干净关系,省得儿子招来的人给自己丢脸,好像那个放高利贷的人跟自己有半点关系之后,自己就被玷污了似的。再者,芸这边更是冤啊,欲加之罪何患无辞?好好的小姐妹来探望自己竟然莫名其妙被扣上跟娼妓结交的不守妇道的罪名。我们前一期讲了,难道沈复父亲不知道芸为什么要结交憨园吗?父亲不知道,难道母亲也不知道吗?

做人到了沈复父亲这般田地也确实是蛮可怕的一件事,固执其实意味着低水平的认知,是自私的表现。还有,书中没有明说的一点,我猜想是因为沈复被过继到了他大伯名下,所以他父亲才有了分别心。

假如此时芸没有身染沉疴,沈复的父母可以小小地惩戒一下,但是事关人命,居然可以这样自私冷漠,这真的是让人心寒。其实说到底沈复的沟通还是存在问题,他完全没有做到"架起沟通的桥梁"这一步骤,一切灾祸来了,他只是默默地全盘接受。

好了,我们接着看,芸听到这番话以后哭着说:"父亲如此盛怒,都是我的罪过。如果我死了,你一个人在外面,你一定心有不忍;如果我留在这里你一个人在外面,你也肯定不舍得。悄悄叫华家姐妹来,我挣扎着起来问问她。"然后让青君扶她到屋外面,叫来华家派来的人问:"是你家女主人特地请你来看我还是顺道经过的?"对方说:"我家女主人早就听说你卧病在床,本来想前来探视,因为觉得太造次就没有登门。这次临行前,她特别嘱咐,如果夫人你不嫌弃乡村生活贫瘠,那就请你去那里调养,好实现儿时在灯下的誓约。"大概芸当年跟华氏在一同刺绣的时候曾有过"日后谁一旦有病另一方必定会扶持"的誓言。于是芸跟来者说:"麻烦你速速回去禀告你家女主人,两天后悄悄派一艘小船来接我们。"那人就走了。

芸对我说:"我与华家姐妹亲如骨肉,你如果也肯去她家的话,可以一同前往,但是带上儿女就不合适了,留着这里又劳烦父母也不妥,必须在两日内安顿好子女。"

我们前面都剖析原因了,赶他们走纯粹是沈复出问题在先,然后沈复的父母有问题在后,但是芸这个贴心的女子又一力承担了后果,说都是她的罪过。她还很体贴，说死也不对留也不对，总之沈复都会难过。在经历了这么冷漠残酷的亲情和担保事件中友情幻灭之后，还能相信人世间有真情存在吗？相信不仅是芸，连带着我们也会打个问号。而在这个节骨眼上，芸从小的结拜姐妹派人来探视她，走投无路之际她自然把希望寄予了对方，在此之前先得确定清楚，假如当年的情谊没有变，那么这可能是在黑暗里照进来的一束温暖的光芒。在得到对方肯定答复后，我都觉得鼻子一酸，即便这世界很不堪，即便那么多人冷漠奸诈，但终归有人始终有一颗善良的、如同金子般的心，给我们心灵以安放处。

再说小时候的友情真的就比长大后的友情靠谱得多，尤其穿开裆裤时候就一起玩的小伙伴，小学次之，中学再次之，大学又再次之，走上社会后的友情多多少少都掺杂着功利心。这就是我们时隔多年再见到小时候的玩伴依然会热泪盈眶，依然会觉得亲切无比的原因。那个时候的我们只有纯洁的友情，别无其他，连打架都是美好的回忆。

自己的家人不管不顾芸的死活，小时候的玩伴却很慷慨地邀请她去乡下调养身体，这个虽然是沈复的真实记录，但是特别像《红楼梦》里的一段讽刺的对比。《红楼梦》里贾芸是个苦命的单亲家庭孩子，他要找工作，要送礼给王熙凤，但是手头没有半点积蓄，就去找亲舅舅赊一点，但是这个叫卜世人的舅舅拒绝得干干脆脆，就连留下外甥吃口饭都不舍得。相反，碰了一鼻子灰也无路可走的贾芸转身遇到泼皮邻居倪二却解了燃眉之急。你说说人情，哪个轻哪个重，哪个亲哪个疏？

这一期仿佛也在告诉我们，当你觉得这世界生无可恋的时候，总会有微光存在，别急着否定一切，放弃自己。

不过很奇怪的是，沈复的父母不喜欢儿子和儿媳也算了，孙子和孙女总该会喜欢吧！但从这里能窥出些端倪来，那就是他们根本连孙子孙女也不疼惜，所以沈复和芸得仓促安置好一儿一女的未来，这个太让人心痛了。大人可以将就，可孩子的未来怎么可能在两天之内就安顿好呢？

我们接着看这家人的命运会如何演变：当时我有个表兄弟王荩臣，他有个儿子叫韫石，愿意娶青君为妻。芸说："我听说王家孩子懦弱无能，不过只是个继承先辈成果的人，但是王荩臣也没有什么财富和荣耀，好在他们算是诗礼之家，而且韫石是个独生子，这门亲事就答应了吧。"我跟表兄荩臣说："我父亲和你是舅舅和外甥的亲戚关系，你家想娶青君也不是不行，但总要等到她长大才能出嫁。现在为形势所逼，我们夫妇俩去无锡锡山后，你可以禀告我父亲，先把青君接过去当童养媳养着，行吗？"荩臣特别高兴地说："一定照办。"儿子逢森我也托付给朋友夏揖山，请他教逢森做生意。

原来，一儿一女的命运在两天之内就这样匆匆交代了。好好的家庭，好好的出身，好歹也是个诗书之家，小小的青君居然要去做童养媳，而逢森要去做为当时人所不齿的生意人，这是无路可走时的下下策，我相信每一个为人父为人母的都懂那份心痛与不舍。

孔夫子老早就说了："二十弱冠，三十而立，四十不惑，五十而知天命……"尤其对男人来说三十而立是多么重要的事情，如果沈复自立了，就不会受制于父母，不会让芸受罪，更不会让一双儿女有这样的命运转折。刚好我今晚在朋友圈也看到一句话：经济都不能自立的男人，谈何爱情？这话听着扎心刺耳，但就是这么个理，爱情过后是婚姻，婚姻是实实在在要落实到衣食住行上的。三毛也说过：爱情如果不落实到穿衣、吃饭、数钱、睡觉，就不容易天长地久。很现实。

接着看：安顿妥当之后，华家的小船已经到了。那时已经是庚申年也就是1800年的腊月二十五。芸说："我们就这样出门，恐怕会遭邻里耻笑，而且陕西人的事情还没有解决，他也不会放我们走，我们就在凌晨三点到五点时悄悄走吧！"我说："可是你还病着能受寒吗？"芸说："生死有命，不想那么多了。"我悄悄跟家父说了出行计划，他也表示同意。那天夜里我将部分行李挑到船上，让逢森先睡觉，青君则一直站在芸旁边哭。芸嘱咐她说："你母亲命苦，且又是个情痴，所以才有此厄运。所幸你父亲待我不薄，这一去也没有什么好顾虑的了，两三年后我们一定会阖家团圆的。你到了婆家后一定记得要守妇道，不要像我一样。你公婆都以得到你为幸事，应该会善待你，这里所留的一些箱子笼子杂什物件你都带走吧。弟弟还年幼，所以先不让他知道事情原委，临走时就跟他说我们要去看病，过些日子回来。等我们走远后你再告诉他真相，再禀告给你祖父就好了。"

写这段的时候我真的特别心酸，人生最苦也莫过于此了：身体有病，家庭不和，被赶出家门，骨肉分离，而且这一切都发生在大家喜气洋洋准备过团圆春节的时候。艺术渲染也不过如此。虽然说艺术源于生活高于生活，但有些连艺术都觉得假的情节就发生在真实生活里。

到了这步田地了，芸居然还顾着脸面怕人耻笑，要知道人耻笑也是笑他们的父母，所以芸的善良的确是有目共睹的。其次，沈复的没主见体现得越来越明显，先是女儿青君的婚姻大事听芸的决断，后来半夜冒着严寒跑路也听芸的。这也罢了，他还软骨头地跑去悄悄知会父亲。

骨肉分离的时刻往往是最让人心碎的，青君大一点知道是怎么回事，所以她只能垂手侍立母亲旁边垂泪，懵懵懂懂的弟弟还跟往常一样酣睡，他以为一觉醒来父母还安在。芸对女儿的嘱托像极了临终遗言，概括起来有四层意思，一是警戒，希望青君不要重蹈自己的覆辙，不要惹得公婆憎恶。二是把一些仅有的物件都给到青君当嫁妆，尽管他们本身就很贫寒，但仍然希望女儿能体面些，物质更丰盈些。这是普天下父母最本真的心愿，宁愿苦自己不愿苦了儿女。三是实在心疼年幼的儿子，只好编一个善意的谎言，大概为母亲的最听不得幼小的儿子撕心裂肺的哭喊吧！当年看《新白娘子传奇》的时候真的是遗憾得恨不得以头抢地，为什么呢？白素贞明明有机会和小青逃走的，结果正在天上飞，听到襁褓中的儿子大哭，心有不忍就返回家中，这才被法海收走压在雷峰塔下。这就是母爱！芸也是怕听到小儿子的哭声自己会心软会打乱计划。四是关照青君把他们的走向告诉公婆，都到这时候了，她依然保持着理智，也对公婆保持着礼节，善良不改，可能她觉得通知老人他们的去向后，老人可以放心些。这点也能看出芸做事周全体贴。当然,她不知道软骨头的丈夫早早就私下里通知父亲他们二人的去向了。

好了,接着看:旁边有个老仆人,也就是之前提到的那个曾让我们租赁她家房子的老人,她愿意送我们去华氏家里。因为之前时时相伴左右,此时她也不停地擦眼泪。时间到了五鼓的时候,我们勉强吃了一点热粥,芸强颜欢笑地说:"曾几何时,我们因为一碗粥而在一起;如今又因为一碗粥而骨肉分离。如果写成一本书的话,名字应该叫《吃粥记》。"逢森听到响动爬起来问:"母亲你们要做什么?"芸回答道:"出门去看病。"逢森又问:"为何起这么早?"芸说:"路途遥远啊,你跟姐姐乖乖待在家里,别惹奶奶嫌弃。我跟你父亲同去,过几日便回来。"

鸡叫三声之后,芸含着眼泪扶着老仆人要从后门出去,逢森忽然大哭起来,说:"我母亲不回来了。"青君怕逢森的哭声惊动别人,连忙捂着他嘴巴安慰他。那时候,我们两个人肝肠寸断,一句话都说不出来,只能喃喃地重复"别哭,别哭"。青君关好门后,芸走出巷子只走了十来步就已经累得不能继续了。我只好让老仆人提着灯笼,背着芸往前走。从家到船的这一段路,有几次都差点被巡逻者抓住,幸亏老仆人说芸生病了,是自己的女儿,而我是女婿,再加上船上都是华家的人,听到声响后来迎接我们,这才幸免。我们互相搀扶着上船,解开缆绳后,芸才开始放声痛哭。这趟出行,竟然是母子间的永别了。

这里我们就暂时不说沈复父亲了,说说他的母亲,也就是芸的亲姑妈兼婆婆吧。就算平日里跟芸是互为天敌的婆媳关系,但是在芸身患重病走投无路的情况下,她难道没有一丝怜悯,没有想到过这是自己亲侄女吗?在整个事情里,我们没有看到她的斡旋,没有看到她出面过,仿佛是透明人。

同样都是女人,你看就连老仆人都于心不忍,眼泪没有断过,甚至不放心要护送他们去乡下。不知道沈复写这段的时候有没有过怨念,有没有过比较,但是这种客观的对比真的存在。再看芸,心理还是蛮强大的,都这种时候了她居然能说出"吃粥记"这番话来,把浓重的酸涩变成调侃,把往昔的甜蜜与如今的沉重轻描淡写一笔带过。这也确实是没有选择的一种排遣了。绝境中能看出一个人的品行、修养、格局和智慧,这种境况算是芸的绝境,但她没有责怪公婆半分,没有呼天抢地,没有怨声载道,而是条理分明地安置好儿女,用吃粥记的言论安慰老公,在面对即将分离的骨肉时情绪稳定,克制理智。所以这样一个女子真是不可多得。

《浮生六记》这本书沈复主要侧重写了夫妻情,虽然给到儿女的笔墨特别少,但不代表他们不爱儿女,每一个孩子都是父母的心头肉,尤其是孩子还小的时候。可以场景置换想象一下,假如要离别的是我们和心爱的孩子,那是怎样一种撕心裂肺的感觉啊!

人说母子连心,尽管芸撒了个善意的谎言,但是聪明伶俐的逢森还是知道,这哪里只是短暂的分别,而是长久的离别啊!一家子都肝肠寸断,大人隐忍着不能哭,孩子被捂着嘴不能大声哭。太心酸!除夕前夕的寒夜里,重病的芸和沈复被赶出家门,和幼小的孩子永诀,这事不是杀手干的，不是仇人干的，而是沈复父母干的。芸的死亡有她公婆的助推。

在狼狈的出走计划完成时，芸终于敢在船上放声大哭。在这里我忽然想到了"被命运扼住喉咙"这句话，人生有几多无奈几多心酸！讲到这里回头看看沈复说他父亲多善良，养了多少义子义女的话，你是不是觉得特别讽刺？但是说一千道一万，男人得自立，这条古今通用，是颠扑不破的真理。只有自立了才能保护家庭，保护所爱的人，爱情是浪漫的，现实是残酷的。靠墙墙倒，靠人人跑，靠自己最可靠。

离开家之后，他们的坎坷真正开始了，那这一期我们暂时说到这里。

漂泊奔走——求亲靠友，雪上加霜

上一章讲了芸在除夕前夕带病离开家，没想到从此与儿子永诀，这段实在是太让人心碎，那我们接着看他们之后的命运走向。

原文是：芸的小姐妹的丈夫名大成，家在无锡东面的高山上，面山而居，以种田为生，为人非常质朴诚实。他的妻子姓夏，也就是芸的结拜姐妹。那天到了下午一点左右我们才到她家，华夫人已经等候多时，她带着两个小女儿到小船那里，见到芸后不胜欢喜。她扶着芸登上岸，非常热情地款待着我们。街坊邻里的女人孩子们也都来到屋子里围着芸上下打量，她们中间有的人关切地询问着，有的人对芸的遭遇唏嘘不已，纷纷交头接耳，满屋子都是喧哗声。芸跟华夫人说："今天真的像渔夫闯入了桃花源一样。"华夫人说："妹妹别见笑啊，乡下人没见过世面，少见多怪罢了。"之后过了个安稳年，一直到了元宵佳节，这中间也才 20 天时间，芸居然能慢慢走路了。元宵夜里在打麦场上看龙灯表演，从芸的神态看她已经恢复得差不多了，我这才安心许多，跟她悄悄商量说："我住在这里不是长久之计，得出去谋生，但苦于没钱，怎么办才好呢？"芸说："我也在筹谋这件事，你姐夫范惠来现在靖江公堂做会计工作，他十年前曾借过你十两银子，当时钱不够我还典当了自己的首饰凑够了钱呢，你还记得这件事吗？"我说："忘了。"芸说："听说从这里去靖江不远，你要么去一趟？"我听从了芸的话。

　　无锡和苏州是相临的两个城市，现在高铁十来分钟就到了，加上两头接驳时间最多也就两小时，开车更快，40分钟即可到达。我也经常往返于两地之间，有时候早上去下午回，有时候下午去晚上回。但是我们看看芸和沈复，凌晨就出发了，到无锡东已经是下午一点，那个时候交通方式水路为主，所以他们是坐船过去，晃晃悠悠就是九个小时左右。这点距离竟然阻隔了亲人相聚，成了芸和儿子逢森的生离死别之路，其实远的不是距离，是人心。后来沈复还足迹遍布了四方呢。清朝的无锡东确实是农村，但是现在的无锡东早已是发展潜力巨大的锡东新城，时尚又繁华。那时候对于生活在农村的妇女儿童来说，邻居家来一个远方的城里人都会很好奇地跑来围观，这是很新鲜的事儿。其实这个场景在今天的农村也有，这体现的也是一种好客质朴的本性。

　　再说芸，那天凌晨离家时，走几步路都虚弱得不行，那时候给我们的感觉是好像死神一直在芸的身边徘徊。如今，来到乡下才20天时间，芸已经恢复了一大半，这中间当然有许多因素在。想当初芸在家时根本感受不到温暖，上上下下所有人都厌弃她这个病人，要个汤索个水都要遭白眼，而如今，有姐妹的悉心照顾，周围乡里乡亲也非常热情好客，饮食一周全，对病人来说硬件上就好很多。最重要的当然还是软件也就是心理上的，在家时内外都是忧患，内担忧他们那有上顿没下顿的日子，外担忧要账的骚扰，还时时承受着来自公婆的压力。到了这里暂时没有了这些牵绊和烦恼，仿佛背在身上的枷锁一下子打开了，人就不必负重前行，所以病好起来很快。

　　横向对比来看，芸的姐妹比芸幸福多了，虽然身在乡下，但是日出而作日落而息，凭自己双手吃饭，有尊严，不必看谁脸色，也不用受什么罪。她虽然没有和丈夫携手欣赏过沧浪亭的美景，没有看过热闹的城市夜景，即便是元宵夜里只能在打麦场上看个龙灯表演，但是她的内心每一天都是安定祥和的。这就是很多人求都求不来的日子。幸福跟什么有关呢？说到底跟内心感受有关，跟外在因素无关，有人锦衣玉食内心兵荒马乱，你能说他幸福吗？有人粗茶淡饭，内心喜乐平和，你能说他不幸福吗？

　　最后再说说银子这回事，沈复确实是个典型地不知柴米油盐贵的书生，给姐夫借出去的钱都忘记了，而且这钱是芸典当首饰才凑够的，说明在借钱那个时候他们本就不宽裕。同时也说明这两口子特别善良，尤其是芸。反观我们自己，能做到这么慷慨的有几个？对于穷苦人家来说，十两银子不少了。难得的是芸表面不动声色，内心的小算盘已经替沈复算好出路了。那么当时急人所困，如今自己生逢绝路，这点借出去的钱能不能给他们一线转机呢？

　　我们接着看正文：那时天气比较暖和，穿着绒袍和短褂觉得很热，那天正是正月十六，当天夜里住在锡山客栈，租了一床被子睡觉，早晨起来要赶乘江阴的航船，一路上逆风且下着小雨。晚上到了江阴江口，春寒彻骨，于是买了点酒御寒，很快身上的钱都几乎用完了。那一晚上纠结犹豫，最终狠狠心把衬衣抵作买酒钱。到了十九那天北风更紧，大雪纷纷，不禁惨然落泪。悄悄合计了一下房费和渡船费,不敢再花一分钱用来喝酒。就在我冻得身体僵硬内心冰凉时,忽然看到一位老人头戴斗笠脚穿草鞋,身上搭着黄色布包,走进来仔细看着我,好像似曾相识。我试探着问:"老人家可是泰州曹姓人家?"对方回答我:"是的,若不是公子,我早死掉被埋起来了,现在小女很好,时时记得恩公的大德,不料今天在这里遇见。你怎么在这里呢?"

原来我在泰州做幕僚时,有个姓曹的人家,出生微寒,女儿有点姿色,已经许配了人家,但是有权有势者通过放债的手段想得到这个女孩,从而打起了官司。我从中调停,解决了这事。最后曹公去了公家做下人,对我千恩万谢,从这里我们就认识了。

我告诉曹公自己要去投亲的前因后果,又说了不巧遇上大雪的事情。曹公说:"明天天晴的话,我顺路送你过去。"然后他花钱买了酒,款待了我。

可能很多人不知道,江南冬去春来时节真的天气多变,今天像夏天,明天可能就像冬天了。所以很理解沈复说的天气暖和的那天热得穿个绒袍和短褂都穿不住,但是变天冷起来就是一秒入冬。而且江南的冷是阴冷,尤其是雨雪天,况且沈复又行驶在水面上,那种冷就是深入骨髓的。李清照也曾说过:乍暖还寒时节,最难将息。

我在读这本书时,也看到有人愤愤地说沈复明明没钱还花钱买酒喝,分明就是嘴馋还找借口说天冷,其实真是天冷,不是嘴馋,也不是没有自制,是因为穷。一分钱难倒英雄汉,否则正值壮年的38岁男人不会冻到像个孩子一样哭起来。这段确实让人心酸。好在天无绝人之路,沈复之前行的善因,在此时得了善果,他遇到了一个曾经出手帮助过的人。这就是"但行好事,莫问前程"的最佳注脚。有时候我们也会这样,好像被困到了一个绝境里再也束手无策时,忽然会来一个贵人拉我们一把,从而逃出生天。我们说它是冥冥中也罢,说它是因果也罢,总之,"你只管好好做人,上天自有安排"这句话是个真理。

　　继续看正文:二十日晨钟刚刚响起时,就听到江口叫着要开船,我惊醒爬起来赶紧喊曹公一起去。曹公说:"不急,吃饱饭再上船最好。"于是替我付了房费和饭钱,拉上我登船去了。我因逗留数日,急着赶船从而食不下咽,勉强吃了两口麻饼。等到上船之后,江风很急,我整个人四肢都冷得发抖。曹公说:"听说江阴有人在靖江上吊死了,他的妻子雇了船前去,所以一定会等到那个女子来了才会开船的。"我只好忍饥挨饿,到了中午时候船才开动。到了靖江时,天都已经黑了,曹公说:"靖江有两处公堂,你要去的是城内的还是城外的?"我跟跟跄跄跟在他后面,边走边说:"实在不知道城内还是城外。"曹公说:"既然这样的话那就先住宿吧,明天再找不迟。"进了旅店后,鞋袜都已经被淤泥湿透,于是找小二要来炭火烘烤。草草吃了些东西,身体疲乏至极就沉沉睡去。早晨起来后,袜子被烧掉了一半。曹公又替我付了房费和饭钱。打听到姐夫范惠来在城内的公堂,找过去后他都还没有起床,听到来者是我,连忙披着衣服出来,见到我的样子,他惊呼道:"你怎么这么狼狈?"我说:"先别问了,有银子的话借我二两,我要给送我来的人。"惠来找出二两银子给我,我转身就给了曹公,他坚决不要,在我强烈坚持下只拿了一两就走了。

我这才向姐夫惠来细细说了我的遭遇和来这儿的目的，惠来听完后说："你是我的亲小舅子，就算没有欠债这回事，我也应当竭尽全力帮你，但是最近航海的盐船被盗了，正在盘账，不能挪用多余的银两给你，勉强凑20两，就当抵往日的债了，怎么样？"我本来也没有抱什么希望，就答应了。惠来留我住了两日，天气放晴之后，我就合计着要回去。25日重又回到华家。芸说："你路上遇到雪了吗？"我告诉她我一路的艰辛，芸心疼地说："下雪时，我以为你已经到了靖江了，谁知你被困在江口。幸亏遇到了曹老，绝处逢生，这也是吉人天相了。"

过了几天后收到了青君的信件，她告诉我们逢森已经被夏揖山带到店里去了，而王荩臣得到了我父亲的许可，将于正月二十四接青君过去。至此，儿女的事情粗粗了了，但我们骨肉分离，终究凄凉悲伤。

从这一系列沈复的表现来看，他没有什么生活经验，但是心思很单纯也很顾家，因为风雪迟迟走不了他居然食不下咽，等到了靖江之后他才睡了一个安稳觉，可见不是那种没死活的人。另外，这一段很淡然地写到一个女子孤身去收拾已经上吊的丈夫的尸骸，淡淡地一笔带过却像一记重锤击中了人，从落难狼狈的沈复，再到那个近乎绝望的女子这似乎在说明大家其实都不如意，都在负重前行。所以忽然想到鲁迅曾写过的一段话："楼下一个男人病得要死，那间壁的一家唱着留声机；对面是弄孩子。楼上有两人狂笑；还有打牌声。河中的船上有女人哭着她死去的母亲。人类的悲欢并不相通，我只觉得他们吵闹。"是的，人类的悲伤并不相通，无论那个女子怎么心碎悲痛，沈复只惦记着快快开船，因为自己饥寒交迫。当然，这是一段有感而发的题外话。

这一趟无论如何，沈复是有所收获的，在人狼狈的时候，最检验人心。这个姐夫没有让沈复空着手回去，前提是因为他没有见到沈复，不知道小舅子居然这么狼狈，所以得打个问号，先不急着下定论。至于曹公的善良和懂得感恩的确是发自真心的。

家那边两个孩子看似已经安排妥当，沈复的父母居然轻易点头看着孙女去当童养媳，看着孙子跟外人去学做生意。至此可以盖棺定论，他们就是寡情的人，至于养那么多义子义女，那是虚伪，都是做给外人看的假把戏。有些人天生就表里不一，好做面子工程。

接着看正文：二月初，风和日丽，我用靖江筹来的费用简单打点了行装，去寻一个在邗江盐署当职的老朋友胡肯堂，正好贡局内有很多司事的职务，我就入职做一些帮司事代笔的事情，这才内心稍稍安定了一些。到了次年八月，接到芸的书信说："我的身体已经痊愈了，老在别人家里吃住总归不是长久之计，我也想来邗江，正好看看平山的美景。"我就租赁了邗江先春门外一处靠河的两间房，然后去华氏家里接来了芸。华夫人好心送了一个叫阿双的小丫头给我们做做饭，然后我们做了一个约定：以后如果有条件的话我们一定住在附近做邻居。

到了十月份时，天已经渐渐冷了，于是我们期盼着来年的春游。满以为来邗江会让芸能好好调理一下身心，然后计划着之后能骨肉团圆，结果贡局一下子裁了一半司事，由于我是朋友介绍来的这种关系，所以也被遣散了。芸又开始千方百计为我筹谋，强打着精神来安慰我，从没有半点责怪和怨恨之意。到了1803年春天，芸的血崩突然复发了。

邗江在扬州，众所周知，扬州非常美，去那样美的一个地方，工作也有了着落，看似一切都在往好的方向走，但转折来得很突然，这好像一个魔咒。生活有时候就是这样，明明熬过一段苦难，眼看着好日子要来了却突然又陷入更深的绝望。对于沈复和芸来说，近在咫尺的春游却变得遥不可及。讲到现在我们应该能总结出，芸的病情跟心理压力脱不开关系。

我们接着看正文：我百般无奈又打算去靖江，希望借这点关系得到些帮助。芸说："求亲不如求友。"我说："话是没错，我朋友们虽然都很好，但各个都基本闲散着，尚且自顾不暇呢。"芸说："幸好天气转暖了，一路上也不用担心雨雪天气，那你就速去速回吧，不要因为我是病人而挂念我。如果你因为我有什么差池，我更是罪恶深重了。"那时其实我们已经没有钱了，我假装雇了一个骡子好让芸宽心些，实际上带了些干粮就步行上路了。往东南方向走，过了两条河，大概八九十里路，四下望去没有村落，没有人烟。到了半夜时，只见黄沙漫漫，群星闪闪，突然看到一间土地庙，有五尺高，周围是矮矮的墙环绕着，周围种着松柏树。于是我向神灵磕了几个头，说："我是来自苏州的沈某，因为去投亲路过这里，想借贵地留宿一晚，希望神灵可怜我保佑我。"于是把小石香炉移到旁边，试着钻进去，只能容得下半个身子，然后拿草帽反扣在脸上，身子坐在里面，双腿露在外面，闭上双眼，除了呼呼的风声四周没有丁点声响。实在是走累了，脚酸腿软，接着昏昏沉沉睡去。睁开眼睛时，天已经微亮，短墙外忽然传来脚步声和说话声，我连忙跑出去看，大概是去赶集的当地人经过此地。问他们路时，对方回答说："往南走十里路就到泰兴县城了，穿过县城再往东南走十里路会看到一个土墩，走过八个土墩就是靖江，到了靖江后就全是大路，好走。"打听清楚后重又折返回来，把小石香炉移到原位上，又叩谢了神灵就出发了。过了泰兴后，有马车能捎我一程，到了下午四点抵达靖江，于是赶紧给惠来府上递交了名帖。过了好久之后，看门人说："范爷因公出差常州去了。"我看他说话的神情似乎有推脱之意，就继续问他："哪天回来？"对方答："不知道。"我说："就算一年我也在这等着。"看门人知道我看破了原委，悄悄问我："你真是范爷的亲小舅子吗？"我说："不是亲的我也不会在这等着。"看门人又说："那你就先等着吧。"三日之后，对方回答我惠来出差回来了。我去拜见，这次惠来借了我 25 两银子，我赶紧雇了骡子往回赶。

在冯梦龙的《醒世恒言》里有同样的桥段，也是一个人穷困潦倒去求亲靠友，无奈那个人真去外地了。还有个片段也是主人公长途跋涉，半夜歇脚在荒无人烟的破庙中。但是那是故事，这是现实。故事尚且让人心痛，何况现实呢？有人说读沈复的"坎坷记愁"不亚于读《活着》那本书。

大概一个人一生中都要经历一段至暗时刻，而这段经历正是沈复的至暗时刻，从前的他在沧浪亭里跟芸花前月下，在太湖之上跟船家女畅游畅饮，今天沦落到这步田地，又是被冻哭，又是徒步走这么远还住破庙，跟个流浪汉也没什么区别了。但是后来沈复也发达了，不能说他就是一个无能之辈，因为命运里面，有宿命的成分，更有运气的成分。

众所周知，诗圣杜甫写过"入门闻号啕，幼子饿已卒"的诗句，这是什么意思呢？是说自己一进门就听到无比令人心碎的嚎哭声，原来小儿子刚刚被饿死了。千古诗圣尚且有这样的经历呢！我在前段时间读李安授权的自传《十年一觉电影梦》时也看到了天才导演李安的一段人生至暗时光，李安在电影界崭露头角之前在家整整做了六年家庭煮夫，这是什么概念？一个男人的黄金年龄又有几年呢？在那六年里，是妻子一个人的收入支撑着整个家，妻子一直坚信他，支持着他。但是现实就是现实，这种窘境对于孩子来说吃一顿肯德基都是奢侈。李安的妻子是个很坚强伟大的女性，就连这样的女人都在压力最大的时候哭着跟妈妈说想离婚，所以这段时光真的很难熬，李安也觉得羞愧无比。但这只是一段经历，一段历练，一段铺垫，熬过去可能就会重见天日。只是，这种不堪回首的经历有时所要付出的代价太大，比如杜甫那饿死的儿子，又比如沈复痛失一生所爱。

我们试着从书中抽离，站在书外客观地看待问题，纵向对比的话，从古到今，有过落魄时刻的人不在少数，只是有人光照千秋，有人籍籍无名。横向对比的话在那个时代，谋生的机会实在少，沈复在书中也说过一句话，不知道你们注意到了没，那就是他的朋友们都闲散着，尚且自顾不暇。假如在乡下，手里有两亩薄田，日子真的就好很多了。

再说沈复的姐夫惠来，他当然算不上好，但我们也没有权利站在道德制高点上说他不好，只能说人在最弱时，最能看清周围人的本性。你最弱时，也是他卸下防备，撕掉虚伪，原形毕露之时。

好在这么心酸的借钱之旅没有白走，罪也没有白受，总算是踩着尊严借到钱了。接下来看原文：芸面色惶恐，哭得凄惨，见到我回来，脱口而出："你知道吗，阿双昨天逃走了。差人去找了，到现在还没有找到。丢了东西是小事，人可是她母亲临行前再三托付我的，现在逃走了，扬州和无锡之间隔着大江呢，这可怎么办？何况如果她的父母把她藏起来再敲诈我们，又该怎么办呢？我还有什么脸面见我的结拜姐妹呢！"我说："别急别急，你У想太多，把孩子藏起来敲诈，也要捡个富裕人家，我们两夫妻也就穷得只剩个人了，不会的。而且带她来的这半年，我们给她吃给她穿，从来没有责骂过她，这是周围邻居都知道的。实在是她丧尽天良，趁我们危难之际逃走，华家姐妹送给我们这样一个贼人，她也没脸见你呢，为什么你还反说没脸见她呢？现在我们应该到县衙去报案，以防后患。"芸听了我的一番话后稍稍宽慰了些。但是从此之后，她在梦中频频会惊叫："阿双逃走了！"又或者会说："憨园为什么要负我？"她病情越来越重。

所谓"屋漏偏逢连夜雨，船迟又遇打头风"。对于沈复和芸来说，厄运好像是蓄谋已久的，接踵而至。前面刚说了，芸的这个病跟压力或者心病脱不开关系，小丫头逃走的这件事情也是压死骆驼的最后一根稻草。对于芸这个至情至性的女子来说，她第一时间考虑到的不是这个女孩子给自己造成的雪上加霜的境况，而是怎么给人家母亲交代，感性大于理性。沈复在这里的表现让人刮目相看，可以说是苦难和历练给他增长了智慧、增加了阅历，头一次我们看到他在棘手的大事面前很有担当很有见地。只可惜，稍稍晚了些，如果他能早点给芸撑起一片天，境况可能不会这么糟。

我们常说人生的每一步都不会白走，真是这样，你吃过的亏，受过的罪都会变成一种智慧，这个过程就叫成长。经历越多的人越成熟，多到一定量的时候这个人就会变得沉默冷酷而沧桑，看着有故事却看不透他。所以年轻的时候经历一些事情其实是好事，晚经历不如早经历。

再说芸，心病难医啊！她太聪明也太敏感，所以放不下心头的枷锁。我们看着都会很心疼，憨园一事何足挂齿？不过前尘往事而已，阿双一事又何劳牵挂？不过是对方心念不正罢了，这两件事完全不必放在心上啊，但人有时候就是逃不出自己的思维旋涡，画地为牢。正所谓"渡人难渡己，医者难自医"。

好了，这一期暂时说到这里，下一期我们再会。

天人永隔——痛失至爱，回煞惊魂

上一期讲到沈复为了筹钱漂泊奔走、芸的病越来越重的内容，很沉重，其实今天更沉重，今天会讲到他们夫妇二人天人永隔。那些曾共度的美好时光，曾携手走过的美好岁月都将在今天画上句号，一切都会成为沈复的回忆。好了，我们接着上一期开始讲。

原文是：我想请医生来给芸诊治，芸挡住我说："我的病因为弟弟早逝、母亲病故而得，当时悲痛过度，接着情感上受了打击，之后又加上生气，平时又处处思虑过重，原希望自己努力做一个好媳妇，却没有做到，所以才会有头晕眼花，老是走神这种症状。到此时早已是病入膏肓，就算是再好的医生来了也回天无力，就请不要再白白破费了。想想我已经嫁给你 23 年了，蒙君错爱，百般体恤，不厌弃我的顽劣，始终如君如知己，有夫如此，我此生已无憾了！至于过去的那段能吃饱能穿暖，一家人在一起其乐融融，又能出游园林乡野，比如沧浪亭，萧爽楼等地的日子，那真是神仙日子。即便是神仙也要几世才能修得到，我是什么人呢，怎敢奢望神仙日子？若是强求的话，会遭天谴，就会有情魔之困扰。总之，是郎君你太多情，我太薄命。"说完又哭着说："人生不过百年，终究都有一死，今日你我中途离别，即是永别。从此不能侍奉左右，不能看着逢森娶妻生子，心里实在难以割舍。"说完后，眼泪大颗大颗往下掉。我勉强撑着安慰她说:"你病了八年,有很多次貌似快撑不下去的时候,为何今天说这些让人断肠的话呢?"芸说:"连日来我都梦见父母派小船来接我,眼睛一闭上身子就飘飘然,就像在云雾中穿梭,这是魂魄即将离开躯体了吧?"我说:"这是心神不定,得服药补一补,精心调养之后,肯定会痊愈。"芸又长叹道:"我若有一线生机,也绝不会说这些话来让你受惊。今日大限已至,再不说恐怕没有机会了。你一直不得父母的疼惜,颠沛流离,都是因为我。我死了之后或许一切都有挽回的余地,你也不用再牵挂我。如今堂上父母都已经年迈,需要你照顾,我死之后,你就尽早回家吧!如果没有办法把我的尸骨运回去,那就暂时埋在这里,等将来再做打算。希望你另娶一房德才兼备的来侍奉双亲,照顾我们的孩子,我也能瞑目了。"说到这里时,我肝肠寸断,不觉失声大哭起来。我说:"你如果中途丢下我而去,我绝不会再娶,况'曾经沧海难为水,除却巫山不是云'。"芸抓着我的手还要继续说什么,但只能重复发出"来世"二字,接着她忽然大口大口喘气,说不出话,大睁着双眼瞪着我,任凭我怎么呼唤,她都不再回应我了。只见两行眼泪顺着她的面颊流下来,大汗淋漓,之后喘息声渐渐微弱,泪也干了,灵魂缥缈,芸竟然就此离去了!那时正是1803年3月30日。

　　芸的死亡来的既在预料之中又显得猝不及防,这段临终遗言交代了自己生病的缘由,自己为人妇的愿景,还有对丈夫的谢意。二人在沧浪亭和萧爽楼度过的日子是芸有限的一生中最幸福的时光,至死都认为那是一段神仙日子。人啊,生在幸福中时不觉得那是幸福的,等走过了许多岁月回头望时才恍然大悟：赌书消得泼茶香，当时只道是寻常。但是死亡是个无法更改的设定，对于芸来说，即便内心有许多不舍和不忍，也无济于事，难道她要怪上天吗？怨大地吗？怪父母吗？这世上很多事情没有答案，罢了，最后只能怪自己太薄命。

假如只是一味地带着不甘和委屈走，恐怕沈复会伤心到无法承受，所以芸又补充说人生不过百年，总有一死，但唯独放不下你和年幼的孩子逢森。这就是将死之人，其实自己也在做心里建设和疏导，但再疏导她也是个母亲，这里我们可以看出芸的复杂心理，一面想宽慰自己和丈夫，一面无法避免地陷入到对家人的恋恋不舍中。孩子可能是母亲最大的软肋和牵挂。史铁生在《秋天的怀念》这篇文章里也曾写过自己母亲猝然离世前的片段："母亲大口大口吐着鲜血，艰难地呼吸着，耗尽所剩气力，只说了半句话：'我那个有病的儿子和我那还未成年的女儿……'"

俗话说，人之将死其言也善。对于芸来说，花好月圆时尚且想着帮丈夫纳妾，何况现在自己要丢下孤苦伶仃的沈复一个人呢，自然劝诫沈复再续一房。对于公婆来说她依然没有半点怨恨和责怪，反而劝沈复早早回去尽孝，甚至连自己过世后尸骨的处理方式都做了交代。想必这番话她已经在心里早早盘算好了，但不能随意说出来，对她来说，沈复是个大男孩，突然的这一番话会吓到丈夫。这就是爱一个人的表现。可能在别人眼里沈复是个强壮的成年人，但是在她眼里，丈夫还是那个从无知少年一路摸爬滚打走来的人。这正如一个顶天立地的男子汉在母亲眼里永远是孩子一样。

面对死亡，无论再恐惧、悲伤、无奈、惋惜……最终都会归于平静，所以芸才会这样思路清晰逻辑缜密地说完这些。最终留给沈复和我们的悬念就是那句未完的"来世"，是啊，今生已经走完，只能寄希望于来世。伴随着芸走的是两行眼泪。我们常听到"含笑九泉"四个字，大概心无挂念或此生再无遗憾的人才会带着笑离开吧。但人生往往是圆满少、缺憾多。

我们接着看原文：那时，身边只有孤灯一盏，举目无亲，两手空空，心碎了一地。这种痛苦绵绵不绝，何时是尽头啊！多亏了我朋友胡肯堂借了十两银子给我，我又把屋子里变卖一空，才亲手料理了芸的后事。哎，芸是一介弱女子，却有着男人的胸怀、才学和见识，嫁到我家后，我为了生计奔波在外，家庭贫困潦倒，芸并不介意，等我回到家后，她又只跟我谈论诗词文学，其他的一概不提。最终生病，颠沛流离，含恨而死，到底是谁造成的？我对我的至爱兼知己的亏欠，岂是三言两语能说完的？奉劝世间的夫妻，千万不要彼此生仇恨，也不要太过用情。古话说："恩爱夫妻不到头"，比如我，就是个例子。

这段我们能读得出沈复的肝肠寸断，在他最穷最无助的时候妻子离他而去，任凭谁都伤心到世界灰暗，天崩地裂。人说盖棺定论，沈复真的是给芸盖棺定论了，芸是一个胸襟、才学和见识都强于很多男人的女人。一个人好不好只有身边最亲的人才有资格说。芸这样的女子真是少有！其实两性关系里，最折磨人的一种是愧疚，只有心生愧疚才会念念不忘，才会耿耿于怀。在陆游和唐婉的爱情里，陆游被迫休了妻子唐婉，后来唐婉也确实再嫁人，但是她始终心属于陆游，最后抑郁而终，唐婉的早逝里少不了陆游的因素。所以在这种愧疚心理中，陆游到老了都还在写断肠诗，80岁时候还写下：

路近城南已怕行，沈家园里更伤情。
香穿客袖梅花在，绿蘸寺桥春水生。
城南小陌又逢春，只见梅花不见人。
玉骨久成泉下土，墨痕犹锁壁间尘。

芸的猝然离世也让沈复愧疚不已，尤其是后来发迹以后。

关于沈复对世间夫妻的奉劝真是肺腑之言，血泪之言！千万不要彼此生仇恨，珍惜彼此都在且相爱的时光。人生说长不长，意外说来就来，比起人生来说，遗憾是恒久的。不可过于情笃是怕爱到深处有遗憾，我前面几期也说了，沈复一直在为妻子过世而找理由找根源，进而自责。不可过于情笃是他找到的根源之一，结合"恩爱夫妻不到头"来说，其实是带有一点玄学意味，有点太过圆满就会遭受上天妒忌的意思，正所谓天道忌全。在沈复来看，假如他们的爱情没有那么完美，可能芸活得会更长久一些。

古人喜欢把事情跟天意结合起来，尤其是解释不了的事情，越早的古人越是如此，人类的认知水平跟科技发展是成正比的。所以，夫妻之间不要彼此生仇恨是对的，但是夫妻不要太过情深还是批判着看。

继续看原文：到了回煞的日子，相传这一日魂魄会随着煞气一起回来，所以屋子内的陈设须得跟芸生前一样，而且要铺一些旧衣服在床上，放生前穿过的鞋子在床下，等待魂魄回来看看。吴地习俗称之为"收眼光"。请来道士做法，先把魂魄召到床上，之后再赶走，这就叫"接眚"。邗江旧俗是，在死者屋内摆设酒席，人全部出去，这叫"避眚"。以前有很多人家就因为"避眚"而被盗窃。

  回煞也就是我们常说的回魂，且不论它是迷信还是传统，这种说法在民间一直存在着，且各地的方式都不一，这大概也是生者对死者的眷恋不舍吧！关于回煞的日子，通常是说头七，但其实根据《辞源》的解释，回魂的日期是按照人死时的年月干支推算出来的。当然，这个是玄学方面的，我们听听即可。在苏州等地管回魂叫"收眼光"，也就是说逝者会最后到人间来走一遭，看看他生前最不舍的地方。那也许是他一辈子牵肠挂肚的地方，来这里走走看看，收拾起一生的眼光，把留在人世间最后一抹的踪迹都消除掉好轻松上路。所以沈复按照苏州习俗，把芸生前的旧衣服铺在床上，把生前穿过的旧鞋子放在床下，好让芸再回人世停留片刻。但是入乡随俗，扬州邗江的习俗又是要备一桌子酒席在屋子里，然后人全部撤出，好让亡灵最后享用一下人间的美味。

  好了接着看原文：芸回煞的那日，房东一家都出去回避，邻居也嘱咐我设好酒席之后赶紧避开。我却多么希望能再见芸一面，就姑且答应着。老乡张禹门劝我说："这个很邪门，宁可信其有，不可信其无，你最好不要尝试。"我说："我之所以不避开就是因为相信。"他又说："回煞时候的煞气对生者非常不利，你家夫人就算魂魄归来，你们也已经阴阳两隔。恐怕你想见也见不到,反而在该避开的时候撞了上去。"那时我依然痴心不改,倔强地说:"生死有命,你如果真的关心我的话,陪着我好不好?"张禹门说:"我还是在门外守着吧,你如果碰到异象,大喊一声我就进来。"于是我拿着点亮的蜡烛进了屋子,看到屋内一切如旧,床铺上是芸的旧衣服,而人却早已不在人世,不禁伤心得泪流满面。但是又怕泪水模糊了眼睛看不到芸的样子,就忍着眼泪睁大眼睛,坐在床上等着。抚摸着芸生前的衣服,香味尚且还在呢,真是肝肠寸断,忽然昏昏然睡意袭来,但转念一想芸的魂魄马上要来了,我怎能就此睡去呢?于是睁开眼睛四下看去,忽然见席上的两根蜡烛火光泛青,缩小到如同豆子一般大小,不觉毛骨悚然,通体冰凉。于是两个手掌搓搓然后再摸一摸额头,待我仔细看时,两根蜡烛的火焰却渐渐升高,高到一尺左右,用纸糊的顶棚都快要烧着了。我正要借着亮光四处细看时,火焰又忽然缩小到之前的豆子般大小。这时我吓得心跳加速,双腿发抖,正想喊门外的老乡进来,却转念一想芸的魂魄柔弱,如果再让一位男士进来,恐怕我们的阳气会伤到芸,于是悄悄呼唤着芸的名字,为她祈祷。这时屋子里一片寂静,什么也看不见,一会只见烛光渐渐恢复到原来的状态,不再昏暗也不再升腾起火苗。我出门告诉老乡刚刚发生的一切,他非常佩服我的胆量,但其实他不知道是我太痴情罢了。

  这段关于沈复见到异象的描写让人又心惊胆战又心碎,活着的时候是夫妻情深,一方死了之后一下子就是两个世界的人了,那种既想再见一面又惧怕的心理真是太真实了。老人们也常说人死了之后他就不再是你亲人了,哪怕在他生前你们是母子,是夫妻,是兄妹关系,一旦阴阳两隔之后最好各自有界限,互不侵犯互不牵挂为好。关于这个,无论是从唯心角度还是唯物角度理解都对。这段异象,可能有人说是迷信,有人说是人鬼情未了,其实,是真是假或信与不信并不重要,我们眼中的世界未必全然相同,重要的是我们心里有所坚守,保有信仰就好了。三毛在荷西不幸去世以后,她对着已溺亡的荷西说:"你不要害怕,一直往前走,你会看到黑暗的隧道,走过去就是白光,那是神灵来接你了。我现在有父母在,不能跟你走,你先去等我。"话音刚落,荷西的眼睛里流出血来,但此时荷西明明已经走了。这些事,后人也一直在解读,究竟该从哪个角度出发去理解呢?唯物主义者也有他们的确能说服人的理论,比如什么眼压降低导致出血了等等,当然,这个确实比较科学。但从上帝视角看的话,庄周梦蝶,谁是庄周?谁又是蝴蝶呢?无论任何时候,妄听轻信,亦有过错。

即便是再亲的亲人,阴阳两隔之后,假如生者觅到一丝逝者的迹象都会觉得恐怖,这也是人之常情。纵然沈复和芸那么相爱,当异象发生时他依然吓得要死。我在读《牡丹亭》时对此深有体会,小姐杜丽娘复活以后暂住在钱塘客栈,她的夫君柳梦梅前去老丈人处报他女儿复活的喜,结果正巧遇上兵变,杜丽娘的父母失散,母亲也走到钱塘客栈来,看门半掩着就试探着进去投宿。正巧,杜丽娘房里没有油了,没法点油灯,就那么摸黑坐着。母女二人趁黑对话以后把母亲吓个半死,赶紧给丫鬟春香说:"春香,有随身纸钱,快丢,快丢。"你看,血浓于水的母女阴阳两隔后再重逢都吓得要死,何况沈复。

接着看原文：芸去世以后，我想到了北宋诗人林和靖"妻梅子鹤"的故事，就自命名为梅逸。把芸暂时安葬在扬州西门之外的金桂山上，当地称之为郝家宝塔。我买了一块墓地，按照芸的遗言将她暂时安置于此，带着她的灵位回家。我母亲知道后哭得特别伤心，青君和逢森也听信回来后伤心欲绝，嚎啕大哭，并为芸服丧。

来解析一下林和靖和"妻梅子鹤"是什么意思，先说说林和靖，他是北宋著名的隐逸诗人，也就是人们俗称的隐士兼诗人。可能说到这个名字很多人觉得耳生，但是他的那首诗大家应该不会陌生，那就是：

众芳摇落独暄妍，占尽风情向小园。
疏影横斜水清浅，暗香浮动月黄昏。
霜禽欲下先偷眼，粉蝶如知合断魂。
幸有微吟可相狎，不须檀板共金樽。

林和靖这个人通晓经史百家，也就是说满腹经纶。但是他性格孤高自好，不喜欢追名逐利，是个恬淡清高的人。青年时期遍游江淮以后，就隐居在杭州西湖，平素喜欢驾一叶扁舟去西湖的各寺庙走走，他的交往之人也都是高僧或者诗人，所谓"谈笑有鸿儒，往来无白丁"。由于经常只身在外，难免会让前往拜访他的客人落空，所以他规定门童，假如他在外而有客到来时，即刻放飞他的白鹤，这样他看到后会马上乘着小船折返。最奇的是下面几点：第一，他作诗不为流传不为取悦谁，作了就随手丢弃，从来不刻意保留；第二，终身不考取功名，逍遥自在，我行我素；第三，终身不娶，他的最爱是梅花和鹤，就是我们刚说的放飞的鹤。他"以梅为妻，以鹤为子"，所以后人都称他为"妻梅鹤子"，这里沈复写的是"妻梅子鹤"，是一样的。我们现在去杭州西湖孤山面对北山路一侧，会看到"放鹤亭"和"林和靖先生墓"，这就是纪念林和靖的。

　　如果不继续解析的话可能很多人都会以为林和靖也许天生就这么清高洒脱，六根清净。其实不是的，人都有七情六欲。后人挖到林和靖的墓地时候发现他的陪葬品只有一块端砚和一支玉簪，端砚可以理解，诗人嘛，天天就跟笔墨纸砚打交道的。但是玉簪怎么说呢？他不是终身不娶且以梅为妻的吗？通过他留下来的一首词或许可以窥知一二。那首词是这样写的："吴山青，越山青。两岸青山相对迎，谁知离别情？君泪盈，妾泪盈。罗带同心结未成，江头潮已平。"我们已不得而知在他身上究竟发生过怎样跌宕缠绵的爱情，但结局已然明了，那就是尽管他们曾缱绻相爱却最终难成眷属，只能各自带着心头的累累创伤，洒泪而别。从此，这份爱情深埋于心。莫言曾说："每个人心里都有一个死角，自己走不出去，别人也闯不进来。"对于林和靖来说，死角就是他未圆满的爱情和那个她。他的隐居，他的"以梅为妻"其实某种意义上是对那段爱情最好的守护，尽管从此闭口不提，但是从仅有两样的陪葬品里我们可以读出那份深沉的爱和回忆。所以说到现在我们就一下明白了沈复之所以自号为"梅逸"的原因了，那是一种深深的同病相怜感，两个人都有着相似的际遇，相似的绝望。由此我们也解读出了沈复有看破红尘不愿再娶，想去山林隐居来了却残生的想法。这个跟贾宝玉的那句"你死了我去做和尚"差不多意思。

但是人的心性是最不定的，所谓此一时彼一时。那句流传千古也感动了无数人的"曾经沧海难为水，除却巫山不是云"的作者元稹照样妻妾不断，艳遇不浅，明明是"除却巫山都是云"。写下著名悯农诗"谁知盘中餐，粒粒皆辛苦"的作者李绅照样大肆敛财，铺张浪费。很多时候愿景只是愿景，人在特定环境下，在有巨大诱惑时会生变数。所以不忘初心是那么珍贵，也只有不忘初心了，才会得始终。那么沈复最后怎么样呢，留待以后我们说。

好了，这一期暂时说到这里，谈及死亡的话题总是很沉重很阴郁，希望我们在沉重过后有所收获，能珍惜身边人，能活好当下，这也是沈复声声泣血后告诉我们的道理。

家破人亡——幼子夭折，兄弟反目

上一期说到了芸猝然离世的内容，沈复也萌生了过隐居生活的想法。就在一无所有的沈复抱着芸的灵位回家以后，他的母亲和孩子们哭作一团，父亲又不在家，那他一母同胞的弟弟是什么反应呢？

我们接着看正文：启堂进来说："父亲还没有息怒呢，哥哥最好还是回扬州去，等父亲回来，我们好言相劝，到时候再写信通知你回来。"于是我又拜别了母亲，告别了一双儿女，大哭一场回到了扬州，以卖画为生。因为这样我就可以常常去芸的坟墓前看一看，哭一哭，那时候的我形单影只，凄凉至极。有时候偶然经过那间屋子，触景生情，伤心欲绝。

我们看看这个弟弟的反应真是冷血至极，嫂子的一条命在他眼里轻如鸿毛，在这个关键时刻，他没有对哥哥表示出半点怜悯和疼惜，只想支走哥哥。其实从前面几期我们说到的借邻居钱不承认然后嫁祸给嫂子就能看出，这是一个心思不正的人，往重了说就是心肠歹毒。究其原因，无非就是怕哥哥分走财产。但是沈复真是很单纯，也许也是悲伤冲昏了头脑，他完全没有明白过来。我们前一期说了，他悲伤至极一心想隐居，此时此刻也无心想别的，他只想离芸的坟墓近一些，再近一些。

沈复独自去芸的坟墓这段让我想起了中国当代词学家、文史学家、教育家唐圭璋先生。他和妻子十分相爱,但同样人到中年时,妻子离他而去,唐圭璋先生肝肠寸断,此后再没有续弦。妻子在时,他们常常依偎在一起,他吹洞箫,妻子轻声和唱。妻子走后,他悲痛欲绝,常常独自跑到妻子坟前为她吹洞箫,即便爆竹声声的除夕夜里,他也去墓园孤独而凄凉地陪着妻子,所以人们都尊称他为"情圣词宗"。

唐圭璋先生是南京人,生前在南师大教书,他钟情于妻子更钟情于教育事业,曾有许多飞黄腾达的机会摆在他面前,然而他只想做个平凡的教书匠。我们现在去南师大文学院还可以看到唐圭璋先生的雕塑。

好了,我们继续看正文:到了重阳节的时候,相邻的坟墓都已长满枯草,唯独芸的还是碧绿的青草,守坟人说:"这墓地选址好,地气很旺盛啊!"于是我暗暗祷告说:"秋已深,我身上都还是单衣,你若泉下有知,保佑我谋得一差半职的,好度过这个残冬,等家里招我回去的来信。"没过几天,江都幕僚章驭庵先生要回浙江料理亲人的后事,请我给他代班三个月,我这才有钱置办过冬的基本东西。三个月期限到时,老乡张禹门让我去他家里居住。他也没有工作,闲居在家艰难度日。他跟我商量要借点钱,我就把身上仅有的 20 两银子全部借给了他,并且说:"这些钱本来要留着把亡妻的灵柩运回家的,一等到家里的消息,你归还我即可。"这年我就住在张禹门家里,早晚占卜,但是家里迟迟没有来半点消息。到了 1804 年 3 月,忽然接到青君的信,我才知道家父生病了,我打算即刻回家去,但又怕重新惹父亲生气。正在犹豫时，又接到青君的信，惊闻父亲已经过世了。我悲痛欲绝，呼天天不应，顾不上其他，连夜赶回家去，到了灵前拼命磕头，痛哭流涕，额头都磕出了血。唉，想我父亲这一生，奔波操劳，万分辛苦，却生下了我这个不孝子，既没有承欢膝下，又没有在床前端药递水地伺候一日，我这不孝之罪是逃脱不了的！母亲见我哭，才说："你为什么到今天才回来？"我说："幸亏接到青君的信我才得以回家。"我母亲看了看弟弟和弟媳，然后什么都没有再说。

  我为亡父守灵守到第七天，却始终没有一个人来跟我商量家事和丧事的具体安排。我自认为自己没有尽到做儿子的职责，也没有脸面去问。

  这一段里注意个细节，重阳节，芸是3月末离世的，重阳节是9月9日，在清代阳历还没有进入中国，所以芸去世的日期3月30日是阴历，这样说来沈复断断续续跑到芸的坟地去已经将近有半年了……

  风水是中华民族历史悠久的一门玄术，学术界的说法叫作堪舆。有些大学已经开设这个专业了。风水说白了是自然界的力量，是宇宙的大磁场能量。那么墓地风水自然也有其存在的道理，懂的人一看就知道这是不是好风水，比如文中那个守坟人。到了此时，沈复除了祈祷也别无他法了，他还傻傻地等着弟弟去劝和父亲，等着家里来信呢。若不是那3个月的顶班和朋友的收留，不知道他是不是真的要流落街头了。3个月的代班时间赚到了20两银子还毫无保留地借给了朋友，不得不说沈复真的是一个很单纯很善良的人。他在等家里的好消息，等来的却是父亲离世的噩耗，如果不是懂事的青君通知他，恐怕连给父亲服丧都要错过。文中虽然没有明说，但我们能隐隐感觉到这个弟弟有多狠心，狠到他的母亲都不敢多言语。我相信到了此时沈复一定是心中有数了。

我们接着看正文：有一天，那个几年前讨债的人带着一帮人忽然上门来吵吵嚷嚷要账，我出去说："欠债不还，理应来要，但是我父亲的尸骨都还未寒，你们这样乘人之危，未免也太过分了吧！"中间有个人私下悄悄跟我说："是有人支使我们前来的，你出去避一避，我去向支使我们来的人讨债。"我说："我欠的债我来还，你们快回去吧！"他们就讪讪地回去了。于是我叫来启堂，对他说："我虽然是个不孝之子，但从没有为非作歹，如果说我已经过继给了伯父，也没有得到一分一毫的遗产。这次我回来奔丧，纯粹是为了尽为人子的本分，难道是为了来跟你争家产的？大丈夫贵在自立，我既然是孑然一身来的，也会空着手走。"说完之后就转身走进灵堂，不由得大哭一场。之后我跟母亲叩首告别，又跟青君辞行，打算就此去深山里，过与世隔绝的隐士生活。

这段让我想到《诗经》中的那句"兄弟阋于墙，外御其务。"是说兄弟可以在家里争斗，但是一旦有外敌来袭，总会携手一致对外。但沈复这个弟弟不仅没有在哥哥最需要帮助的时候伸出一只手，反而想借外人之手来赶走哥哥。这是一个冷血冷心肠的歹毒之人，连前来闹事的人都看不下去了。典型的利欲熏心。现实生活中也是，很多时候兄弟反目都是因为钱财，钱财能成就人也能毁人。我们甚至可以大胆地推断，在芸和公婆的误会里这个弟弟到底做了多少小动作。单纯的沈复到现在才回过味来，真是万念俱灰啊，妻子没有了，父亲没有了，弟弟这样绝情，自己又身无分文，他能做的只有远离世间，与世隔绝。

而这段里最重要的一条是沈复跟弟弟说的那些不争财产的话，说这些话看似很大丈夫，可以理解成文人的清高，也可以理解成兄长的懦弱。

再看正文：青君正在劝阻我时，朋友夏南熏字淡安和夏逢泰字揖山两兄弟来找我，他们劝诫我说："家里已然发生这些事了，确实让人生气，虽然你父亲刚走，但母亲还健在啊，妻子虽然不幸离世，但孩子还小，还未成家，你就这样独自去归隐，你于心何忍？"我说："不然怎么办呢？"淡安说："先委屈你住在我家，听说石琢堂就快要请假回家了，为什么不等他回家的时候去拜访他呢？他应该会给你谋个职位。"我说："我有孝在身，还没有满百天，你们家里也有老人在，恐怕不方便吧！"揖山说："我们来邀请你其实也是家父的意思。你如果坚持觉得不便的话，那么我们周边有个禅寺，寺内方丈与我最交好，你先住在寺内如何？"我答应了他。青君说："爷爷所留的房产不止三四千两银子，你一分不拿也罢，难道连行囊也不要了吗？我去给你拿，之后直接送到父亲所在的禅寺吧。"于是，除了行囊之外，我还得到了父亲所遗留的书籍、砚台、笔筒等物件。

还记得之前沈复和芸在无锡锡山的时候吗？芸曾对沈复说：求亲不如靠友。果然如此，在沈复万念俱灰要去深山隐居的时刻，他的弟弟无动于衷，他的母亲也没有任何行动，反而是两个朋友解决了沈复的困境。其实对于这个时候的沈复来说,去深山隐居是凶多吉少,他是一个怎么看都没有生活经验的书生。生活中的他又柔弱又没有主见,在古代来说长兄如父,父亲过世后强势一点的兄长完全可以提起整个家来,但沈复一直在后退,任由弟弟拿捏,以至于窝囊到这个地步,没有话语权,没有选择权。青君身上倒是有芸的影子,看事情明白,她的话语里有责怪和无奈。

当然,我们除了对沈复有深深的怜悯和恨铁不成钢之外,不应该忽略他的另一个特质。讲到现在,从沈复对芸,对朋友,对家人的态度来看,他骨子里就是个谦谦君子。这种人如果遇到的是良人,就会缔造更多美好。假如他遇到的是龌龊的人,便会伤得很重。虽然很多人说沈复无用,但是现实生活中谁不希望有这样真诚没心机的朋友呢?

好了,我们接着看正文:寺院僧人将我安置在大悲阁中,阁朝南,东边有一尊神像,西面第一间有一扇窗户紧对着佛龛,那里是前来烧香拜佛之人吃斋的地方。我就在里面设了一张床,门前有一座关公提刀的塑像,特别威武。院子里有一株银杏树,有三个人抱起来那么粗,树荫几乎覆盖了整个大悲阁,夜深人静时风声如吼声一样。揖山常常带了酒前来跟我小酌几杯,他说:"你一个人住在这里,夜里睡不着时不怕吗?"我说:"我一生坦荡正直,心里没有鬼,有什么好怕的呢?"住了没几天后,大雨倾盆而下,通宵达旦竟然连下了三十多天,我时时担心银杏树枝折断把屋梁压塌,幸得神灵保佑,居然安然无恙。而就在一墙之隔的外面,房屋倒塌者不计其数,近处的田地庄稼也都被淹了。我则每日与僧人作画，不闻不问。

到了七月初，天开始放晴，揖山的父亲莼芗在崇明岛有生意要谈，带了我一起去，我替他代写文书得了20两银子。回来后，正赶上我父亲安葬，启堂让逢森给我带话说："叔叔因丧葬费不够用，想借一二十两银子。"我正要全部给他，揖山不允许，只分了一半给他。之后我带着青君先到了墓地，安葬完毕后，依然返回了大悲阁。九月下旬，揖山要去收在东海永寨沙的地租，又带我同去。停留了两个月，归来已经是寒冬时节，就搬到揖山家的雪鸿草堂过年，真是异姓亲兄弟啊！

读这段的时候我特别感动于这个能在危难时刻拉沈复一把的朋友夏揖山。在之前有一期，沈复和芸被扫地出门的时候大家应该还记得，女儿青君被临时送去做童养媳，儿子逢森就安排给了这个朋友做学徒，学做生意。在回家奔丧被弟弟要赶走时是这个朋友带他回去的，在他住在寺院心情烦闷的时候，是这个朋友去陪他喝酒解闷，在他身无分文的时候，还是这个朋友及其父亲的照顾才使得沈复赚了20两银子。这样三番五次能在关键时刻伸出手的朋友才是真朋友！不知道你们身边有没有这样仗义豪爽的朋友？可能提到朋友，很多人都会无限唏嘘，人随着年龄越来越大，对朋友二字的理解也越来越深刻，能交心的或者可以在关键时刻真心出手相助的到底有没有得打一个问号！

人在如鱼得水时身边一起吃吃喝喝，谈古论今的人的确不少，可这不能检验真心。人在落难时最称得出朋友的分量。是的，境况好时看似交情很深，一旦陷入危难，可能一个人影都不会再见到，所以越是成长越是理解朋友二字的意义。如果是真朋友，值得珍惜一辈子，不要让关系冷却，所有关系都需要维系。

当然，沈复之所以能有这么好的朋友不是偶然，是必然。沈复虽然单纯，书呆子气，没有主见，但是他对别人的好是毫无保留的，别人需要资助时他总是"倾囊相授"，连自己那不怀好意的弟弟也是。正所谓傻人有傻福，吃亏是福，他没有我们当下人精致的利己主义精神。《孟子》里说："行有不得，反求诸己。"当我们遗憾没有真正交心仗义的朋友时，不妨回头检视一下自己，在朋友遇到类似情况时，我们做到了什么程度？世界上最远的路是套路，最近的路是真诚。心机深重的人伪装的了一时，伪装不了一世。

能让沈复由衷地发出"真是异姓亲兄弟"的感叹确实是沈复之幸，也是夏揖山之幸！人生得一真朋友难矣！这是一种很美妙的人生体验。一个真朋友会让人瞬间充满力量和希望。

我们接着看：1805年7月份时，琢堂才从都门回到原籍。琢堂名韫玉，字执如，琢堂是他的号，跟我是发小，是乾隆年间的状元，去重庆任太守一职。当时有白莲教作乱，他出外征战三年，战功赫赫。这次他回来后，我们都相见甚欢。后来在9月9日的时候他重新要带着家眷赴重庆任职，想邀我同往，我就叩别了母亲，当时她在九妹陆尚吾家中，原来我父亲的故居已经是别人的了。我母亲嘱咐我说："你弟弟靠不住，你要努力重振这个家啊！一家的希望就全在你身上了。"逢森送到半路忽然泪流不止，所以我让他不要继续送了，就此返回。

我们来说说平定白莲教这个功劳有多大,先说说什么是白莲教。白莲教是唐、宋以来流传民间的一种秘密宗教结社,是半僧半俗的秘密团体。白莲教的渊源是佛教,但是它的教义比佛教的经文更简单易懂,非常受底层人士喜爱。也正因为这个,白莲教的头目们通常利用教义做工具,组织这些底层人士进行反抗起义。发展到了明代以后,白莲教已经有了相当数量的教徒,而且分支很多,一直到了清代之后,教徒基数更是庞大,这个团体直接发展成了反清的秘密组织。你想想,大清皇帝刚刚坐上龙椅,有这么多反清的教徒,皇帝能踏实吗?大清的皇帝们对白莲教深恶痛绝,曾经白莲教的起义差点掀翻乾隆王朝。在乾隆临死前三年,由于白莲教起义,清朝一度风雨飘摇。太上皇乾隆寝食难安,到临死前一天还作诗期望平定白莲教的捷报早早传来。在遗嘱中也念念不忘地提到了"剿捕川省教匪"等字眼。他驾崩以后,嘉庆皇帝实际掌握了政权,但几年后又发生了白莲教起义,也就是1804年,白莲教被彻底肃清,应该就是石琢堂参与的这一次,据沈复记录石琢堂在外征战了三年。这真是一场苦战,所以战功赫赫!沈复见证了英雄发小的光荣时刻,也见证了历史性的一刻。

同时,沈复的春天也来了!时也!命也!

再说回这一段,这短短一小段貌似是平平淡淡的回忆,却把人性和境况的转变展现得淋漓尽致!首先是沈复,人倒霉到底了肯定会触底反弹,遇见发小石琢堂是他转变的开始。重庆市太守那可是相当于市委书记的职位,再说那时候没有裙带关系等等词汇,太守想给沈复找个事务还是很轻而易举的，况且平定白莲教有功在身。重庆成为直辖市是 1997 年的事儿，之前它就是一个普通的市区。

再说沈复的母亲，从芸生病到把儿子儿媳扫地出门，再到小儿子把沈复赶出去无家可归，她眼睁睁看着这一切发生却三缄其口。现在家庭轰然败落后，她居然出来跟沈复说什么"沈复是一家人的希望，要重振门庭"的话。这很让人费解！不能探究人性，如同不能直视太阳一样。说白了，不就是看到沈复将要有石琢堂的帮携了吗？亲人的类似行为最让人痛心。沈复对此只是不带感情地一笔带过，连同他们的老宅子被卖给了别人他也只是淡淡的，好像在说一件别人家的事一样。不知是心情复杂还是哀莫大于心死。

再说这个弟弟，手握三四千两银子却沦落到把家卖给或抵给别人，母亲寄人篱下。我第一感觉应该是赌博，败家子无疑。自古慈母多败儿，这跟沈复母亲的偏爱纵容脱不开关系。

世事难料，沈复的家因为父亲的离世而轰然败落，正应了那句：眼见他起高楼，眼见他宴宾客，眼见他楼塌了。说起来，每个人的家都有各式各样的烦恼，沈复只是我们普通人的一个缩影而已。沈复的人生也如同我们的人生一样，有过幸福，有过落魄，有过甜蜜，有过辛酸，有过聚合，有过离散。笑过也哭过。世事难测，才是人生的真谛！

其实最让我心酸的是他们的儿子逢森，他总在离别，总在泪落不止。这个出场不多的孩子在这样一个复杂冷漠的大家庭里被边缘化，小小的他被迫早早品尝人生之苦。如果说成年人要的很多，那么孩子要的只是父母俱在身边，可是这么一个简单的愿望却满足不了他。所以，尽管写他的笔墨不多，我们也能感受到他极度缺乏爱。对一个孩子来说，何其残忍……

写到这里时，禁不住喉头哽咽，掩卷长叹。

沈复亏欠的何止是妻子呢，还有他们的孩子啊……

接着看正文：渡船离开京口，石琢堂有一个老朋友王惕夫举孝廉被任命为淮阳的盐署官，琢堂特意绕道去相会，我也一同前往，正好又能得机会去芸的坟前看看她。返回时从长江溯流而上，一路饱览了风景名胜，到了湖北荆州，收到了石琢堂被升为潼关道员的好消息，于是留下我和他的家人暂住在荆州。琢堂骑着一匹快马轻装上阵去重庆过年，然后又经过成都的栈道去赴任。1806年2月，他的家人才从水路出发到樊城上岸，道路漫长，花费巨大，行李沉重，人丁又多，一路上马死轮折，实在是辛苦。

到了潼关三个月以后，琢堂又升为山东的廉访使，他十分清廉，所带的盘缠已经不够带家人一起去，就让家人暂住在潼川书院。到了十月份，他才拿到俸禄，于是专门派人来接家人前往。来人还带了一封青君的信，看到信后我大惊，原来逢森在四月份已经夭折了。这才回想起他之前送我时泪流不止的情景，原来这是父子之间的永诀啊！老天啊，芸只有这么一个儿子，不能再延续芸的香火了！琢堂听闻后也震惊慨叹不已，送了我一个妾，我又重新回到了繁华尘世的梦中。从此，吵吵闹闹，纷纷扰扰，也不知何时梦醒。

我们之前还在说人没有定性，沈复的"曾经沧海难为水，除却巫山不是云"的誓言还在耳边,我们还说且拭目以待沈复能守住诺言多久,结果眨眼之间,这一期就已经有答案了。有了小妾入了温柔乡就沉入梦中了,什么都忘了。你假托这是一个梦,可它不是一个梦,它就是真实的生活。

我们倒也不批判沈复再纳妾的行为,毕竟人到中年失了妻子又折了儿子,生活总归是要过的。可是我们说的是人的定性啊,这世间我们该坚守什么,该放弃什么,这是一个悖论。

只是可惜了逢森这个孩子,来到这世上孤零零地走一遭,默默地回去。他的离去如同一片叶子被风吹落,普通而不为人重视,连自己的父亲都只是把重心聚焦在无法延续芸的香火上,他的离去轻飘飘,四月离世,十月才被父亲知晓。唉……

不知沈复在笔墨之外有没有认真想过关于儿子别的什么。

纪伯伦曾写过:

你的儿女,其实不是你的儿女。
他们是生命对于自身渴望而诞生的孩子。
他们借助你来到这世界,却非因你而来,
他们在你身旁,却并不属于你。
你可以给予他们的是你的爱,却不是你的想法,
因为他们有自己的思想。

对于沈复来说,儿子逢森之于他,意义在于两点:一是约定俗成

的传宗接代；二是延续芸的血脉，好像仅此而已。他没有给予过儿子爱，没有关注过儿子的想法，甚至儿子的死亡也没有引起他更深的思考与哀伤。这是个人的悲剧，更是时代的悲剧。

一个男人好当，一个丈夫不好当，一个父亲非常难当。而男人终其一生综合了男人、丈夫和父亲的角色为一体，这是门深奥的功课。

伴随着沉重的解读，"坎坷记愁"这一卷终于结束了！希望我们能在沉重中有所收获和启发。下一期我们开始"浪游记快"的解读，跟着沈复去游历清朝的秀丽山川。

第四章

浪游记快

游历之始——携友苏杭游，寻访隐居地

人生有个最难捱的时段，读书或听书也有个很悲伤的段落，就这本书来说，最悲伤的段落已经过去了，接下来就会轻松一些。

如果给我们来个问卷调查，问题是"你的兴趣爱好是什么？"估计很多人都会脱口而出：旅游。现代人如此，古代人也是啊！别看杜甫苦哈哈的，但是他在年轻时也曾过着一种裘马轻狂的生活，游历了很多地方，那句著名的"会当凌绝顶，一览众山小"成了泰山的千古代言词。苏轼被贬谪后，途径庐山时也不忘登山赏景，一时诗兴大发，写下："不识庐山真面目，只缘身在此山中。"这首诗也让庐山名声大噪。还有很多，比如王之涣登鹳雀楼，白居易游西湖，李白独坐敬亭山，陆游的乡村一日行——游山西村，等等。

出游是一件很美好的事，但我们很少有人有大把大把时间用来旅游，通常都是在工作之余，借出差之便，要么陪朋友的情况下才难得去一次。正因为稀少所以珍贵。但很多时候我们的出游是处在逆境中或者心情极其烦闷时，这很多机缘巧合凑成了人生的旅游经历。这一章要讲的"浪游记快"就是沈复在不同生命阶段的游记。可以说他也是个旅游达人。

前面说过，这本书不是按照时间轴来写，而是按照不同的属性而分类的，就拿这卷"浪游记快"来说，只要涉及他人生中的出游或出

行,都会集合在这一卷里,所以后面还会出现芸,大家不要以为芸又起死回生了。

好了,我们来看原文:我四处奔走做幕僚的三十多年里,天下我没有去过的地方也只有四川中部、贵州中部和云南南部。可惜的是这些游历都是处处跟着别人走的,山水怡情都如过眼云烟,没法领取其中真趣,不能寻幽探胜。我做事喜欢遵循自己的想法,不愿意随大溜,就拿品诗论画来说,别人珍爱不已的我却嗤之以鼻,别人看不上眼的我却视如珍宝,这种情况常有。所以名胜之所在,难能可贵的是自己的心得,有些名胜古迹我不觉得有什么好的,而有些寂寂无名的地方我却觉得妙不可言,在此,我就把自己平生去过的地方都记录下来。

说沈复是旅游达人不是没有道理,即便是现代人也很少有人走遍全中国,当然除了四川中部、贵州中部和云南南部三个部分。

沈复关于名胜古迹的看法让我想到了"网红打卡地"这个新型概念,这其实某种程度上说明了人的从众性,缺乏独立思考的能力。当一个网红地诞生后,很多人呼啦啦一拥而上,不管好不好,或者说根本不了解到底哪里好,就只知道一股脑地拍照,拍完走人。这种"XXX到此一游"的观念其实一直在,换汤不换药而已。当然不是所有人都这样。

一处地方好不好,除了文化底蕴和整体基建以外,剩下的就只是观赏者的视角了。每个人人生阅历不同,文化水平不同,感悟能力不同,审美能力也有高低,这就造成了一处地方评价天上地下的区别。

甚至观赏者当时心情不同也会对一处地方产生不同的感觉。如同鲁迅说的:"一部《红楼梦》,经学家看见《易》,道学家看见淫,才子看见缠绵,革命家看见排满,流言家看见宫闱秘事。"的确如此。

不是说是名胜就一定得给个好评价,也不是说无名小景就完全无可取之处,好与不好完全是自己的感受,没有既定标准。不过有一双善于发现美的眼睛,哪里都是春天。

我前段时间在录制高德音频时,看了一下金鸡湖的某个小岛,评价分两极化,有些人说美得不可方物,有些人说简直是骗钱的地方。这怎么说嘛?小马过河而已,自己去试深浅,自己的口味需要自己去探试。

好了,我们接着看原文:我15岁时,我的父亲稼夫公在山阴赵县令的府上做幕僚,有一位叫赵省斋的先生非常有名望,杭州的大学者。赵县令就请他来给自己的儿子做老师,我父亲也让我拜师在赵省斋先生门下。闲暇时候我去游了吼山,吼山离绍兴城大概十里左右,陆路不通。到了山前,看见有一个石洞,上面有山石成片分布,横向裂开,摇摇欲坠,我们从下方划船进入。里面豁然开朗,四面都是峭壁,大家都叫这里为"水园"。依水而建了五间石阁,对面石壁有"观鱼跃"三个大字,水深不见底,相传有巨型鱼在里面,我试着投了些鱼饵进去,仅见到不到一尺的小鱼儿跃出水面抢食。石阁后面有通往旱园的路,小石块杂乱林立,有的如横着的巴掌大小,有块柱石顶上被削平又垒上大石头,人工开凿的痕迹都还在,没有一点可取之处。游览完了之后,在水阁中用餐,我们让随从放了一挂爆竹,轰然一响,万山齐鸣,宛如霹雳阵阵。这就是我小时候游历的开端,只可惜没能去兰亭和禹陵走走,直到今天都还在遗憾。

初读这本书时,乍一眼看到吼山,我以为是无锡的吼山了,因为他们毕竟在无锡待过一段时间。沈复说的那个全无可取之处的石头景观应该是叠石艺术。这个讲求师法自然,高于自然,要达到"虽由人作,宛自天开"的境界才好,如果人工痕迹过多则会适得其反。优秀的叠石艺术推荐去苏州拙政园看看缀云峰,正门进去起到障景作用的那高高垒起的石景就是。它是明朝末年的画家兼叠石高手建造的,造型奇特,像一片云。看起来摇摇欲坠也没有任何支撑,但是它稳稳当当矗立了三百多年,最后于 1943 年轰然倒塌。我们现在看到的缀云峰是新中国成立后,园林专家耗费一个多月的时间才建成的。看上去好像它天然就是这副奇特样子。

古人的审美好像比我们要好很多。《红楼梦》里大观园建成以后贾政带着一行人还有宝玉去各个地方看看,走到稻香村时,只有十几岁的宝玉说:"此处置一田庄,分明是人力造作成的……即百般精巧,终不相宜。"

好了,我们接着看原文:到了山阴的第二年,赵省斋因为父母年老就不出去教书,而是在家设学堂,我也跟随着到了杭州,因而也得以饱览西湖美景。西湖的结构之妙,当以龙井最佳,其次是小有天园。石山取灵隐寺的天竺园飞来峰和城隍山的瑞石古洞为最。水景的话取玉泉,那里水清鱼多,颇有活泼之趣。而最不值得一看的,是葛岭的玛瑙寺。其余的湖心亭,六一泉等景观各有各的妙处,就不一一细说了。但是似乎都没有摆脱脂粉气，反而不如一处小小的静室那般幽雅僻静，雅趣浑然天成。

苏小小的墓则在西泠桥一侧，当地人指给我们看，最早时那里只是一堆黄土而已。到了乾隆庚子年也就是1780年时，皇上南巡途经此处曾问及此事。到了1784年，乾隆再次途经此处，苏小小的墓已经用石头垒好了，坟墓呈八角形，上面立了一块碑，写了"钱塘苏小小之墓"几个大字。从此前来凭吊的文人雅士络绎不绝。我暗暗想着：自古为国战死的忠烈们被世人遗忘的不计其数啊！就算流传下来但不能长久的也不在少数，苏小小只不过是一个妓女而已，从南齐到如今，人尽皆知，难道这是她灵气所钟，专门用来点缀西湖美景的？

每个人看西湖的视角都不一样，在沈复眼里西湖是没有脱离脂粉气的，但是辛弃疾说："晚风吹雨，战新荷、声乱明珠苍璧。谁把香奁收宝镜，云锦红涵湖碧。飞鸟翻空，游鱼吹浪，惯趁笙歌席。坐中豪气，看公一饮千石。"西湖在他笔下多了几分豪气。然则，在苏东坡眼里西湖跟西施一样美——欲把西湖比西子，浓妆淡抹总相宜。我记忆中的西湖美是在雨后的湖边，就那么坐着，身后是熙熙攘攘的人群，面前是平静广阔的湖水，水中是接天莲叶无穷碧的荷花，那感觉介于出世和入世之间，特别美。还有夜幕中的风波亭那处也让人产生古今交错的感觉，特别妙。

灵隐寺的画，飞来峰的各种佛像石雕的确很震撼，但是在我眼里最美的是清晨薄雾笼罩中的清冽空气和建筑轮廓。

总之，沈复提到的这几处的确是非常美的地方，值得一去。

关于苏小小墓的事情，沈复是在讽刺。看来从古到今都是"将军枯骨无人问，戏子琐事遍天知"。苏小小的墓的确很突兀，在人潮涌动处。

　　我们接着看原文：往桥北走上一段就是崇文书院，我曾和同窗赵缉之来这里投考。那时正是夏天，我们早早地起床，出钱塘门，走过昭庆寺，上了断桥，坐在石栏上，红彤彤的旭日即将升起，朝霞映红了堤岸杨柳，景象美到极致。清风徐来，白莲花暗香盈盈，让人身心都清澈了起来。走到书院，题还没有出来。午后交了试卷，我同缉之去紫云洞纳凉，洞大得能容十来个人，洞里有阳光可以透进来，有人在此设了个小桌加几张板凳卖酒。我们脱去外套小酌了几杯，尝了尝鹿肉脯味道特别棒，然后以鲜菱角和莲藕做下酒菜，直到微醺才出洞。缉之说："上面有个朝阳台，特别高旷，要不要去游玩一下？"我也来了兴致，就兴致勃勃地登上了山顶，顿时觉得西湖如一面镜子，杭州城如一粒丸子，钱塘江如一条丝带。极目远眺，目光可及数百里。这可是平生见到的第一大奇观呢！于是我们坐了好久，夕阳西下时才相携下了山，这时南屏的晚钟也敲响了。韬光寺和云栖这两处因为太远而没有去，至于红门局的梅花和姑姑庙的铁树也不过尔尔。紫阳洞我觉得必须得去看看，等我们寻寻觅觅到了那里才发现，洞口仅仅只有一指宽，内有涓涓细流流出。相传里面别有洞天，恨不得设法破门而入呢。

　　崇文书院是大名鼎鼎的杭州书院，与万松书院（原名叫敷文书院）、紫阳书院、诂经精舍并称为杭州四大书院。这里主要是学习以考取功名为主，定期会举行考试，所以沈复说来投考。沈复虽然没有考取功名，但是他也考过。

　　这段特别特别美，建议你们看完后翻开原版文字再看看，这个意境太美了！假如说我们忙于生计没法说走就走，那么听听读读这样的文字也会聊以慰藉吧！我在太湖的一个小岛上独自极目远眺时也会有相同的感受，我也是从白天坐到夕阳西下才恋恋不舍地离开。这种美有一次都会铭记心间。还有一次在峨眉山上，视野好时居高望远，看待人生和俗世的境界都不一样了。刹那间，云雾翻腾，整个人笼罩在云雾中，万籁俱寂，也是一种非常奇妙的体验。

　　文中提到沈复伴随着夕阳西下下山时，听到了南屏晚钟，这个南屏晚钟是西湖老十景之一，也是最早的一景，具体是南屏山净慈寺傍晚的钟声，清越悠扬，穿林渡水而来。北宋的画家还画过一幅《南屏晚钟图》。

　　韬光寺和云栖也是西湖著名的景点，隶属于后期的西湖十八景。韬光寺在灵隐寺内，建在高处，古代最适合观海，至今楹联还写着宋之问的名句：楼观沧海日，门对浙江潮。

　　云栖也就是今天的云栖竹径，远离城市喧嚣，里面竹林戊密，绿树成荫，夏天正是游玩的好时节。所以这两处沈复特意点出，因为太远没有能去成。不过，今天的我们可以替沈复去嘛！

　　接着看正文：清明那天，赵省斋先生要去扫墓，带着我一同前往。墓在东山，那里有特别多的竹子，守墓人把还未出土的竹笋挖出来，竹笋形状如同梨子一样，但比梨子更尖，中午就用竹笋做了羹汤来招待我们。我很喜欢竹笋做的羹汤，所以连吃了两碗。先生说："嗨，这个虽然味道美，但是吃多了心里难受，胃里也不好消化，得多吃肉来化解。"我向来不大吃肉，且这顿饭因为多吃了竹笋而饭量减少，所以回程路上整个人特别烦躁，嘴唇和舌头都干得快要裂开了。过了石屋洞，没什么好看的。水乐洞的峭壁上爬满了藤萝，进到洞里如同进了一间斗室，听到有泉水流过，水流声清脆动听。泉水池仅仅只有三尺宽，五寸深，不会溢出来但也永远不会干涸。我俯下身去喝了几口，烦躁的感觉立马消失。

洞外有两个小亭子，坐在里面可以听泉水叮咚。和尚请我们去观赏万年缸，缸在佛寺的香积厨内，外形巨大，用一根竹管把泉水引到缸中，任由它满溢出来。由于年代久远，缸里结了厚厚的一层青苔，这样一来冬天也不结冰，所以缸不会被冻坏。

关于沈复吃的这个竹笋的羹汤说一下，江南有道名菜叫腌笃鲜，口味是咸鲜味的，主要是用春笋和鲜五花肉、咸五花肉一起炖的汤。这汤有多香呢？老话说"鲜得眉毛掉下来。"沈复吃的应该就是腌笃鲜。但是因为这道菜的主料是春笋，而春笋一年只有春天那几十天才有，过了之后它就长成竹子了。所以这是很典型的时令菜。

我们曾在春天去爬苏州灵岩山的时候，看到那里有一大片竹林，而竹林被围起来，旁边竖着一个牌子"禁止挖春笋"。甚至我们小区里的竹林里也有这样的牌子，可见春笋的珍贵和人们对这道菜的喜欢程度。春笋虽然营养价值高，但性寒味甘，含较多难溶性的草酸钙和粗纤维素，吃多以后很难消化，容易对胃肠造成负担。而用春笋做成的腌笃鲜里有咸肉，所以吃多以后不仅肠胃负担不了而且人会口渴难耐。这就是沈复喝了几口泉水就立马好了的原因，不是泉水有神效。

好了，我们接着看原文：1781年8月，我父亲患了疟疾回了家，他发冷的时候拼命烤火，发热之后又用冰来降温，我怎么劝他都不听，最后就转成伤寒病了，病势一日比一日重。我伺候父亲端汤喂药，几乎昼夜不合眼有将近一个月。我的妻子芸娘也生了重病，下不了床。那时我心里的痛苦，无法诉说。父亲叫我到床边嘱咐我说："我这病恐怕好不了了，你守着那几本书也不是长久之计，不能糊口啊。我把你托付给我的结拜兄弟蒋思斋，你就继承我这一行吧！"

过了几天，蒋思斋来探望父亲，父亲就让我在他的床前拜蒋思斋为师。没过多久，幸得名医徐观莲先生为父亲治病，父亲渐渐痊愈了，芸也慢慢能起得来床。从那以后我就开始学着做幕僚工作，但那不是一件令人愉快的事，为什么我要写这个呢？是因为，这是我抛开书本出外谋生从而有机会游玩的起因，所以特地写下来。

思斋先生名襄，那年冬天，我便随他在奉贤宫学习做幕僚工作。有个同做幕僚的人，姓顾名金鉴，字鸿干，号紫霞，也是苏州老乡。他为人慷慨，耿正不阿，大我一岁，我称呼他为兄长。鸿干也干脆喊我为弟弟，我们非常交心，他是我的平生第一位知己，可惜在22岁时猝然离世，之后我便落落寡欢，很少再有知心朋友。想我今年46岁，人生茫茫，不知还能否遇上一个像鸿干一样的知己呢？回想我与鸿干交往时，胸怀高阔，我们常常有隐居山林的想法。

重阳节的时候，我和鸿干都回了苏州，我家宴请宾客，有个名叫王小侠的前辈和我父亲稼夫公安排的女伶在演戏。我嫌吵闹，就提前一日约了鸿干去寒山爬山登顶，顺便跟他敲定一下他日结庐隐居之地。芸为我们准备了一盒下酒菜和酒。第二天天还未亮的时候，鸿干已经登门来找我了，于是我们拎着装下酒菜的木盒子出了胥门，到面馆把早餐吃得饱饱的。过了胥江，步行到了横塘枣市桥，雇了一艘小船，到了寒山时，天还没有到中午呢。

船家看起来本本分分，是个好人，于是我们请他淘米煮饭。我们两个人则上岸，先去了中峰寺。寺在支硎古寺的南边，拾阶而上，寺庙掩映在参天古木深处，庙门特别寂静，因为地处偏僻所以鲜有人来，僧侣们也都闲居着。他们看我们二人不修边幅，所以不大愿意接待，但我们也对里面没有多大兴趣，就没有再入内。回到船上时，午饭已经好了。吃过饭后，船家拎着木盒跟我们一起去爬山，船让他儿子留着看守。

从寒山走到高义园的白云精舍，精舍的一个轩临着悬崖峭壁，下方开凿了一个小水池，用石栏围起来，池子里是一泓秋水，悬崖峭壁上爬满藤萝，也积了厚厚的一层青苔。坐在轩下面，只听得无边落木萧萧下，周围大有万径人踪灭的意境。出了轩门后有一个小亭子，我们嘱咐船家在这里等着，我们则从石缝间走进去，所谓"一线天"，其间回环曲折，一直登到了最高处，名为"上白云"。

那里有座庵已经坍塌了，只剩下破旧危险的小楼，可以用来远眺。我们休息了片刻就相扶着原路返回。船家说："你们爬山忘记把这个盛酒菜的木盒拿了上去。"鸿干说："我们来此地，是为了找一处能隐居的地方而已,不是专门来登高的。"船家说:"从这往南走二三里路,有个叫上沙村的地方,人家也多,有空地,我的表亲姓范的也住在那个村子,要不要一起去看看呢?"我特别高兴地说:"那可是明代末年的隐士徐俟斋隐居的地方啊,听说他在那儿的园林特别幽静雅致,我还从来没有去过呢!"于是船家带着我们一同前往。

村子在两山的夹道中,只见那座园林依山而建,没用什么石头,园林里的老树大多有盘旋迂回之姿态,亭台楼阁的窗栏也都朴素淡雅,竹篱茅舍,真不愧是隐士的居所!园林中有一座亭子,亭子中又有一棵皂荚树,树粗到要两个人合抱。我所见过的园林中,这个园林排第一位。

园林左边有一座山,当地人称之为鸡笼山,山峰笔直,上面有一块巨大的石头,形状如同我在杭州瑞石古洞见到的那个,造型一样,但没有古洞的玲珑精致。旁边有一块像床榻一样的青石,鸿干躺在上面说:"这里抬头能看见高峰,低头能欣赏园林景致,又开阔又幽静,拿酒来,我们且一醉方休!"于是我们和船家一起饮酒,又是唱歌又是欢呼,开怀至极。当地人听说我们特地寻到此地来,误以为我们是来看风水的,就告诉我们哪哪的风水很好。鸿干说:"我们只看合不合心意,不考虑风水的。"谁知这句话竟然一语成谶。

我们先来说说隐居,古代人对隐居有一种迷之向往,有很多文人雅士前赴后继去隐居。所谓隐士,首先你得是士,乡野村夫居住在深山里,那叫乡民。去隐居大概有这几种,第一种是位高权重时退避三舍的人,这是明哲保身,因为自古陪君王出生入死打天下易,而陪君王守天下难。往往这种人没有什么好下场,所以功成身退隐居起来。比如范蠡、张良等。第二种是报国无门壮志未酬的人,他们不得已地隐居起来,但终生郁郁寡欢。远的不说,苏州园林的很多主人就是这种情况。第三种是看透世事苍凉,只想清清静静过余生的人,比如之前说到的梅妻鹤子的林和靖。当然,还有一种是韬光养晦或潜心钻研某项学问的人,如诸葛亮、孙武等人。隐居,不一定非要去山林,所谓小隐隐于野,中隐隐于市,大隐隐于朝。隐,又分为心隐和形隐,就沈复和他朋友鸿干来说,他们纯粹是个体依附于山林的藏匿,是表象之隐。当然,最后他们连形隐也未能做到。文中提到的寒山属于支硎山的支脉,支硎山是高人支遁的隐居处,而他们去的上沙村里的山上也是明末隐士徐俟斋隐居过的地方。总之,隐文化是古代的一种普遍文化现象。

隐居听起来很风雅,其实非常清苦,甚至可以说残酷。沈复提到的这个徐俟斋又名徐枋,他隐居的地方具体已经不可知,但是资料上说是在苏州天平山。他的隐居关乎家国大义,他父亲临死前立下遗嘱:终身不仕异族。为什么这么说呢?异族指什么?众所周知,清军入关,明朝覆灭,且清军大肆杀戮,对于明朝后遗来说,这是家仇国恨,所以他父亲让他终身都不要为清军效力。要知道那时候的徐俟斋可是中了举人了,范进中举都高兴疯了呢!读书人十年甚至几十年寒窗苦读不就是为了有朝一日能走上仕途,报效祖国吗?谁知改朝换代,风云变幻了呢!

隐居后的徐俟斋以卖画为生,但两个儿子一个女儿都先后饿死,自己也缺衣少饭，每天只吃一顿，无论冬夏只有一身麻衣。中年时大病一场，之后又遭官府缉拿，东躲西藏。总之他这一生贫困潦倒，坎坷无比。但无论多难，他都不受别人施舍，也不见任何慕名前来的达官贵族。所以他是非常有风骨和气节的一名隐士，名声在外。

　　据资料显示，徐俟斋隐居的这处，也就是让沈复觉得最上乘的园林可能叫"涧上草堂"，上乘并不是一定要富丽堂皇或者建筑豪华气派才算，那是一种透着主人风格的园林艺术，只可惜今天什么都没有了。

　　沈复的"浪游记快"里其实写到了一些园林及建筑的艺术，如果对园林建筑艺术感兴趣的话推荐去看看明代著名造园家、苏州人计成写的一本书《园冶》，这是一本非常精美的书，辞藻华美，也能增长知识，还能提高我们的审美。

　　文中最后沈复说：谁知这句话竟然一语成谶，这让人又一下子警觉起来，是的，这句话为后来知己顾鸿干的死埋下了伏笔。人生就是这样，谁也不知道自己能不能看到第二天太阳照常升起呢！无常才是人生常态。

访山游园——适逢皇上南巡，得幸一览胜景

我们上一期最后讲到了沈复和朋友鸿干去隐士徐俟斋的园林看看，当地乡亲们以为他们是去勘探风水的，于是告诉他们哪哪的风水好，然后鸿干说："我们只看合不合心意，不考虑风水的。"

接着看原文：我们把酒瓶喝到见底以后，就各自采摘了野菊花插满了双鬓。等我们坐上回家的船时，太阳也马上下山了。大概到夜里一更才到家，客人都还没有散去。芸悄悄跟我说："唱戏的女伶中有个叫兰官的女子，非常端庄美丽。"于是我假传了母亲的命令把她叫到屋内，握着她的手腕细细端详她，果然肤白貌美，人也很丰满。我回头跟芸说："美是很美，但终究有些名不副实。"芸说："胖一些有福相嘛！"我说："那马嵬坡的祸事发生的时候，杨玉环的福气去哪了？"芸找了个借口把伶人送了出去，跟我说："你今天又喝醉了？"我就把今天的所见所闻都告诉了芸，芸也对那里向往已久。

这里我们说一下，握着伶人兰官的手细细端详的人可不是芸，是沈复哦。在那个年代一个妙龄女子的手腕怎么可能被陌生男人随便乱摸呢？要知道在《红楼梦》里宝玉替晴雯请医生来，医生隔着幔子替晴雯把脉，看到晴雯的长指甲都要赶紧拿个手帕盖上才开始把脉，我们且不去说胡庸医的心理活动，单说这个行为就足以说明男女授受不亲的观念有多深入人心。而沈复之所以无所顾忌地用手握着女伶人的

手腕,是因为女伶人在古代地位非常低。我们常说"三教九流",而古代的九流又被世人分为了上九流、中九流和下九流,其中伶人也就是戏子在下九流里。关于这个说法,在《霸王别姬》里也出现过,九岁的小豆子被做妓女的母亲切掉右手上那根畸形的指头后送入关家戏班学戏,关师傅说了一句话:"咱们都是下九流,谁也别嫌弃谁。"既然是下九流,那么处境自然也非常差,他们被认为是贱民,专门用来让达官贵族消遣用的,不可以参加科举考试,不可以与良家通婚。所以他们上升的通道几乎是堵死的。

既然这么没有地位,这么被人看不起,那么自然也不会给到应有的尊重,所以沈复拉着她的手跟芸当着女伶人的面对她的面貌和身材评评点点。从另一个侧面看,沈复也确实没钱,芸又想恪守妇道给丈夫张罗娶个小妾可手头又不宽裕,只能想到了女伶人。对于女伶人来说,可能进入这样的人家去做小妾远胜过东奔西走卖唱卖笑。

好了,我们继续看原文:1783年春天,蒋思斋先生去扬州受聘,我随他一起去,这才见到了金山、焦山的真面目。金山宜远观,焦山适合从近处观赏,只可惜我往来路过几次却一次也没有登顶远眺过。渡过长江向北,王士祯的那句"绿杨城郭是扬州"一下子呈现在眼前!平山堂离扬州城有三四里路,走完全程要八九里路,虽然是人工开凿的,但是整个布局和结构十分精巧,点缀得天然和谐,想来阆苑瑶池、琼楼玉宇也不过如此罢了!它妙就妙在,将十多家园林亭子的景色连在一起,一直连到山上,气势一气贯通。其中最难处理的位置,是出了城后的风景区,有一里左右的路紧沿着城郭的。大约城市风景点缀于重重叠叠的远山之间，方能入画，而园林这样搭配就显得蠢笨无比。但是看平山堂这里，无论亭子、楼台、墙壁、石景，又或者竹林、树木都在半隐半藏之间，安排得错落有致，让游人不觉得看上去碍眼。设计这样景色的人若非胸怀广阔，格局宏大者，是断然无法下手的。城市的景色走到底以后，以虹园为起点返回向北走，有一座石桥名为"虹桥"，不知道是园子以桥命名的，还是桥以园子名命名的。摇一叶扁舟而过，有个景点叫"长堤春柳"，这处景点没有点缀在城脚下，而是点缀在此，更见布局之精妙所在。

再转身向西走，有座土庙，叫"小金山"，这个土庙立在这里，便觉得气势更加紧凑了，同时也不落俗。听说本地是沙质土，建筑数次都行不通，后来用木排辅助，层层叠加，中间再填土，足足花费了数万两金子才建成。如果不是商家富户，谁又能建得起呢？过了这里是胜概楼，每年的龙舟大赛都在此处举行。这里河面很宽，南北横跨着一座桥叫莲花桥，桥门通往四面八方，桥面上有五座亭子，扬州人称之为"四菜一汤"，这其实是生搬硬凑的建筑，没什么可取之处。桥南面有座莲心寺，寺内有座喇嘛白塔，金色的顶，四周垂着璎珞，塔高耸入云端。殿角的红墙边，有松柏掩映，时而有寺院钟声传来，这是天下其他园亭中所没有的。

过了桥见到一座三层高的楼阁，雕梁画栋，颜色绚烂，叠放着太湖石假山，周围以白石栏杆围起来，取名为"五云多处"，正如写文章时的结构框架一样。过了这一处，有个"蜀冈朝阳"，看起来平淡无奇，而且布景和取名也纯属牵强附会。快到山脚下时，河面渐渐变窄，河岸上堆着土，种植着一片竹林，大概弯弯曲曲走过四五道弯，看似要无路可走时，豁然开朗，平山的万松林已然呈现于眼前。"平山堂"是当年欧阳文忠公亲笔所题。所谓淮东第五泉，真正的泉水在假山石洞里，不过只是一口井而已，味道与雨水差不多。而荷亭中那口用六孔铁栏杆围起来的井是假的，水也不能饮用。

九峰园在南门幽静处，别有天然趣味，私以为是众园之首。康山没有去过，不知究竟怎样。以上我只说了个大概，至于它们的匠心独具之处，精妙绝伦之处，都无法一一道来。平山堂的美我们大可把它视作一位妆容精致的美人，不能只当作浣沙溪上的民间女子。那时我恰好遇到皇上南下巡游的盛典，各处的建筑都已完工，就等着为皇上接驾，所以我才能尽可能地欣赏到每一处的极致美，这也是人生一大奇遇啊！

1784年春天，我跟随父亲去了吴江的官府中做幕僚，与山阴的章苹江、杭州的章映牧以及苕溪的顾蔼泉等人做同事，我们奉命在南斗圩行宫做事，我得以第二次瞻仰圣上的天颜。

有一天，天色将晚，我忽然有了回家的兴致，正好有办差事的小快船要去苏州，有两个船橹两个船桨，我坐着这小船在太湖上疾驰。吴地俗称这种船为"出水辔头"。一眨眼工夫小船已经到了吴门桥，感觉像是乘着飞驰的鹤一样，让人非常神清气爽。回到家时，晚饭都还没有好呢。

我的家乡苏州一向崇尚繁华，到了皇上南巡时就更是争奇夺胜，较平常更加奢侈，彩色的灯绚丽夺目，夜里的笙歌都显得有些聒噪。

比起古人所说的"画栋雕甍""珠帘绣幕""玉栏干""锦步障"有过之而无不及。我被朋友们东拉西扯着，帮着他们插花卉、结彩带，闲下来时则呼朋唤友，一起开怀畅饮，放声高歌，也去外面尽情游览。少年时代的豪迈兴致啊，真是不知疲倦为何物。假如生在盛世但住在穷乡僻壤，还能有这样的游玩机会吗？

我们说了长长的一大段，关于平山堂那个景区的介绍就不多说了，我们来说说刚刚提到的那几个比较耳生的词，"画栋雕甍""珠帘绣幕""玉栏干""锦步障"等，沈复说皇上南巡前的苏州格外繁华奢侈，比这几个词有过之而无不及，那么这几个词就是清朝以前的古人形容繁华奢侈的。

先来说说"画栋雕甍"，我们平常所见的词汇是雕梁画栋或者画梁雕栋，但是这个"画栋雕甍"却很少见到，原来这个词是有出处或者典故的。当初高宗赵构下了"移跸临安"的诏令后，本来就繁华富庶的临安成了皇城。于是筑九里皇城、开十里天街（也就是今天的中山中路），大内三门皆金钉朱户、画栋雕甍；辐辏骈聚、数倍土著，坊肆林立、日夜无异；亭馆台榭、藏歌贮舞、瓦子勾栏百戏。关于帝王所居处，当时的宋人在《梦粱录》里也做过详细记录，里面也提到了"画栋雕甍"这个词。这就是"画栋雕甍"的出处，是说当时临安也就是杭州成了皇城以后，在宫城外围、天街两侧，皇亲国戚、权贵内侍纷纷修建宫室私宅。帝王居处的门是朱门，上面铆着金钉，整个房屋装饰华丽，光彩夺目。

"珠帘绣幕"也是出自宋代，当时一个诗人写了《新婚致语》，里面就有两句：珠帘绣幕蔼祥烟，合卺嘉盟缔百年。

"画栋雕甍"写的是外面的豪华气派，而"珠帘绣幕"写的就是内在的装饰陈设，一点不输古人结婚时的喜庆。

"玉栏干"顾名思义，玉做的栏杆，出自宋代戴复古写的"天下封疆几郡，尽得公为太守，奉诏仰天宽。万物一吐气，千里贺平安。雪楼高，三百尺，玉栏干。"这是写庭院外面了，玉做的栏杆，可见其奢华程度。

"锦步障"也出自一个很有意思的典故，先来说说步障，顾名思义外出时用来遮蔽灰尘和外人视线的一种屏幕或者说屏障。晋代就已经有步障了，往往是贵族或者豪门外出时用到的东西，尤其是内眷一定得用步障，不能让外人瞧见。但是当时这个步障是活动的，由一个男仆人手持着，女主人走到哪里，这块步障就挡到哪里。文中说到的锦步障明显是固定的，而且是名贵的锦缎制成的步障。再来说说那个典故，在刘义庆的《世说新语》里有这样一个故事，石崇与皇帝的舅舅，人称国舅爷的王恺斗富。王恺仗着财大气粗跟石崇吹嘘说自己家的锅都用麦芽糖和干饭来刷洗，石崇回去就命令下人以后做饭不用劈柴烧火，改用蜡烛。王恺不服气就设置了四十里固定的步障，用的是一种名贵的布，叫紫丝布。石崇哪里肯服气呢？回去就让下人设置了五十里步障，不用布，直接用最名贵的锦缎。这就是锦步障的来历。当然他们斗富的故事后面还有，我们就不继续说了。

沈复依次从"画栋雕甍""珠帘绣幕""玉栏干"说到"锦步障"，是点明了皇上要南巡前的盛况，从室外建筑的富丽堂皇到室内的喜庆辉煌再到庭院的奢华最后到街巷干道上的奢靡,而且他说比之古人有过之而无不及,可以想象一下当时是有多辉煌!

至于为什么会这样,算起来有三个原因,第一是因为大环境,当时是著名的康乾盛世嘛!虽然国富民穷,但是丝毫不影响这种最高级别的活动,就连皇上爬个山也要专门修出一条御道来;第二是苏州本来就富裕,有名的鱼米之乡,曹雪芹也在《红楼梦》里提到过"最是红尘中一二等富贵风流之地",苏州富到什么程度呢?同里古镇原本就叫富土,可想而知;第三是沈复说到的,苏州一向崇尚繁华,到了皇上南巡时就更是争奇夺胜。综合这些原因,沈复才能有幸一览盛景。

好了,我们继续看原文:那年,何县令因为一些事情遭了弹劾,我父亲就接到了海宁王县令的聘书。嘉兴有一位叫刘蕙阶的人长期吃斋念佛,来拜会我的父亲。他家住在烟雨楼的旁边,有一座楼阁临河,叫"水月居",他就在里面诵经念佛。里面洁净得如同僧舍一样。烟雨楼在镜湖之中,四面都是绿树垂柳,可惜没有多少竹子。有平台可以远眺,只见点点渔舟浮在湖面上如苍穹的星星点点,湖面平静得如同一面镜子,这样的景色非常适合在月夜欣赏。和尚准备的素食也非常可口。

父亲和我到了海宁后,我们和金陵的史心月、绍兴的俞午桥为同事,史心月有个儿子叫烛衡,沉默寡言,儒雅斯文,跟我成了莫逆之交,这是我平生交的第二位知己。可惜我们萍水相逢,聚散匆匆,相聚的日子太少。

我们一起游玩了陈氏的安澜园。安澜园占地百亩,建有亭台楼阁，其间有夹道回廊，水池特别宽广，桥呈六边形，山石上长满了藤萝，把人工凿制的痕迹全部覆盖了起来。古树有上千棵，郁郁葱葱拔地参天。时有鸟鸣花落，如同走进了深山老林一样。这是人工修建的宛如天然的园林，我所见过的建在平地上的园林中这个园林当属第一名。

这里我们说一下，听过前面的朋友可能会有疑惑，沈复怎么又说这是他见过的园林里排第一的呢？其实此第一非彼第一，上一期说过的那个第一的园林是建在山上的，那个是隐士徐俟斋的涧上草堂，是实景山水，依托山势，布局利用都恰好好处，很有主人的隐士风骨，而这里的园林是平地上的。

按理来说，江南园林甲天下，苏州园林甲江南，怎么会有浙江海宁的园林好过苏州四大园林呢？一来这是个人的审美和喜好，二来这个安澜园的确很美，里面有30多处景，据说当年乾隆下江南时就将安澜园设置为行宫，本来这里不叫安澜园，叫偶园，是乾隆皇帝太喜欢这个地方了，特地赐名为安澜园的。

所以，好不好还是要自己多走走，见得多了眼界就开了，格局也大了，审美也提高了。

好了，我们继续看原文：我们曾在桂花楼里设宴招待众人，席上美味佳肴的味道都被外面的花香给遮盖了，唯独能吃出酱和姜味。生姜的秉性是越老越辣，以用来比喻忠诚有节气的大臣，实在是此言不虚。

出了南门就到了大海，一日涨两次潮，涨潮时如同万丈高的银色堤坝破海而来。迎着潮行驶的船每每遇到涨潮都要掉转船头。船头上有一根木招,形状犹如一柄大刀,用木招一划,海潮立马被分开,船便随着木招划入潮中,顷刻间,船便高高浮起来,调转船头随着退潮的海浪而去,能瞬间滑出百里多远。钱塘江上有一座塔院,我曾随着父亲于中秋夜里在此观潮。沿着钱塘江向东约三十里,有一座山名为尖山,它有一座山峰突起,像是要扑入海中一样。山顶上有个阁楼,上面的匾额上题着"海阔天空"四字。登上尖山从这里极目远眺,眼前是茫茫海天一色,无边无际,只见远处的惊涛怒浪跟天空连在了一起。

我那年25岁,应了徽州绩溪县县令的聘请,从杭州坐"江山船",过了富春山,登上严子陵的钓台。钓台在半山腰,有一座山峰突起,离水面有十丈多远。难道在汉朝时,水面跟半山腰的钓台齐平吗?否则严子陵怎么垂钓呢?

我们来说说严子陵以及他的钓台,严子陵的钓台可是大名鼎鼎的,这里首先佩服一下沈复的才学!大概很多人都听过这样一句话:"云山苍苍,江水泱泱。先生之风,山高水长",这是范仲淹写严子陵的,通过范仲淹的推而广之后,严子陵更是广为天下知。

说起来严子陵是东汉人,跟东汉光武帝刘秀又是同窗又是好友,刘秀即位以后,严子陵并没有仗着这层关系立马升官晋爵飞黄腾达,而是改姓更名隐居起来。他的隐居地就是沈复提到的这里——富春山江畔。刘秀称帝以后特别想念旧友,就叫画师画了严子陵的像差人细细查访,后来才查到富春山江畔有一位隐士每日都在那里垂钓,怀疑是严子陵之后刘秀先写信去,然后亲自去拜访请他辅佐自己,严子陵断然拒绝。之后的时光,严子陵都在这里耕读垂钓,到了 80 岁去世以后,刘秀伤心万分,赐钱百万,让当地百姓厚葬了严子陵,所以严子陵的钓台是赫赫有名。

至于水位降低也是非常有可能的,我们所熟知的苏州虎丘本来没有那么大占地,原本是一片汪洋,后来水位慢慢下降我们才有机会看到后来的虎丘。

我们接着看原文:月夜我们把船泊在渡口,那里刚好有个边境的巡检亭子,苏轼的那句"山高月小,水落石出"一景宛然出现在眼前。

至于黄山,我们仅仅到了山脚下,很遗憾没有能观其全景。绩溪城处于万山之中,可谓是弹丸小城,那里民风淳朴。在绩溪城附近有一座石镜山,从弯弯曲曲的山路行走约一里路,就可以看到悬崖下水流湍急,周围植被苍翠。渐渐登高到山腰时,有一座石亭,石亭四面都是悬崖峭壁,石亭左右两边的山崖犹如被削成了屏障,光亮平滑泛着青光,几乎可以照出人的影子来,传说这里能够看到人的前世。

据说黄巢到了这里一照,显出了猿猴的形状,他一怒之下放火烧了这里,所以这儿再也照不出人的前世了。

听到这里,不知道你们作何感想,我的脑海里只出现了"世界很大,风景很美,人生很短"这一句话。世界真的很大,我们的人生短到无法将其一一丈量,我们就不说世界吧,光中国就有那么多曼妙的风景,那么多透着历史底蕴的地方,那么多有着神奇色彩的名胜,可惜我们没办法一一去过。所以,大概脚步到不了的时候读书能帮我们实现吧，正所谓，读万卷书行万里路。很多时候俗世困得住身体困不住心灵！

　　沈复说渡口那里有个边境的巡检亭子，让我想起了最近在读的一本书《在新疆》，书中新疆边境夏尔希里也有哨所，边界线这边是中方的，边界线那边是哈萨克斯坦的。夏尔希里这个女人见了会伤心的地方可能很多人都不知道，如同它花开正酣，却少有人发现一样。夏尔希里名字的意思是晚霞染红的山坡，那里的植物品种之多让植物专家们都惊讶不已，那里花从脚下开到天边，各种颜色的花，像做梦一样。所谓无限风光在险峰，要去夏尔希里需得经过层层盘旋的山路才能到，而且要拿到许可才能到得了那里。

　　光听我描述都觉得很美是吧？世界是很美，世界的很多个角落的美等待我们的发掘和欣赏，无论是园林山景，江河湖海还是大漠边塞。人活着的意义也不光是忙着赚钱赚钱再赚钱，那就本末倒置了。引用我在其他讲书内容里面的一句话来结束今天的内容：有用的知识是为了活着，无用的知识是让你活得更美！

南下经商——初见长江,初遇歌伎

我们接着上一期来说,离城十里左右,有个叫"火云洞天"的地方。山路盘旋交错,岩石凹凸不平,如同画家王蒙笔下的画一样,错杂乱序,洞石都是绛红色的。旁边有一座寺庙,特别幽静,盐商程虚谷曾邀请我一起去那里游玩,在那设了宴席,席上有肉包子,那个小和尚一直盯着包子看,我们就给了他四个。临走的时候,我们给僧人两枚番银以表谢意,谁知僧人不认识,坚决不要。我们告诉他这一枚可以换七百多文铜钱,僧人还是不要,因为这附近没有兑换的地方。于是我们凑了六百多文铜钱给他,他这才高兴地收下并谢了我们。

这里有个很有意思的词说一下,原文中把肉包子叫肉馒头,其实在江南一直是这样叫的,现在也是。北方人就很不理解,包子是包子,馒头是馒头,怎么会有肉馒头的说法呢?我刚毕业的时候去外面想买点馒头,跟店家说要两个馒头,店家给了我两个包子,我说不是包子,是馒头,店家很疑惑地说,这不是馒头吗?肉馒头。我就问他,那你们把馒头叫什么?他说白馒头或者淡馒头,真是很有意思。

再说一下,大家听了小和尚见到肉包子就盯着看的这段可能会觉得有违常理,但其实很正常,小和尚也是人啊,大概小,还不十分懂得清规戒律意味着什么。梁实秋曾写过一篇文章,里面的老和尚耐不住嘴馋,偷偷买了些猪肉回去,装在全封闭的釜里,用寺庙的蜡烛头文火慢炖，一夜之间那肉酥软喷香。你看，即便是老和尚也有嘴馋的时候。不过这是个笑话。

还有，这段提到了番银，后面也会出现，这是个什么货币呢？为什么僧人不认识而且说没有地方可以兑换？原来这是外国银元。自从海上丝绸之路开始以后，福建一带是起点，在往来贸易中就有了外国银元。到了清代，统一台湾后，在厦门设立海关，解开海禁，番银就大量进入福建，之后渐渐流通到江南一带来。番银比起那个时候传统使用的银两来说方便多了，因为传统银两是要称重的，存在估算失误的可能性，这样的话交易起来不方便。而番银则统一量化，面值是多少就是多少，类似于我们现在的硬币，面值是1元那就是1元，5毛就是5毛，这是一方面。另外一方面它便携啊，所以更受人喜爱。这导致番银曾一度垄断了福建漳州的货币交易市场。而远在江南清净寺院里的僧人自然不认识了。

比较搞笑的是，这些外来货币跟中国的银两长得太不一样了，有些番银上是帝王头像，所以福建有些地方的百姓就拿番银当镇宅驱邪的东西用，嫁女儿的时候，番银又被作为四角压箱底的东西，这个习俗今天都还有。所以番银从交易市场渐渐走进了民俗文化。

好了，接着看原文：后来有一天，我带着木质饭菜盒邀请朋友又去那个寺庙，老僧人说："上次我的小徒弟不知道吃了你们的什么食物而腹泻，今天请不要再给他任何食物了。"由此可知，吃惯了素食的肠胃可能吃不了肉食，真是可惜啊！我跟我朋友说："做和尚还真得是这种偏远地方才行，这样的话终身都见不到也闻不到肉味，不受外界干扰，才能真正静心修行。像我家乡虎丘山的和尚们，整日见到的都是花枝招展的妓女，听到的是靡靡之音，闻到的是佳肴美酒，如何能做到身如枯木，心如死灰呢？"

关于虎丘一带的情况，我在讲憨园那一期说到了，那是著名的烟花地，所以才有花枝招展的风尘女子，有靡靡之音，当然还有美酒佳肴了。

接着看：离城30里处，有个地方叫"仁里"，每12年都会举行一次花果会，每逢花果会，人们都会搬出自己的盆栽花卉来展览比赛。我在绩溪的时候恰好碰上了这个盛会，特别开心，想去观看，但是苦于没有马车或者轿子前往，于是请人把断掉的竹子绑上椅子，做成简易的轿子，雇人抬着我们去了，同去的人有同事许策廷。看到我们的人无不惊讶大笑。

到了地方后，有一座庙，不知道供奉的是何方神仙，庙前空旷处搭着戏台，画梁方柱十分巍峨，走近了看才发现是用纸扎的彩画而已，涂了油漆。忽然听到一阵锣鼓声，四人抬着柱子一样粗的一对大蜡烛，八人抬着一头牛一样大的猪，可能专门养了12年，只为今天屠宰了献给神的。策廷笑着说："猪的确长寿，但是神的牙齿也够锋利的。我如果是神，是吃不了这么老的猪的。"我说："这足以看出人的愚昧虔诚了。"

走进庙里后，大殿、走廊、楼阁、院子里都是各种花卉盆栽，也不精心修建，以显得苍老古怪为好，其中大半是黄山松。片刻后戏剧开演了，人们蜂拥而至，我就跟策廷避开了。后来我在绩溪县做了不

第四章 浪游记快

到两年，因为跟同事不合，就干脆离职回家去了。

我因为去了一趟绩溪，见了热热闹闹的官场之中很多卑鄙之事，觉得不堪入目，这才不想再从事这行而改去经商。我有个姑父叫袁万久，在盘溪的仙人塘做酿酒生意，我就跟施心耕一起投资入了伙。姑父本来是在海上卖酒，我们做了不到一年，恰逢台湾的林爽文起义，海道都被禁止通行，货物就积压了起来，我们连本钱都亏完了。我不得已重操旧业去做幕僚，在江北的幕府做了四年，这期间没有什么畅快游玩的经历，所以没什么好记录的。

直到我们住萧爽楼的时候，过了一回俗世神仙的日子。有个表妹夫徐秀峰从广东回来后，看我闲居在家，感慨地说："你这样守株待兔似的，凭卖画赚点运气钱终究不是长久之计啊，干脆跟我一起去岭南，一趟下来赚的肯定不是小钱。"芸也劝我说："趁着双亲都还康健，你也正值壮年，与其这样一边为柴米油盐发愁，一边过安逸日子，不如去赚点钱再安稳地享受。"

我跟平常一起游乐的朋友商量了一番，然后筹了点钱，芸也去采办了一些刺绣和岭南所没有的，比如苏州的酒、醉蟹之类的特产给我，我禀告了父母后，于十月十日跟秀峰从东坝出了芜湖口南下。这是我第一次见长江，真是让人大开眼界，心情舒畅。每晚船停好后，我们必在船头喝几杯。看捕鱼的人所用的渔网长度不到三尺，孔却有四寸大，四角用铁皮包着，好像这样利于快速沉下水去。我笑着说："圣人教诲我们说'打鱼要细密的网'，而这个网网小孔大，能捕到鱼吗？"秀峰说："这是专门用来捕鳊鱼的。"我看到他们在渔网上系着一根长长的绳子。绳子起起落落,网跟着浮浮沉沉,好像在试探有没有鱼。不一会,一下子把渔网提起来,果然网上有许多鳊鱼了。我这才感叹道:"可见一个人的见解难免狭隘,无法知悉这世间很多事情的奇妙之处啊。"

航行的某一天,忽然看到江心有一座峰突起,四下都没有什么可依靠的,孤零零地竖在那里。秀峰说:"那就是小孤山。"在秋霜渲染的树林中,似乎有亭台楼阁参差错落。当时我们的船匆匆驶过它,只可惜没有能去游玩一趟。到了滕王阁时,我感觉就像是把我家乡苏州学府里的尊经阁搬到了胥门码头上似的,可见王勃在《滕王阁序》中所写的不足为信啊!

这段里面提到的长江上捕鱼的网叫罾幂,样子类似于我们常见的蒙古包似的蚊帐,用两根杆子交叉做成方形支架,底下四角绑上渔网,最上面杆子交叉处绑上长长的绳子,人站在远处用这根绳子操作。这是很古老的一种捕鱼方式,不用鱼饵。

关于沈复说的滕王阁景色的事我深有体会,前两年我去某个城市,当地人建议我一定要去看看夜景,说夜景非常漂亮。结果我一看,真是远不及江南夜色啊!所以沈复才会说王勃写的《滕王阁序》不足为信。

继续看:我们在滕王阁下的码头又换了一艘首尾都高高翘起的船,这种船叫"三板子"。从赣关到南安之后,我们下船登岸。那天正是我 30 岁生日,秀峰特地为我准备了长寿面。第二天到了大庾岭,看到山顶上有座小亭子,匾额上写着"举头日近",是说山的海拔很高。山头分成了两边，两边都是悬崖峭壁，中间留着一条类似石头铺成的巷道，巷口立着两块石碑，一块上面写着"急流勇退"，另一块写的是"得意不可再往"。山顶上有个梅将军祠，不知道这个梅将军是什么年代生人。据说山岭上到处都是梅花，没有其他的树，难道是因梅将军而把这个山岭命名为梅岭的吗？

我带来的送礼用的盆景梅花，到了这里时，还没有进入腊月，就已经叶落枯黄了。

过了这座山岭，眼前的山川风景截然不同了。山岭西边有一座山，已经不记得叫什么名字，轿夫跟我说："这座山里有个神仙睡过的床榻呢！"不过我们只是匆匆路过，没能去看个究竟，真是太遗憾了！到了南雄，又雇了一艘老龙船，船驶过佛山镇，看到很多人家围墙上边都放置着盆栽花，叶子像冬青一样，花如同牡丹，有大红色、粉白色和粉红色三种，原来是山茶花。

我们到了腊月十五才到省城，住在靖海门内，租了临街门面三间，房东姓王。秀峰的货物直接在那里卖给路过的人，我也随着他开单子、拜访客人等，有需要配礼来上门取货的人也络绎不绝，还不到十天存货已经全部清了。

广东即便到了除夕时，也还是有大量蚊子，聚蚊成雷。大年初一清晨，大家都互相拜年贺喜，有的穿着棉袍，有的却只穿着纱质单衣。这里不光气候跟家乡迥异，就连风土人情及脸上的神情都大不同，虽然长相没什么区别。

到了正月十五时，有三位做公差的老乡拉着我去坐游船看歌伎，广东称之为"打水围",而妓女统称为"老举"。我们出了靖海门,乘了一艘小快艇,快艇样子如同把鸡蛋分成两半,然后在一半上面加了篷子。我们先到了沙面,歌伎乘坐的小船叫"花艇",它们头对头排成两排,中间留下供客人们的船只通行的水路。每一组花艇约一二十只,用横木绑定,防止海风吹散,两船之间也用木桩钉住,套上藤圈,以便于船随着潮涨落。老鸨在这里被称作"梳头婆",头上有支架用银丝盘起固定好,高度约有四寸,支架中间是空着的,头发从里面取出盘在外面,鬓间是一朵用挖耳勺固定的花。她们上身穿着青色的短袄,下身也是青色长裤,裤管很长一直拖到脚背,腰里是一条汗巾子,有人是绿色,有人是红色的。光着脚拖着鞋子,就像是唱戏的里面旦角的脚。

当我们登上花艇,老鸨立马会弯腰赔笑相迎,连忙揭开帘子把客人让进去。里面两旁设置着椅子凳了,中间是一个大炕,有一扇门通到船舱后。老鸨喊一声"有客",随着一阵纷乱的脚步声,歌伎们都出来了。她们有些头发挽成一个髻,有些盘着辫子,脸上都施着厚厚的粉,白得跟墙一样,搽的胭脂比红石榴还火红。有的是红衣绿裤,有的是绿衣红裤,有的穿着短袜和绣花蝴蝶履,有的光着脚,脚腕上套着银镯子。有的蹲在炕上,有的靠在门上,两眼扑闪着,一言不发。我回头问秀峰:"她们这是什么意思呢?"秀峰说:"你看上哪个之后,叫一下她就过来了。"我试着叫了一个,她果然开开心心到了我面前,从袖子里拿出槟榔敬献给我。我嚼了几下,太苦了没法吃,就连忙吐掉,用纸擦嘴唇发现那颜色像血一样红,于是整个花艇上的人都大笑起来。

我们又到了军工厂，看到妓女们的装束都大差不差，唯独不同的是，无论老幼都会弹琵琶。如果跟她们对话，对方会说："咪？""咪"是"什么"的意思。我跟同伴说："人说'少不入广'是因为这里的姑娘让人很销魂，但这种野蛮的装束和语言，谁会对她们心动呢？"其中一个朋友说："潮州帮的装束跟仙女一样，要不要去看看？"我们到了那里以后，花艇的排列方式跟沙面的一样。有个很有名的老鸨叫素娘，装束如同打花鼓的女人，而她的那些妓女衣服都是长领，脖子里带着项圈，前面的刘海齐眉，后面的头发垂到肩膀上，中间挽着一个髻，就像丫鬟的发髻似的。裹脚的就穿长裙遮着，没有裹脚的则穿着短袜，也穿着蝴蝶履，长裤长到拖地。她们的语音我们倒是能听懂一些，但是我终究还是嫌弃她们的奇装异服，对她们提不起半点兴趣。秀峰说："靖海门对面渡口有些扬州帮的船，她们是吴地妆容，你去了肯定有对胃口的。"其中一位朋友说："什么扬州帮啊，不过是一个人称"邵寡妇"的老鸨，带来了一个人称"大姑"的儿媳妇，只有她们两个人是扬州的，其余的都是湖南广东江西人。"

我们到了扬州帮以后，相对排列的两排船只有十几艘，上面的姑娘们确实都是吴地装扮，发式蓬松，脸上也只是略施薄粉，宽袖长裙，语言完全能听懂。那位叫邵寡妇的老鸨对我们殷勤相待，于是有朋友另叫了一艘酒船来，大的船叫"恒艘"，小的船叫"沙姑艇"，这位朋友作为本地人出钱做东，请我选一个妓女。我选了一个年纪尚轻的姑娘，她的身材样貌都跟芸有几分相像，但是脚特别瘦特别尖，她叫喜儿。秀峰则叫了一个叫翠姑的姑娘，其他人都各有各的旧相识。

我们把船行驶到海上，开怀畅饮。一直到了一更的时候，我怕自己不能把持，就坚决要回住处，但是城门早就关了。大概海边城市日落就要关城门，我之前不知道。

等酒宴散了的时候，我们中间有的人躺着吸鸦片，有的则抱着妓女调情嬉笑，侍女们给我们各自送来被子和枕头，打算铺大通铺，我私下问喜儿："你原来的花艇可以睡吗？"她说："有一间寮可以住，但是不确定今天那里有没有客人。"所谓寮，就是船顶上的阁楼小屋。我说："我们去看看吧！"于是叫来一艘小艇把我们带到了邵寡妇的花艇上。只见整个扬州帮花艇灯火通明，如同长长的走廊，正好那间阁楼小屋没有客人，老鸨笑着迎接我们说："我知道今天肯定会有贵客来，所以特地留着那间阁楼招待你呢！"我也笑着回说："您可真是神机妙算的仙人呢！"说话间已经有侍女手持蜡烛引领着我们，从船后仓登楼梯上去。屋子如同小小的一间斗室，旁边有一个长榻，桌子凳子都齐全。揭帘子再进去，发现我们就在头舱的顶上了，旁边也设有床，中间的方格窗户上是玻璃，虽然没有点蜡烛但是室内非常明亮，应该是外面那两排船上的灯光透进来的。屋子里的被子，帐幔，梳妆镜还有梳妆盒都极为精美。

喜儿说："从船上方的平台望出去，可以看见月亮。"于是她在楼梯口打开了一个小天窗，我们从那里上去，就是后船舱的平顶台。台上三面都设有短栏杆，只见天上一轮明月，水面开阔天际辽阔，不远处横竖陈列着的如同漂在水面上的叶子，那是酒船。而如同繁星闪烁的，是酒船上的灯光，其间有许多小船来来往往，满耳都是歌声琴声交织着涨潮的声音，真是让人不觉为之情动！我情不自禁地说："'少不入广'正是这样的原因啊！"可惜我不能带着芸来这里游玩。回头看时，月下的喜儿竟依稀跟芸有几分相似，因此挽着她下了平台，熄灭蜡烛睡了。

　　天快亮的时候，秀峰等人闹哄哄来了，我穿衣去迎接他们，大家都责怪我昨晚逃走。我说："不为别的，还不是怕你们掀帐子偷看吗？"然后我们便一起回去了。

　　《荀子·劝学》里面就说了："蓬生麻中，不扶而直；白沙在涅，与之俱黑。"真是千古铁律啊！在沈复和芸住萧爽楼的时候他们结交的都是文友，一起吟诗作画，闲暇时候玩对对子，还决定了不许干嘛不许干嘛的规定，沈复也学到了不少东西。而跟这帮朋友在一起，沈复就学会了嫖娼。看看这些都是什么朋友，对各个地方的妓女了如指掌，去到扬州帮甚至还有旧相识，说明他们已经是常客了。还有些是抽大烟的。有时候当环境乌烟瘴气的时候，很难保一个人会洁身自好，毕竟非常有定力的人算少数。所以才有"你身边都是什么朋友，你就是什么人；你接触的都是什么环境，你就是什么气质"的说法。

　　接着看：几天后，我跟秀峰去游历了海珠寺，寺在水中，四周的围墙高得如同城墙一样，离水有四五尺，墙上有专门放大炮的洞，用来抵御海盗的袭击。随着潮涨潮落，海水起起伏伏，仿佛炮门也跟着一上一下，没法估算到炮门的高低。十三行在幽兰门的西边，结构布局跟西洋画上的一样。对面的渡口名叫花地，那里的确花木繁盛，是广州著名的卖花之处。我原以为没有自己不认识的花，而到了那里也仅仅能够认出六七分而已。向他们打听了一下那些不认识的花的名字，好像在《群芳谱》上都没有记录，当然也有可能是当地口音不同？海珠寺规模很大，山门内种植着榕树，树龄很高，得要十来个人才能环抱住它，浓荫如盖，秋冬不凋。寺庙的窗户栏杆都是用铁梨木做的。还有菩提树，叶子看起来像柿子树叶，把菩提叶浸在水中，去除叶子上的肉，可以看到叶子的经脉细如蝉翼，可以装裱成小册子，用来抄写经书。

广州十三行真是赫赫有名，被沈复一带而过，恰恰他一带而过的这个十三行是国家权力阶级思维狭隘封闭的体现，是闭关锁国的象征；是影响着国力，也可能影响着众多百姓的存在，包括前往广州经商的沈复自己。

同一笔带过的还有《群芳谱》，从这里可以看出沈复的知识储备很丰富。《群芳谱》是大清的草木圣典，乾隆年间有专人在原作基础上增写的，一套有100卷，11谱，其中单花谱就有32卷，所收集的栽培植物多达1600种。每卷附有诗词歌赋、名实汇考、特性介绍等，林林总总，多不胜数。再回头想想，沈复说自认为没有不认识的花卉，而且那些后来在广州不认识的不在《群芳谱》里，那说明在这之前他至少已经翻阅过32卷花谱的部分了。这淡淡的一笔带过确实让人不可轻视他，一来说明他知识储备丰富，二来说明他是个生活情趣满满的人。反观我们自己，不提不认识的花草有多少，就问问认识的有几种？

沈复跟喜儿的这一段记录的确让很多人都骂沈复是个渣男，一边口口声声有多爱芸，一边嫖娼，嫖娼还找个跟芸相像的人。先别急，他跟喜儿的渊源远还不止于此，我们且往后听再做论断。

好了，这一期暂时先到这里。

孽缘情深——半年一觉扬帮梦，赢得花船薄幸名

回来的路上，我们又去花艇找了喜儿，正好翠姑和喜儿都没有客人，我们就一起喝了一会茶，之后要走时，她们再三挽留我们。而我内心中意的地方还是那间船顶上的阁楼，但老鸨的儿媳妇大姑已经在那里接客了，我就跟老鸨说："如果她们能跟我们一起去我们住的地方，还能待上一会。"老鸨说："去吧，没问题。"于是秀峰先赶回去让人整理整理准备点酒菜，我随后就带着翠姑和喜儿回了住所。

就在我们一起谈笑饮酒的时候，不巧当地的一个当差的王懋老突然到访，我们就留下他一同喝酒。酒还没有喝到嘴里，就听到楼下吵吵嚷嚷一片声音，似乎有人冲上楼来了。原来是房东的一个无赖侄子，知道我们带妓女回来就找了人一起来企图敲诈我们。秀峰抱怨道："都是因为三白你图一时高兴，我也不该听你的。"我说："事情已经发生了，我们赶紧先想想怎么解决，这不是斗嘴的时候。"这时王懋老说："我先下去劝说劝说。"我赶紧喊仆人速度雇两顶轿子把妓女送走，再想办法出城。听到王懋老根本劝不走那些无赖，而他们也还没有上楼来，这时轿子已经到了，我的仆人反应灵敏手脚麻利，就让他快速开一条路出来，秀峰携着翠姑紧随其后，我携喜儿也跟在后面，一起冲了出去。秀峰和翠姑有仆人的帮助出门比较顺利，而喜儿被一个蛮横的人硬拽住，我着急之下一脚踢中了那人的胳膊，他手一

松喜儿逃了，我也趁势跑了出去。

我的仆人还守在门口，就怕那些无赖追上来，我急忙问仆人："看见喜儿了吗？"仆人说："翠姑已经坐轿子走了，没见喜儿出来，也没看见她乘轿子啊！"我赶紧点着了火把，果然看见空轿子还在路边停着。急忙追到靖海门的时候，看见秀峰站在翠姑的轿子旁，又问他见没见喜儿，他说："可能本来应该往西边跑，结果她跑东边去了。"我赶紧折返跑回去，找了住所反方向的十几户人家，忽然听到暗处有人在喊我，用蜡烛一照，果然是喜儿，就赶紧让她上了轿子，我们一起往回赶。秀峰也跑来了，跟我说："幽兰门那里有个水洞可以出去，我已经找人贿赂了看门人，翠姑已经回去了，喜儿也赶快过去。"我说："你回住处打发那些人走，翠姑和喜儿交给我来送回去。"

到了水洞那里，门果然打开了，翠姑也在，我左边夹着翠姑右边挽着喜儿，弯着腰快步走，跟跟跄跄出了水洞门。正好天下了点小雨，路边滑得如同浇了油一样，走到沙面那里时，水上的歌声、乐器声正奏得热闹。花艇上认得翠姑的人连忙让我们上船，我这才发现喜儿头发蓬乱，头上的发钗和耳环都不见了，我说："你这是遭抢了吗？"喜儿笑着说："这些东西可都是足金的，是妈妈的物品，我在下楼之前早就取下藏起来了。如果被抢走，会连累你赔的哦。"听闻此言后，我特别感激她，让她重新整理好妆容，嘱咐她俩别把今晚的事情告诉老鸨，就借口说住处人多我们就还是回来了，翠姑照我说的告诉了老鸨，并且说："我们已经吃饱了酒菜，请准备些粥就好。"

这里说一下，为什么他们要贿赂别人开个水洞门才能出城去，我们上一期说了,清朝时候的广东天刚黑就关闭城门了,那个时候有宵禁。不只是广东有,苏州也有,在"坎坷记愁"卷里,沈复和芸被赶出家门,凌晨时分乘船去无锡时还被盘问,差点被带走。

接着看:那时,船顶上那间阁楼的客人已经离去,老鸨让翠姑也陪着我和喜儿一起上去。我看见两双绣花鞋因这一路奔走已经沾满了污泥。之后三个人坐在一起吃粥充饥,边拉家常边剪烛花,这才知道原来翠姑祖籍是湖南的,喜儿则是河南人,原来姓欧阳,父亲早亡,母亲改嫁,自己被家里恶毒的叔叔卖去妓院。翠姑跟我倾诉着每日迎新客送旧客的苦楚:心里难过也要强颜欢笑,酒量不行必须得硬喝,身子不适也要强行陪客,喉咙不舒服还是得给客人高歌一曲。甚至有些客人特别暴躁难对付,稍稍有不合心意就乱扔酒杯或者掀翻桌子,大声辱骂她们。老鸨根本不管事情发生的缘由,反而怪她们接待客人不周。还有些恶劣的客人彻夜任意蹂躏她们,实在忍受不了。喜儿年纪尚小况且刚到这里,老鸨对她还稍微关照些。

翠姑说到这里时不由自主流下泪来,喜儿也跟着悄悄哭起来,我就把喜儿搂入怀中,好生安抚她。之后让翠姑睡在外面,因为她是秀峰的相好。

记得沈复和芸还没结婚时暗生情愫,因为一碗粥被大家嘲笑,一碗粥是他们感情的见证,也是后来骨肉分离的节点,而沈复在这里跟两个妓女同时吃粥,不知道看到那碗粥他会不会想起对他情深似海忠一不二的芸呢?更不知道他内心会不会有一丝内疚和惭愧。

再说人的命运真是难测,喜儿如果不是被叔叔卖掉,可能也是清清白白的一个女孩，拥有着其他女孩子一样的婚嫁资格，能憧憬爱情，会过相夫教子的生活。这让我想到了《红楼梦》里的香菱，假如她没有碰上人贩子，就是一个大家闺秀，很不幸，她被卖了几手到了薛蟠手里。薛姨妈也曾在家里是非不断的时候恨恨地说要把无辜的香菱卖掉。而大观园那些唱戏的女孩子也都是买来的，那个时候，贫贱女孩子的性命如草芥。

接着看：从此之后每隔五天或十天，她们都会差人来招我们，喜儿有时候自己雇个小船亲自来接我。我每次去的时候也只叫上秀峰一起，不叫其他人，也不再去其他的花艇。跟喜儿一个晚上也才花四枚番银而已。秀峰在花艇上经常换人，今天招翠姑，明天又招小红，这个俗称"跳槽"，他有时甚至一晚同时招两个，而我则只招喜儿一个人。我偶尔一个人过去，要么跟喜儿在平台上小酌几杯，要么只在船顶上的阁楼内聊聊天，不强迫她唱歌，也不硬逼她喝酒，对她百般温存体恤，让整个花艇的女孩们都觉得舒心。隔壁船上的妓女们也都羡慕不已，她们空闲不接客的时候，如果我恰好在，她们都一定会来。最后整个扬州帮的妓女没有一个不认识我的，每当我上了花艇，喊我的声音不绝于耳，我也左顾右盼地答应，简直应接不暇，这种人缘，这种待遇就算那些有钱人豪掷千金也是得不到的。

我四月份在这里一共花费了一百多两银子，也尝过了荔枝等新鲜水果，这真是平生一大快事啊！

后来老鸨跟我要五百两银子想让我给喜儿赎身，把她纳为小妾，我担心她纠缠我，就索性回家去了。秀峰却痴迷于此，我就劝他索性买一个回去算了，我则原路返回到了苏州。

　　这里沈复说，喜儿一晚上才花他四枚番银，而整个四月份在广东花掉了一百多两银子。我们再回顾"坎坷记愁"里的片段，沈复从寄人篱下的无锡前往姐夫范惠来那里借钱，一路吃尽了苦头也才借到20两银子，这对比真是个讽刺！当然，在这里花钱嫖娼是在"坎坷记愁"之前。沈复还说自己在扬州帮无人不知，非常受欢迎，他所有的待遇连那些豪掷千金的人都享受不到。这又是个大讽刺！我第一次读到这里时都忍不住笑了，自动脑补了沈复居高临下地对嫖客们说："尔等还不快跪下"的片段，真是个扭曲幼稚的优越感。这个时候，迂腐的沈复的虚荣心爆棚，不作死就不会死。如果他放下这要命的虚荣心和泛滥的同情心，把钱存起来做个别的营生，可能后续的日子也会好过些。

　　如果说沈复不是个深情的人，他又对喜儿那么体贴，嫖妓还搞专情，让整个扬州帮的姑娘们嫉妒。如果说他是个深情的人，当老鸨让他给喜儿赎身时，他又害怕纠缠，赶紧回家去了。这就是传说中的男人的逢场作戏。我们看待沈复也不要有主角光环，其实他就是万千普通男人中的一个，不要将他脸谱化，不要贴标签，不用仰视也不用斥责，这是最真实的人性。其实人越成熟越会发现，没有绝对的事情，爱情也不是童话，没有人会终生百分百地把爱投到某一个人身上。人是个复杂的感情动物，在感情方面，区别只在于自我约束和克制力。

　　就沈复而言，尽管有这些行为，但总体而言，品质还是高于很多男人的。

第四章 浪游记快

接着看：到了第二年，秀峰还要去广东，我父亲不准我同去，所以我就受聘去了青浦杨明府做幕僚工作。等秀峰回来时，他说喜儿因为我不再去，差点寻了短见。唉，真是"半年一觉扬帮梦，赢得花船薄幸名"啊！

我从广东回来之后，在青浦做幕僚两年，没有什么快乐的游玩经历可以写。没过多久，芸和憨园认识了，家里家外都议论纷纷，芸因过度悲伤愤怒而得病。我和程墨安在家门口一侧开了个书画摊，勉强赚点钱用来给芸买药。

中秋后两天，朋友吴云客带着毛忆香和王星灿同邀我去苏州西山的小静室看看，我正好手头在忙，就让他们先去了。吴说："如果你能去的话，明天中午到山前水踏桥的来鹤庵与我们相会。"我答应了他。到了次日，让程墨安独自看着摊子，我独自出发去阊门，到了山前，走过水踏桥，循着一条田埂往西走，见到了一座朝南的庵，门前溪水清澈，我试着敲门问问，里面答道："是哪里的客人呢？"我告诉他以后，对方笑着说："这里是得云庵，你没看看匾额吗？来鹤庵已经走过啦！"我说："从桥到这里并没有看见任何庵啊！"对方指给我看："那边土墙里有一片翠绿竹林的正是。"

我于是又返回走到了那边墙下，看见小门紧闭着，从门缝看了看，只见篱笆矮矮的，小路很曲折，有一片葱茏的绿竹，静悄悄听不到半点人声，敲了敲门也无人应答。一个人恰好从这里路过，跟我说："墙洞里有石头，敲门得用那石头来敲。"我试着用石头敲了几声，果然看到一个小和尚来开门了。我跟着他从小路走进去，过了一座小石桥，往西一拐才看见山门。门上有一块漆黑的匾额，上面是粉色的"来鹤"二字，后面又有一串长跋文，没有仔细去看。进门后先是韦陀殿，里面光洁亮丽，不染一丝尘埃，才知道这是一处清净的寺庙。忽然又看见左边长廊一个小和尚手捧着茶走出来，我大声询问他，这时，屋子里传来星灿的笑声："怎么样，我说三白绝不会食言吧？"话音刚落，看见云客出来迎接我，说："等着你吃早饭呢，怎么现在才来？"又见一位僧人在云客后面，向我躬身作揖，问了才知道原来这位是竹逸和尚。

进到里面后，看到小屋只有三间，匾额上写着"桂轩"二字，院子里的两棵桂花树上桂花正盛放着。星灿和忆香两个人一起嚷嚷着说："来迟了，罚酒三杯！"席上的荤菜素菜十分精致，白酒黄酒都有，我问道："你们去了几处地方了？"云客说："昨天到的比较晚，今天早上才去了得云庵和河亭两处。"我们畅饮了很久，吃饱喝足以后，又从得云庵、河亭处开始去了八九处地方，到了华山为止。各有各的妙处，无法——细说。华山山顶上有座莲花峰，因为当时天色渐晚，就准备日后再去登顶。

这里说一下匾额的学问，其实每一处匾额都大有深意，如果你们去江南园林里走走，不妨仔细研究一下那匾额，比如以精致著称的苏州网师园里就有一处建筑叫"小山丛桂轩"，而沈复去的来鹤庵这一处匾额是"桂轩"，其实都出自《楚辞》里的"桂树丛生山之阿"一句。先说网师园，在"小山丛桂轩"前是连绵起伏的假山，这不正是对应了山之阿吗？而轩旁边种植的桂花树在秋日里幽香阵阵，久久不散。所以无论是景物还是意境，用小山丛桂轩名称都再合适不过。而来鹤庵这一处，这里真的有山，况且刚刚沈复也说了，院子里有两棵桂花树，所以这也应了"桂树丛生山之阿"的意象。

我们有时候去一处地方，看了匾额后虽然不是很明白是什么意思，但总有一种说不尽的意蕴在里头，那就是因为这些匾额都有出处有深意。现在很多人给孩子取名沿用"男楚辞，女诗经"的逻辑，但其实很多匾额也引用自《楚辞》和《诗经》。有一本书还专门研究匾额和楹联学问的。

接着看原文：桂花开得最盛的当属这里了，我们就坐在桂树下喝了一壶清茶，然后乘着山上的肩舆，径直回到来鹤庵。在桂轩的东面有一座叫"临洁"的阁楼，里面已经摆放好了杯盘，竹逸和尚虽然沉默寡言喜欢静坐，但是他非常好客，酒量也很好。刚开始我们还折下桂花，后来干脆每人行一个酒令，到了二更时分我们才结束。我说："今晚的月色太美了，如果就在这里睡觉的话，真是负了这大好月色，在哪能找到一处高旷的地方呢，可以赏玩月色，也不虚度了这美妙的夜晚？"竹逸和尚说："放鹤亭可以登高。"云客说："星灿把古琴抱过来，还没听过你的雅音呢，去到那边弹一曲如何？"

于是我们一同走过去，在阵阵桂花香里，只见月色沐浴的竹林如同上了霜一样，月下长空，万籁俱寂。星灿弹了一首《梅花三弄》，令人飘飘欲仙。忆香也来了兴致，他从袖子中抽出一管长笛呜呜地吹起来。云客说："今晚上去石湖看月的人们，哪里有像我们这样快乐的？"

我们家乡苏州素有八月十八在石湖行春桥下看串月的习俗，这是每年的省会，到了这一晚游船络绎不绝，挤满了水域，彻夜歌声不断，虽然说是看月，实际上不过是带着歌伎一同来饮酒罢了。

过了一会儿，月落霜寒，我们也兴尽而归卧。

当读到沈复一众人等又是弹古琴又是吹长笛的，有点感动，人在精神上的享受是远大于物质和肉体上的享受的。前一期里，沈复的那几个酒色朋友带他去嫖妓，并且对每个妓女帮如数家珍，而这一期这几个雅致的朋友带他去的则是寺庙庵观，做的事情也是品茗赏月弹琴吹笛。环境真的很影响人，否则也不会有"孟母三迁"的典故。

再说苏州的八月十八看石湖串月盛会，说之前先了解一下石湖，石湖是太湖的支流，共有吴堤、越堤、石堤、杨堤和范堤五堤横卧于水面之上。石湖也很有历史，宋代的范成大就曾住在石湖，号为石湖居士，别人也叫他石湖老人。石湖上有一座桥叫行春桥，这座桥有九个桥洞，每当农历八月十八日，皓月当空之时，从特定角度观看，会发现湖水中有九个月亮，那是月亮通过九个桥洞在水中形成的倒影，这个奇景引得老百姓争相前来观看，也成了吴地习俗。后来这个习俗渐渐变成了一种盛会，所以到了这一晚平常不出门的女人们也可以出来赏月，所以水面上游船络绎不绝，除了笙歌不断外，甚至还有表演杂耍的，总之非常热闹。清代词人沈朝初在《忆江南》词里说："苏州好，串月有长桥。桥面重重湖面阔，月亮片片桂轮高，此夜爱吹箫。"

石湖串月，也与平湖秋月、卢沟晓月、三潭印月并列为四大赏月胜地。

接着看正文：第二天清晨，云客问大家："这里有一处叫无隐庵的地方，特别偏僻幽静，你们谁到过那里？"大家纷纷说："不仅没去过，就连听都没听过。"竹逸和尚说："无隐庵四面都是山，地方确实很偏僻，就连僧人都不能长住，我往年曾去过一次，庵都已经坍塌了。自从尺木的彭居士重修过以后，我就再没去过，但是去的路依稀还记得，如果你们想去，我可以给你们带路。"忆香说："空腹去吗？"竹逸和尚笑着说："我已经给大家备好素面了，再让人带着酒一同前往。"

吃完面以后，我们一起步行过去，走过高义园，云客想去白云精舍，刚刚进门坐下，一位僧人缓步走来，向云客拱手作揖道："两月不见，城中有什么新闻没有啊？抚军大人还在官府中吗？"忆香忽然站起来说："秃！"接着拂袖而去。我和星灿强忍着笑也跟着走了出去，云客和竹逸跟那位僧人答谢和客套了几句也告辞了。

高义园是范仲淹的墓，白云精舍就在旁边。精舍的一个轩对着峭壁，上面爬满了藤萝，下方凿了一方水潭，有数丈宽，一池水清澈碧绿，有金鱼在里面游动，这方水池叫"钵盂泉"。

轩里面摆放着竹制的炉子和烹茶的灶，位置特别僻静，轩后面是一片绿树丛，可以越过这一片绿俯瞰范仲淹墓园的概况。风景是很美，可惜里面的和尚太俗了，没法久坐。如果从上沙村过鸡笼山，就是昔日我与鸿干的登高处，景色依旧，可惜鸿干已死，真是昨是今非，物是人非啊！正在惆怅思量，忽然遇到了流水挡住去路，有三五个乡间小孩正在乱草丛中找蘑菇，抬头冲着我们笑，好像在惊讶有这么多人到了这里。向他们打听"无隐庵"怎么走时,小孩子说:"前方水大,过不去,你们返回走几步,看到那边有小路,从那里走过一座山岭就到了。"

这里有个很有趣的点可能很多人都没有明白,那就是,为什么当白云精舍的僧人问云客外面有没有什么新闻,以及抚军大人还在不在官府的问题时,忆香会突然站起来骂了一句"秃"?没有前因后果,也没有恩怨纠葛,只是因为那个僧人太俗,明明人在精舍里,心却不清净。关心外界新闻那是凡心不死,关心官府老爷还在不在官府那是谄媚心和功利心在作祟。这样的僧人大概让口直心快的忆香顿时起了反感,幸好,他也只是骂了一个字,后面那个字没有脱口而出。我们回头想想,沈复曾无家可归时住在禅寺里的时候,恰逢连日大雨,而寺内方丈跟沈复两个人不闻不问,低头作画。

苏东坡曾有个好朋友佛印也是僧人,他们关系很到位,经常一起吃肉喝酒,喝到烂醉如泥,这个佛印是被皇上阴差阳错由俗人钦点为方丈的,因为关系实在太好,所以苏东坡经常直接喊佛印为"秃驴",也没少捉弄他。这声"秃驴"和文中忆香的"秃"意义太不同了,东坡那是好友之间的戏称,而后者则是赤裸裸地侮辱了。当然,关于东坡和佛印的这段故事出自冯梦龙的小说,是虚构的。

好了,我们接着看:我们顺着他指的方向走,过了一座山岭往南走了一里多路,渐渐觉得杂草丛生,树木繁多,四面都是山,小路上也都是绿茵,似乎没有人的踪迹。竹逸和尚在四周转了转说:"好像在这里,但是已经无法辨识是哪条路了,怎么办?"我便蹲下身子细细查看，在密密麻麻的一片竹林里隐约看到了由乱石堆砌的墙，于是拨开竹林走进去，才找到了大门，上面写着："无隐禅院，某年月日南园老人彭某重修。"大家都很高兴地说："要不是你，我们就成了武陵源的渔夫了！"

寺院大门紧闭着，敲了很久都无人应答，忽然旁边的门吱呀一声开了，一名衣衫褴褛面如菜色的少年走出来，他脚上的鞋子也是残破不整的，问我们："请问你们来有什么事吗？"竹逸和尚作揖道："早就仰慕这里幽静的环境了，特地来参观一下。"少年说："这样一个穷山僻壤的地方，僧人们都散了，没人接待你们，请另寻他处吧！"说完后正要关门，云客连忙制止了他，给他承诺说，如果可以放我们进去游览的话必当重谢。少年笑着说："这里连茶叶都没有，我只怕会怠慢了你们，岂是为了要你们的酬劳啊？"

这里提到的无隐庵真是一个世外桃源一般的存在啊，文中提到的"武陵源"是陶渊明《桃花源记》里面的，用在这里是说差点迷路。今天无隐庵早就不存在了，庙宇已全被毁，如果寻访旧地，我们只能看到一些摩崖石刻与书条石，环境也不似沈复说的这样偏僻幽静。

在沈复笔下，无隐庵是一处人间妙境，妙到他游览完之后忍不住画了下来。那究竟有多好呢？且听我们下回分解。

人间仙境——山林禅院,海上神灯

我们接着上一期说:寺门一打开,就看到了佛像,金光与一片绿意相映衬,庭前石阶上厚厚的青苔如同绣毯一般,大殿后面的台阶高大如墙壁,用石栏杆围起来。顺着台阶向西走,会看到一座形状像馒头一样的山,高两丈多,细小的竹子环绕在它周围。再由西向北走,从斜着的长廊拾级而上,看到招待客人的有三间屋子,紧紧挨着大石。石头下方凿了一个小月池,池里一汪清泉,水草密密交织着。

这三间屋子东面就是正殿,殿左边朝西的是僧人的厨房,殿后面是峭壁,那里绿树成荫,密密匝匝,抬头都望不见天。星灿走累了,就在池子边上坐着歇息,我也坐下来,正要打开盒子拿出酒小酌几杯,忽然听到忆香的声音仿佛从树梢上传来,他大喊道:"三白快来啊,这里有奇妙的美景。"我们抬头看时,根本望不见他人在哪里,于是跟星灿两个人循着声音找过去。从东厢房出去有一扇小门,再往北走,有如同梯子一样的石阶,大概有十级,在竹园之中瞥见一座楼,又登楼上去,只见楼上八扇窗子都大开着,匾额上写有"飞云阁"三个大字。从这里看去,四面环山,如同一座城堡,唯独缺了西南一角,远远望去水天一色,风帆点点,那就是太湖。靠在窗边俯视时,风吹树梢如同麦浪翻滚。忆香问我:"怎么样?"我说:"真是人间仙境!"

忽然又听到云客在楼的西边大喊:"忆香快来,这里更妙啊!"我们又赶紧下楼去,向西拐,走下十多级阶梯,眼前豁然开朗,平坦如台。看这地方,我们应该已经在大殿后面的峭壁上,这里残破的砖瓦都还在,想必是之前大殿的地基。环顾四周,比起在之前的阁楼上观景更加视野开阔。忆香对着太湖长啸一声,群山一起回应。我们席地而坐打算喝酒,可是忽然肚子饿了,那个少年本打算煮锅巴饭代替茶水,我们让他干脆煮成粥,并邀请他一起吃饭。

从这些描述来看,无隐庵的选址实在是绝妙,据说它始建于明代,是一位和尚开山建造的。但是很可惜,无隐庵毁于60年代,后期也有很多人照着沈复写的方位去寻过旧址,只剩下残存的石刻,仔细看的话能看到有"无隐""入清净界""金莲池""鱼乐""泻雪涧"字样,还有颇具禅意的"空山无人,水流华开"等字样,石刻上是"华开"不是花开。至于那些精心构建的空间自然也没有了。不过这些描写让我想到了一处地方,那就是无锡鼋头渚。乘船到对面的太湖仙岛,从凌霄宝殿上去,上到最高处出去以后,也是一处空阔的地带,从那里举目远眺也可以看到茫茫无际的太湖,周围同是绿树成荫。太湖横跨江浙两省,所以这里看到的太湖就是沈复笔下的太湖。在鼋头渚沿着山一路走,有不同层次的风景,非常美!我第一次去的时候很震撼,那天气温适宜,阳光非常好,走累了站定以后往脚下的太湖看去,目光穿过层层绿荫,看到太湖水在阳光照射下波光粼粼,银光四射,远处帆船点点,近处绿树葱茏,那一刹那美得让人移不开眼睛,真的是山明水秀!在那里,不同角度看到的是太湖的不同美。

那里沿湖也有一些小亭子等建筑，我个人觉得夕阳西下时呈现在我眼里的风景同样美得如人间仙境！

接着看：饭间我们问他，这里为何冷清成这样了，他说："寺庙周边都没有邻居，夜里有很多强盗，有存粮时他们就来明抢暗偷。就是种点蔬菜水果，也被砍柴人偷走。这是崇宁寺的下院，厨房里也只是每月送一石干饭，一坛咸菜而已。我是彭家的后代，暂时留在这里看守着，但也快离开了，不久之后这里就一个人都没有了。"作为答谢，云客给他了一枚番银。我们回到来鹤亭，然后就雇船回去了。我特意画了一幅《无隐图》赠给了竹逸和尚，以纪念这次愉快的游历。

那年冬天，我给朋友做担保而受牵连，家庭也因此失和，暂住在无锡锡山的华家。次年春天，要去扬州但苦于没钱，有朋友韩春泉在上海幕府做事，所以前去拜访他。那时的我衣衫褴褛，鞋子也破旧不堪，不好意思去府上找他，于是投了名帖，约他在郡庙园亭中相见。等他见到我时才知道我的苦楚，慷慨资助了我十两银子。

这座亭子是外商捐钱建造的，非常大，可惜到处点缀的景致杂乱无章，后面的叠石假山也没有层次感和艺术感。回锡山的时候忽然想去看看虞山的盛景，正好有便船就去了。那时正是仲春季节，桃李争艳，可惜我人在逆旅，也没有朋友同游，身上只有三百文铜钱，就去了虞山书院。从墙外观看，只见树丛中交错着花朵，殷红翠绿，依山傍水，极有幽静趣味，可惜就是找不到进去的门。想找个路人问问，正好碰到路边搭棚卖茶的小摊点，就坐下来喝了一杯碧螺春，味道极棒！问店家虞山哪里的景致最美，一位游客说："从这出了西关，快到剑门的地方是虞山最佳景观地,你要是想去,我可以做导游。"我开心地跟着他去了。

出了西门,顺着山脚下走,崎岖不平走了几里路,渐渐看到了耸立的山峰,山石都呈横纹。到达那里后,看见一座山从中间分开,两边的悬崖凹凸不平,高约几十丈,走近了仰视它,感觉山马上要倾倒下来了。那个人说:"传说上面有洞府,都是如仙境一般的景色,可惜爬不上去啊!"我来了兴致,挽起袖子就攀缘而上,一直爬到了最高峰。所谓的洞府,不过仅仅一丈多深,上面有石缝,可以看见天空。低头俯视的话,感到双腿发软,马上要掉下去一样。之后我紧挨着峭壁,抓住藤蔓慢慢爬了下来。那个人连连惊叹:"太壮观了!你的游玩兴致实在是浓,我还从没见过像你这样的游客。"

我爬得口渴了想喝点,就邀请他去野店喝了几杯酒,太阳马上就下山了,没法全部游览个遍,于是拾了十几块赭石回到了住处。之后背好行囊搭了夜船先到苏州,然后又回到了锡山。这就是我愁苦中的一次快乐的游玩经历。

沈复真是一位资深旅游者,在自己和妻子被赶出家门寄人篱下,并且自己山穷水尽去求助亲友的时候还能有心思前去赏玩虞山,这也是古代文人独有的精神享受。放在当下,愁苦会占满所有思绪,根本没有闲情逸致。

我们接着看原文:嘉庆甲子年春天,家父不幸离世,家庭痛遭变故,我打算离家去过隐居生活,朋友夏揖山好意相留,让我住在他家里。到了秋天,八月份的时候,他邀我同去东海永泰沙收田租,永泰沙属于崇明。我们出了刘河口,航海一百多里才到,那里是新开辟的一块地方,还没有街市,有一片茫茫芦苇丛,人烟稀少,只有同行丁氏的十来间仓库,四面都挖了河沟,外面筑了堤坝种了些柳树。丁氏字实初,家住崇明岛,是永泰沙的首富。掌管这里的会计姓王,他们都很豪爽热情,不拘小节,跟我初次相见就如同多年好友一样,又是杀猪,又是好酒招待,他喝酒要求划拳不会行酒令,唱歌则是干嚎,不通音律。酒喝到高兴时,还会让伙计们表演摔跤来助兴。

他养了一百多头牛,都散养在堤坝上,养了鹅作为看家的,以鹅叫声来防海盗。白天则带着鹰和狗在芦苇丛和沙渚之间打猎,猎物大多都是天上飞鸟。我也曾跟着他驰骋追逐过猎物,跑累了就地躺下。

丁宝初带我们去田间看成熟的庄稼,每一块田都筑着高高的堤坝,以防水灾,堤坝上有水洞,安有水闸来放水关水,遇到干旱的时候趁着涨潮就打开水闸灌溉,雨水多的时候则趁着退潮打开水闸泄水。佃农都散居各处如同星星点点,但是一招呼就都集中到一起,他们称地主为"产主",对产主唯命是从,人也都质朴诚实。但如果遇到不公平激怒了他们,则比虎狼都要凶恶蛮横。如果得幸有人讲公道话,那么他们会很拜服于他。这些佃农真是如阴晴不定的天气一样情绪多变,恍如远古时代的人。

晚上睡觉时,向外一看就能看到洪涛巨浪,枕边传来的也都是如钟鼓声一样的浪潮。有天夜里,忽然看到十里开外有大如斗一样的红灯笼,漂浮在海面上,又见火红的烛光如同失火了一样。实初说:"这地方开始有神灯鬼火了,马上还会出现沙田。"揖山素来胆大豪迈，到了这里更是狂放，我也就肆无忌惮起来，骑在牛背上高歌，在沙滩上大醉起舞，想怎么来就怎么来，真是此生最无拘无束的一段快乐游体验。我们办完事情，到了十月才回去。

我家乡苏州虎丘的美景，首推后山的千顷云，其次是剑池，剩下的景观都有人工参与建造过，且已经被脂粉所玷污，失去了山林本来的面目。那些新修建的白公祠、塔影桥等不过都是起个雅致的名字而已。至于冶坊滨，我则戏称它为"野芳滨"，那里更是像涂脂抹粉的庸俗女子，徒增妖艳而已。在城中最著名的狮子林，虽然号称是倪瓒倪云林的手笔，而且石头玲珑剔透，中间多有古木，然而以大势来看，竟像是乱堆出来的煤渣，上面长满苔藓，还有蚂蚁穿的洞，一点山林的气势都没有。以我的浅薄见识，不知道究竟妙在哪里。

我们来说说有趣的冶坊滨，这个名字大有来头，原来在春秋时期，吴王剑是全国闻名的，相传那时候，冶坊滨两岸都是吴国的工业区，冶坊滨嘛，顾名思义，主要是冶炼的地方。但是后来工业区废止，名字却一代代保留了下来。到了清代，这里已经演变成了著名的烟花胜地，大家都取了个谐音，戏称这里为野芳滨。其实沈复所写的广州妓女帮的见闻跟这里大差不差，晚上都是灯火辉煌，笙歌不断，游船络绎不绝。

接着看：灵岩山是吴王馆娃宫的遗址，上面有西施洞、响屧廊、采香径等小景点，它的气势散漫，空旷而没有遮拦，完全不及天平山支硎山别致有趣。邓尉山又叫作元墓，西面背靠太湖，东面对着锦峰，红色的山峰、翠绿的阁楼，远望去如同图画一样。居住的人以种植梅花为主业，花开时有数十里，望去像积雪一样，所以叫"香雪海"。山的左边有四棵古柏树，分别有"清、奇、古、怪"的别称，所谓清者，是树干挺直，茂密得如同一个翠绿的盖子；奇，是一棵树横卧在地上三节，形成一个"之"字；古，是因为一棵秃顶，扁阔，一半枯朽得如同手掌一样；怪，是最后一棵树扭曲得如同陀螺一样，就连枝干也是。相传这四棵都是汉代之前的树木。

这里说下，灵岩山馆娃宫相传是吴王为西施所建的住宅，娃是吴地对美女的称呼。从小景点名字上看，西施洞、响屧廊、采香径有声有色地显示出了西施曾在这里生活的过往。灵岩山的确较天平山支硎山空旷，所以我们前文中提到过的那些隐士才会选择在天平山和支硎山隐居。沈复说到的香雪海这几棵树现在还在，如果我们去香雪海不妨去看看这"清、奇、古、怪"的四棵树。

接着看：1805年春，揖山的父亲莼乡先生带着他的弟弟介石和侄子四个人一起去幞山的祠堂祭拜，顺便去扫墓，也带了我同去。我们顺道先去了灵岩山，过了虎山桥，又从费家河进入了香雪海去赏梅。幞山祠堂就在香雪海里，那时花开正艳，呼吸间都是香味，我为介石画了《幞山风木图》十二册。

同年九月，我跟着石琢堂到四川重庆任职，顺着长江而上，船到了安徽，在皖山脚下有元代忠臣余公的墓，墓旁边有三间屋子，名为"大观亭"，这个亭子面朝南湖，背靠潜山，亭子在山脊处，远眺的话视野非常棒。旁边有长廊，北边的窗子大开着，正值霜染枫叶的季节，遍山枫叶灿烂如桃李一样。与我一起的是蒋寿朋、蔡子琴，南城外又有个王家的园子，这个园子东西长，南北短，原来是北面紧挨着城墙，南面临着湖，因地理位置所限，很难布置方位。看着园子的结构，是用了重台叠馆的法子。所谓重台，是屋顶上设置月台当作庭院，在上面叠石栽花，让游人不察觉原来底下还有房屋。上面是叠石，下面就很结实，而上面建造庭院，下面又是虚的，所以花草树木依然能吸收地气而生长得很好。所谓叠馆，是楼上作为轩室，而轩上面再设平台，上下重叠四层，并且蓄个小水池，水不外漏，整个结构让人摸不清哪里是实哪里是虚。它的地基全是砖石铺成的，承重部分又仿照了西洋立柱的方法。所幸它面对着南湖，放眼望去一览无余，在这里大可尽情游览，比平地上的园林里更美，这真是人力巧夺天工的建造。

武昌黄鹤楼坐落在黄鹄矶上，后面绵延连着黄鹄山，俗称为蛇山。黄鹤楼有三层，画栋飞檐，山势高耸，面对着汉水、长江，并与汉阳晴川阁遥遥相对。我跟琢堂两人冒雪登高，到了最高处放眼望去，只见漫天雪花飞舞，我们遥指着被积雪覆盖的远山和树木，恍惚间觉得自己身在神仙瑶台。江面上有小船来来往往，随着风浪起起伏伏，如同浪花卷起残叶，看到此情此景，追名逐利的心思全部烟消云散了。

这里的石壁上题词咏唱的石刻有很多，没能全部记住，但有一副对联记忆深刻："何时黄鹤重来，且共倒金樽，浇洲渚千年芳草；但见白云飞去，更谁吹玉笛，落江城五月梅花。"

黄州赤壁在府城汉川门外，屹立在江边，好像是一整块石壁，石头颜色呈绛红色，所以才有赤壁的名称，而《水经注》里称其为赤鼻山。苏东坡曾游到这里时做了两篇赋，他说这里是吴国和魏国交战的地方，其实并不是。赤壁下面已经成了陆地，上面建有二赋亭以纪念苏东坡以及他所做的赋。

同一年隆冬时节我们到了荆州，琢堂却收到了升迁为潼关观察史的信，他就留下我在荆州，我因没能得见蜀中山水风光而深感遗憾。当时琢堂独自一人去了四川，把儿子敦夫以及其他家眷还有蔡子琴、席芝堂等人都留在了荆州，我们同住在刘家的一座荒废的园子里。我还记得那座园子的匾额写着"紫藤红树山房"。园子的庭院阶梯用石栏围起来，院子里凿了有一亩大的水池，池子里建了一个亭子，有石桥通着。亭子后面筑土垒石，杂草丛生，其余的都是空地，而楼阁都已经废弃快坍塌了。

我们住在这里无事可做，要么吟诗要么唱歌，要么外出游玩，有时干脆坐在一起聊天。到了年底虽然大家都没有什么钱，但是上上下下都很和谐，有时候把衣服当掉买酒喝，也会买来锣鼓敲敲。我们每晚都会喝酒，每次喝酒都会行酒令，实在经济紧张就只喝四两烧酒，但一定会大行酒令。

在荆州我们遇到了一位姓蔡的人，攀谈起来才知道，蔡子琴居然跟他有宗亲关系，是子琴家族里的后代，因此我们请他做向导带我们去游览名胜。到了府学前的曲江楼，昔日张九龄做长史时曾在上面写过赋，朱熹也曾有诗曰："相思欲回首，但上曲江楼。"

张九龄曾是当朝尚书右丞相，遭李林甫陷害被贬去做荆州长史，众所周知，张九龄是个杰出的政治家，他尽职尽责，秉公守则，直言敢谏，不徇枉法，不附权贵，为"开元之治"做出了积极贡献。到了荆州后，虽已年迈，也身处逆境，但是他意志不消沉，写下了许多立意高远的诗篇，当地百姓都很爱戴他。因为张九龄是韶州曲江人，韶州也就是今天的韶关，而张九龄常常在荆州的一座城楼上眺望写诗做赋，大家也就把这里取名为曲江楼。那首著名的《登荆州城楼》就是张九龄写于曲江楼上，据说曲江楼也是张九龄最常逗留的地方。

不系之舟——从函谷关云游至京城

我们接着上一期开始讲：城墙上还有楚雄楼，是五代时期的高氏所建，规模极其宏伟，登高远望，目光可及数百里。绕城的护城河边都种植了垂柳，小船划着桨悠悠来去，颇有诗情画意。

荆州府的官府就是从前关羽的帅府，仪门内有个青石的断马槽，传说这就是关羽赤兔马的食槽。我们在城西的小湖边寻访罗含的故居，没有找到，但是在城北找到了宋玉的故居。当年庾信遇到侯景之乱的时候，隐居江陵，就住在宋玉的旧宅里，后来这处旧宅改成了酒家，现在已经完全看不出原本的样子。

那年除夕，雪后特别寒冷，很少有人出来互相拜年，我们也就没有了被来客打扰的烦恼，每日以放鞭炮、放风筝和扎花灯为乐。很快春天来了，各种花相继开放，雨水洗刷了旧日的尘土，琢堂的诸位姬妾带着儿女们顺川流而下，敦夫也打点好行装跟大家一起走，他们从樊城登陆，直奔潼关。

从河南的阌乡县往西出函谷关，有"紫气东来"四个大字，这就是当年老子乘着青牛经过的地方，两山之间的夹道仅能容许两匹马并行。再走十里就是潼关了，潼关左边背着悬崖峭壁，右边临着黄河，函谷关就在山河之间，扼着咽喉要道拔地而起，楼阁重叠建造，非常雄伟险峻，但是关内没有什么车马声，人烟稀少。韩愈曾有诗言：

"日照潼关四扇开",可能就是说潼关很冷清吧!

老子骑青牛过函谷关是中国古老的传说,是说老子在函谷关创作完《道德经》之后,就骑青牛出关,一路西去,从此不知去向。后人对老子去了哪里说法不一,但是从函谷关这里不知去向的说法基本是统一的。

至于有"紫气东来"四个大字,也是跟老子有关,据说有一天函谷关一带紫气升腾,霞光万丈,真是天象奇特,人们就说这是紫气东来,必定有异人路过。不一会儿,只见一位银发飘飘的老者骑着青牛缓缓路过,函谷关的官员尹喜隆重接待了老子并盛情邀请老子多住几日,彪炳千秋的《道德经》就写于此时。而"紫气东来"就成了函谷关一带的楹联或者春联,也成了我们常用的成语。

接着说:潼关城中在观察史这个职位之下的,仅有一个别驾的官职。衙门府紧靠着北城,后面有个花圃园子,横长三亩见方,东西各凿了两个水池,水从西南墙外流入,向东流进两个水池,水流分为三个方向,一个方向是向南流向大厨房,以供日常用度;一个是向东流入东池;最后一个是向北再折向西,从石螭口中喷入西边池子,之后又绕到西北角。那里设了一个泄水的水闸,水流过了水闸之后,经过城门向北流向水洞,最后直接汇入黄河。水流日夜不停循环流动,这清脆悦耳的声音让人感到格外舒畅。园圃中树荫浓密,遮天蔽日。

西边池子中有座亭子,周围环绕着荷花。东边有朝南的三间书房,庭前搭着葡萄架,下面有方形石桌,可以下棋也可以对饮,其余的地方都种着菊花。西边有向东的三间轩室,坐在里面可以听到淙淙水流声。轩的南边有小门可以直接通往内室,轩北面的窗子下另外凿了一个小水池,池子的北面有座小庙,里面供奉着花神。园子正中则有一座三层高的楼,紧靠着北城,与城楼一样高,从楼上俯视城外看到的就是黄河。黄河北面,山如同屏障一样排列着,那已经属于山西地界了,这样的景色真是宏伟壮观!

我住在园子南边,屋子的形状像一艘船,庭前有土山,上面建了一个小亭子,登上小亭子就可以看到全园的概况,这里四周都是森森绿树,夏天没有暑气。琢堂为我这处斋起名叫"不系之舟",这是我游历这么久以来住过的最好的居室。

我们解释一下什么是"不系之舟",为什么琢堂要给沈复的住处起这么个名字呢?原来,《庄子·列御寇》有"巧者劳而智者忧,无能者无所求,饱食而遨游,泛若不系之舟,虚而遨游者也"一段话。不系之舟是指没有束缚和缆绳捆绑的船,比喻漂泊不定的生涯,也比喻无拘无束的生活。这个名字对沈复无来说再适合不过了,他没有了妻子,没有了父亲,没有了儿子,兄弟也已反目,就连故居都成别人的了。《庄子》被后人引用得太多了,就刚刚引用的这段话来说,《红楼梦》里的宝玉也引用过"巧者劳而智者忧,无能者无所求"一句。

好了,我们接着看:我在庭前的土山上种植了十多种菊花,可惜还没有等到开花,琢堂又被调到山东做廉访使。他的家眷们都住进了潼川书院,我也跟着去院子里住了。琢堂先去赴任,我与子琴、芝堂等人无事可做,就又出去游玩。我们骑马到了华阴庙,过了华封里就是唐尧接受三个美好祝愿的地方。庙里大多是秦汉时期的古槐树、古柏树，树都很粗，需三四个人才能抱住，有槐树围绕着柏树生长的，也有柏树绕着槐树生长的。

庙里有很多古老的石碑，其中就有陈希夷书写的"福""寿"二字。华山脚下就是玉泉院，那是希夷先生羽化登仙的地方。里面有个石头洞穴像斗室一样，洞里的石床上塑了一尊希夷先生躺着的像。那里水质清澈干净，草大多是绛红色，水流湍急，修长茂密的竹子围绕着泉水生长。洞外有一个方亭，匾额上是"无忧亭"三个字，旁边是三棵古树，树皮上的纹路像是裂开的木炭一样，叶子像槐树叶一样，但比槐树叶颜色更深，不知道叫什么名字，当地人都叫它"无忧树"。

华山之高，不知道有几千仞呢，可惜没能带着干粮去登高。游玩回程途中见到一棵树上的柿子已黄透了，就马上摘了一个吃，当地人喊了一声我没听，吃了一口之后特别苦，赶紧吐掉，从马上下来找了一眼泉去漱口，这才能说得出话，当地人见了我这样子大笑。原来这种柿子得摘了从沸水里过一下，去掉它的涩味才能吃，我不知道啊。

十月初的时候，琢堂从山东派专人来接他的家眷们，我们就出了潼关，从河南去山东。山东济南府城内，西边有大明湖，湖上有历下亭、水香亭等名胜，到了夏天夜里时，柳树荫浓，一轮明月高悬，阵阵荷花幽香飘来，我们载着酒泛舟湖上，实在太有雅趣了！等到冬天我再去看时，满眼都是衰柳寒烟，余下的只有一片水茫茫的景象。

趵突泉是济南七十二泉之首，泉有三个眼，从地底下喷涌而出，就像沸腾了的水一样。大凡泉水都是从上而下流，唯独这个泉是从下往上流，这也是一大奇观啊。池子上方有座楼阁，供着吕洞宾的像，游客大多都在这里品茶。

到了第二年的二月份，我就去莱阳县做幕僚，到了丁卯年秋天，琢堂降职为翰林，我也跟着进了京，所谓的登州海市蜃楼，我竟然没能看上一看。

至此，这本书就结束了。

所谓《浮生六记》就是用六卷不同内容记录了沈复的一生，可是由于后两卷已经散佚，我们暂且解析现存的前四卷。即便无法确定沈复此后的人生是什么结局抑或什么状态，但"闺房记乐"告知了我们夫妇相处之道，人生贵在一个"惜"字；"闲情记趣"告知了我们无论贫穷或富裕，让生活充满情趣，让每一个平淡的日子充满生机；"坎坷记愁"让我们明白，人生岂能一直顺风顺水？生活五味之"酸甜苦辣咸"，每个人都得尝一尝，这才是真实的人生；"浪游记快"让我们懂得生活之外还有生活，"有一双善于发现美的眼睛，哪里都是春天"。

读完本书的日子里，假如你能在某一特定时刻忽然想起这本书中的点滴内容，在内心泛起小小的涟漪，那就是本书的意义所在。

附 录

《浮生六记》原文

第一卷　闺房记乐

余生乾隆癸未冬十一月二十有二日,正值太平盛世,且在衣冠之家,居苏州沧浪亭畔,天之厚我,可谓至矣。东坡云"事如春梦了无痕",苟不记之笔墨,未免有辜彼苍之厚。因思《关雎》冠三百篇之首,故列夫妇于首卷,余以次递及焉。所愧少年失学,稍识之无,不过记其实情实事而已,若必考订其文法,是责明于垢鉴矣。

余幼聘金沙于氏,八龄而夭。娶陈氏。陈名芸,字淑珍,舅氏心余先生女也,生而颖慧,学语时,口授《琵琶行》,即能成诵。四龄失怙,母金氏,弟克昌,家徒壁立。芸既长,娴女红,三口仰其十指供给,克昌从师,脩脯无缺。一日,于书簏中得《琵琶行》,挨字而认,始识字。刺绣之暇,渐通吟咏,有"秋侵人影瘦,霜染菊花肥"之句。

余年十三,随母归宁,两小无嫌,得见所作,虽叹其才思隽秀,窃恐其福泽不深,然心注不能释,告母曰:"若为儿择妇,非淑姊不娶。"母亦爱其柔和,即脱金约指缔姻焉。此乾隆乙未七月十六日也。

是年冬,值其堂姊出阁,余又随母往。芸与余同龄而长余十月,自幼姊弟相呼,故仍呼之曰淑姊。时但见满室鲜衣,芸独通体素淡,仅新其鞋而已。见其绣制精巧,询为己作,始知其慧心不仅在笔墨也。其形削肩长项,瘦不露骨,眉弯目秀,顾盼神飞,唯两齿微露,似非佳相。一种缠绵之态,令人之意也消。索观诗稿,有仅一联,或三四句,多未成篇者,询其故,笑曰:"无师之作,愿得知己堪师者敲成之耳。"余戏题其签曰"锦囊佳句"。不知夭寿之机,此已伏矣。

是夜,送亲城外,返已漏三下,腹饥索饵,婢妪以枣脯进,余嫌其甜。芸暗牵余袖,随至其室,见藏有暖粥并小菜焉,余欣然举箸。忽闻芸堂兄玉衡呼曰:"淑妹速来!"芸急闭门曰:"已疲乏,将卧矣。"玉衡挤身而入,见余将吃粥,乃笑睨芸曰:"顷我索粥,汝曰'尽矣',乃藏此专待汝婿耶?"芸大窘避去,上下哗笑之。余亦负气,挈老仆先归。

自吃粥被嘲,再往,芸即避匿,余知其恐贻人笑也。

至乾隆庚子正月二十二日花烛之夕,见瘦怯身材依然如昔,头巾既揭,相视嫣然。合卺后,并肩夜膳,余暗于案下握其腕,暖尖滑腻,胸中不觉怦怦作跳。让之食,适逢斋期,已数年矣。暗计吃斋之初,正余出痘之期,因笑谓曰:"今我光鲜无恙,姊可从此开戒否?"芸笑之以目,点之以首。

廿四日为余姊于归,廿三国忌不能作乐,故廿二之夜即为余姊款嫁。芸出堂陪宴,余在洞房与伴娘对酌,拇战辄北,大醉而卧,醒则芸正晓妆未竟也。

是日亲朋络绎,上灯后始作乐。

廿四子正,余作新舅送嫁,丑末归来,业已灯残人静,悄然入室,伴妪盹于床下,芸卸妆尚未卧,高烧银烛,低垂粉颈,不知观何书而出神若此,因抚其肩曰:"姊连日辛苦,何犹孜孜不倦耶?"芸忙回首起立曰:"顷正欲卧,开橱得此书,不觉阅之忘倦。《西厢》之名,闻之熟矣,今始得见,真不愧才子之名,但未免形容尖薄耳。"余笑曰:"唯其才子,笔墨方能尖薄。"伴妪在旁促卧,令其闭门先去。遂与比肩调笑,恍同密友重逢。戏探其怀,亦怦怦作跳,因俯其耳曰:"姊何心春乃尔耶?"芸回眸微笑。便觉一缕情丝摇人魂魄,拥之入帐,不知东方之既白。

芸作新妇,初甚缄默,终日无怒容,与之言,微笑而已。事上以敬,处下以和,井井然未尝稍失。每见朝暾上窗,即披衣急起,如有人呼促者然。余笑曰:"今非吃粥比矣,何尚畏人嘲耶?"芸曰:"曩之藏粥待君,传为话柄,今非畏嘲,恐堂上道新娘懒惰耳。"余虽恋其卧而德其正,因亦随之早起。自此耳鬓相磨，亲同形影，爱恋之情有不可以言语形容者。

而欢娱易过，转瞬弥月。时吾父稼夫公在会稽幕府，专役相迓，受业于武林赵省斋先生门下。先生循循善诱，余今日之尚能握管，先生力也。归来完姻时，原订随侍到馆。闻信之余，心甚怅然，恐芸之对人堕泪。而芸反强颜劝勉，代整行装，是晚，但觉神色稍异而已。临行，向余小语曰："无人调护，自去经心！"

及登舟解缆，正当桃李争妍之候，而余则恍同林鸟失群，天地异色！

到馆后，吾父即渡江东去。居三月，如十年之隔。芸虽时有书来，必两问一答，中多勉励词，余皆浮套语，心殊怏怏。每当风生竹院，月上蕉窗，对景怀人，梦魂颠倒。先生知其情，即致书吾父，出十题而遣余暂归。喜同戍人得赦。登舟后，反觉一刻如年。及抵家，吾母处问安毕，入房，芸起相迎，握手未通片语，而两人魂魄恍恍然化烟成雾，觉耳中惺然一响，不知更有此身矣。

时当六月，内室炎蒸，幸居沧浪亭爱莲居西间壁，板桥内一轩临流，名曰"我取"，取"清斯濯缨，浊斯濯足"意也。檐前老树一株，浓阴覆窗，人面俱绿。隔岸游人往来不绝。此吾父稼夫公垂帘宴客处也。禀命吾母，携芸消夏于此。因暑罢绣，终日伴余课书论古，品月评花而已。芸不善饮，强之可三杯，教以射覆为令。自以为人间之乐，无过于此矣。

一日，芸问曰："各种古文，宗何为是？"

余曰："《国策》、《南华》取其灵快，匡衡、刘向取其雅健；史迁、班固取其博大；昌黎取其浑；柳州取其峭；庐陵取其宕；三苏取其辩，他若贾、董策对，庾、徐骈体，陆贽奏议，取资者不能尽举，在人之慧心领会耳。"

芸曰："古文全在识高气雄，女子学之恐难入彀，唯诗之一道，妾稍有领会耳。"

余曰:"唐以诗取士,而诗之宗匠必推李、杜,卿爱宗何人?"

芸发议曰:"杜诗锤炼精纯,李诗潇洒落拓。与其学杜之森严,不如学李之活泼。"

余曰:"工部为诗家之大成,学者多宗之,卿独取李,何也?"

芸曰:"格律谨严,词旨老当,诚杜所独擅;但李诗宛如姑射仙子,有一种落花流水之趣,令人可爱。非杜亚于李,不过妾之私心宗杜心浅,爱李心深。"

余笑曰:"初不料陈淑珍乃李青莲知己。"

芸笑曰:"妾尚有启蒙师白乐天先生,时感于怀,未尝稍释。"

余曰:"何谓也?"

芸曰:"彼非作《琵琶行》者耶?"

余笑曰:"异哉!李太白是知己,白乐天是启蒙师,余适字'三白',为卿婿,卿与'白'字何其有缘耶?"

芸笑曰:"'白'字有缘,将来恐白字连篇耳(吴音呼别字为白字)。"相与大笑。

余曰:"卿既知诗,亦当知赋之弃取。"

芸曰:"《楚辞》为赋之祖,妾学浅费解。就汉、晋人中调高语炼,似觉相如为最。"

余戏曰:"当日文君之从长卿,或不在琴而在此乎?"复相与大笑而罢。

余性爽直,落拓不羁;芸若腐儒,迂拘多礼。偶为披衣整袖,必连声道"得罪";或递巾授扇,必起身来接。余始厌之,曰:"卿欲以礼缚我耶?语曰:'礼多必诈'。"芸两颊发赤,曰:"恭而有礼,何反言诈?"余曰:"恭敬在心,不在虚文。"芸曰:"至亲莫如父母,可内敬在心而外肆狂放耶?"余曰:"前言戏之耳。"芸曰:"世间反目,多由戏起,后勿冤妾,令人郁死!"余乃挽之入怀，抚慰之，始解颜为笑。自此"岂敢"、"得罪"竟成语助词矣。

鸿案相庄廿有三年，年愈久而情愈密。家庭之内，或暗室相逢，窄途邂逅，必握手问曰："何处去？"私心忐忑，如恐旁人见之者。实则同行并坐，初犹避人，久则不以为意。芸或与人坐谈，见余至，必起立偏挪其身，余就而并焉。彼此皆不觉其所以然者，始以为惭，继成不期然而然。独怪老年夫妇相视如仇者，不知何意？或曰："非如是，焉得白头偕老哉？"斯言诚然欤？

是年七夕，芸设香烛瓜果，同拜天孙于我取轩中。余镌"愿生生世世为夫妇"图章二方，余执朱文，芸执白文，以为往来书信之用。是夜，月色颇佳，俯视河中，波光如练，轻罗小扇，并坐水窗，仰见飞云过天，变态万状。

芸曰："宇宙之大，同此一月，不知今日世间，亦有如我两人之情兴否？"

余曰："纳凉玩月，到处有之。若品论云霞，或求之幽闺绣闼，慧心默证者固亦不少。若夫妇同观，所品论者恐不在此云霞耳。"

未几，烛烬月沉，撤果归卧。

七月望，俗谓鬼节，芸备小酌，拟邀月畅饮。夜忽阴云如晦，芸愀然曰："妾能与君白头偕老，月轮当出。"余亦索然。但见隔岸萤光，明灭万点，梳织于柳堤蓼渚间。余与芸联句以遣闷怀，而两韵之后，逾联逾纵，想入非夷，随口乱道。芸已漱涎涕泪，笑倒余怀，不能成声矣。觉其鬓边茉莉浓香扑鼻，因拍其背，以他词解之曰："想古人以茉莉形色如珠，故供助妆压鬓，不知此花必沾油头粉面之气，其香更可爱，所供佛手当退三舍矣。"芸乃止笑曰："佛手乃香中君子，只在有意无意间；茉莉是香中小人，故须借人之势，其香也如胁肩谄笑。"余曰："卿何远君子而近小人？"芸曰："我笑君子爱小人耳。"

正话间，漏已三滴，渐见风扫云开，一轮涌出，乃大喜。倚窗对酌，酒未三杯，忽闻桥下哄然一声，如有人堕。就窗细瞩，波明如镜，不见一物，惟闻河滩有只鸭急奔声。余知沧浪亭畔素有溺鬼，恐芸胆怯，未敢即言。芸曰："噫！此声也，胡为乎来哉？"不禁毛骨皆栗。急闭窗，携酒归房。一灯如豆，罗帐低垂，弓影杯蛇，惊神未定。剔灯入帐，芸已寒热大作。余亦继之，困顿两旬。真所谓乐极灾生，亦是白头不终之兆。

中秋日，余病初愈。以芸半年新妇，未尝一至间壁之沧浪亭，先令老仆约守者勿放闲人。于将晚时，偕芸及余幼妹，一妪一婢扶焉，老仆前导，过石桥，进门折东，曲径而入。叠石成山，林木葱翠，亭在土山之巅。循级至亭心，周望极目可数里，炊烟四起，晚霞灿然。隔岸名"近山林"，为大宪行台宴集之地，时正谊书院犹未启也。携一毯设亭中，席地环坐，守者烹茶以进。

少焉，一轮明月已上林梢，渐觉风生袖底，月到波心，俗虑尘怀，爽然顿释。芸曰："今日之游乐矣！若驾一叶扁舟，往来亭下，不更快哉！"时已上灯，忆及七月十五夜之惊，相扶下亭而归。吴俗，妇女是晚不拘大家小户皆出，结队而游，名曰"走月亮"。沧浪亭幽雅清旷，反无一人至者。

吾父稼夫公喜义子，以故余异姓弟兄有二十六人。吾母亦有义女九人，九人中王二姑、俞六姑与芸最和好。王痴憨善饮，俞豪爽善谈。每集，必逐余居外，而得三女同榻，此俞六姑一人计也。余笑曰："俟妹于归后，我当邀妹丈来，一住必十日。"俞曰："我亦来此，与嫂同榻，不大妙耶？"芸与王微笑而已。

时为吾弟启堂娶妇，迁居饮马桥之仓米巷，屋虽宏畅，非复沧浪亭之幽雅矣。

吾母诞辰演剧，芸初以为奇观。吾父素无忌讳，点演《惨别》等剧，老伶刻画，见者情动，余窥帘见芸忽起去，良久不出，入内探之，俞与王亦继至。见芸一人支颐独坐镜奁之侧，余曰："何不快乃尔？"芸曰："观剧原以陶情，今日之戏徒令人断肠耳。"俞与王皆笑之。余曰："此深于情者也。"俞曰："嫂将竟日独坐于此耶？"芸曰："俟有可观者再往耳。"王闻言先出，请吾母点《刺梁》《后索》等剧，劝芸出观，始称快。

余堂伯父素存公早亡，无后，吾父以余嗣焉。墓在西跨塘福寿山祖茔之侧，每年春日，必挈芸拜扫。王二姑闻其地有戈园之胜，请同往。芸见地下小乱石有苔纹，斑驳可观，指示余曰："以此叠盆山，较宣州白石为古致。"余曰："若此者恐难多得。"王曰："嫂果爱此，我为拾之。"即向守坟者借麻袋一，鹤步而拾之。每得一块，余曰"善"，即收之；余曰"否"，即去之。未几，粉汗盈盈，拽袋返曰："再拾则力不胜矣。"芸且拣且言曰："我闻山果收获，必借猴力，果然。"王愤撮十指作哈痒状，余横阻之，责芸曰："人劳汝逸，犹作此语，无怪妹之动愤也。"

归途游戈园，稚绿娇红，争妍竞媚。王素憨，逢花必折，芸叱曰："既无瓶养，又不簪戴，多折何为？"王曰："不知痛痒者，何害？"余笑曰："将来罚嫁麻面多须郎，为花泄忿。"王怒余以目，掷花于地，以莲钩拨入池中，曰："何欺侮我之甚也！"芸笑解之而罢。

芸初缄默，喜听余议论。余调其言，如蟋蟀之用纤草，渐能发议。其每日饭必用茶泡，喜食芥卤乳腐，吴俗呼为臭乳腐，又喜食虾卤瓜。此二物余生平所最恶者，因戏之曰："狗无胃而食粪，以其不知臭秽；蜣螂团粪而化蝉，以其欲修高举也。卿其狗耶？蝉耶？"芸曰："腐取其价廉而可粥可饭，幼时食惯，今至君家已如蜣螂化蝉，犹喜食之者，不忘本也；至卤瓜之味，到此初尝耳。"余曰："然则我家系狗窦耶？"芸窘而强解曰："夫粪，人家皆有之，要在食与不食之别耳。然君喜食蒜，妾亦强啖之。腐不敢强，瓜可掩鼻略尝，入咽当知其美，此犹无盐貌丑而德美也。"余笑曰："卿陷我作狗耶？"

芸曰:"妾作狗久矣,屈君试尝之。"以箸强塞余口。余掩鼻咀嚼之,似觉脆美,开鼻再嚼,竟成异味,从此亦喜食。芸以麻油加白糖少许拌卤腐,亦鲜美;以卤瓜捣烂拌卤腐,名之曰双鲜酱,有异味。余曰:"始恶而终好之,理之不可解也。"芸曰:"情之所钟,虽丑不嫌。"

余启堂弟妇,王虚舟先生孙女也,催妆时偶缺珠花,芸出其纳采所受者呈吾母,婢妪旁惜之,芸曰:"凡为妇人,已属纯阴,珠乃纯阴之精,用为首饰,阳气全克矣,何贵焉?"而于破书残画反极珍惜:书之残缺不全者,必搜集分门,汇订成帙,统名之曰"断简残编";字画之破损者,必觅故纸粘补成幅,有破缺处,倩予全好而卷之,名曰"弃余集赏"。于女红、中馈之暇,终日琐琐,不惮烦倦。芸于破筐烂卷中,偶获片纸可观者,如得异宝。旧邻冯妪每收乱卷卖之。

其癖好与余同,且能察眼意、懂眉语,一举一动,示之以色,无不头头是道。余尝曰:"惜卿雌而伏,苟能化女为男,相与访名山,搜胜迹,遨游天下,不亦快哉!"芸曰:"此何难,俟妾鬓斑之后,虽不能远游五岳,而近地之虎阜、灵岩,南至西湖,北至平山,尽可偕游。"余曰:"恐卿鬓斑之日,步履已艰。"芸曰,"今世不能,期以来世。"余曰:"来世卿当作男,我为女子相从。"芸曰:"必得不昧今生,方觉有情趣。"余笑曰:"幼时一粥犹谈不了,若来世不昧今生,合卺之夕,细谈隔世,更无合眼时矣。"芸曰:"世传月下老人专司人间婚姻事,今生夫妇已承牵合,来世姻缘亦须仰借神力,盍绘一像祀之?"

时有苕溪戚柳堤,名遵,善写人物。倩绘一像:一手挽红丝,一手携杖悬姻缘簿,童颜鹤发,奔驰于非烟非雾中。此戚君得意笔也。友人石琢堂为题赞语于首,悬之内室,每逢朔望,余夫妇必焚香拜祷。后因家庭多故,此画竟失所在，不知落在谁家矣。"他生未卜此生休"，两人痴情，果邀神鉴耶？

迁仓米巷，余颜其卧楼曰"宾香阁"，盖以芸名而取如宾意也。院窄墙高，一无可取。后有厢楼，通藏书处，开窗对陆氏废园，但有荒凉之象。沧浪风景，时切芸怀。有老妪居金母桥之东、埂巷之北，绕屋皆菜圃，编篱为门，门外有池约亩许，花光树影，错杂篱边，其地即元末张士诚王府废基也。屋西数武，瓦砾堆成土山，登其巅，可远眺，地旷人稀，颇饶野趣。妪偶言及，芸神往不置，谓余曰："自别沧浪，梦魂常绕，今不得已而思其次，其老妪之居乎？"余曰："连朝秋暑灼人，正思得一清凉地以消长昼，卿若愿往，我先观其家，可居，即襆被而往，作一月盘桓何如？"芸曰："恐堂上不许。"余曰："我自请之。"越日至其地，屋仅二间，前后隔而为四，纸窗竹榻，颇有幽趣。老妪知余意，欣然出其卧室为赁，四壁糊以白纸，顿觉改观。

于是禀知吾母，挈芸居焉。邻仅老夫妇二人，灌园为业，知余夫妇避暑于此，先来通殷勤，并钓池鱼、摘园蔬为馈。偿其价，不受，芸作鞋报之，始谢而受。

时方七月，绿树阴浓，水面风来，蝉鸣聒耳。邻老又为制鱼竿，与芸垂钓于柳阴深处。日落时，登土山观晚霞夕照，随意联吟，有"兽云吞落日，弓月弹流星"之句。少焉，月印池中，虫声四起，设竹榻于篱下，老妪报酒温饭熟，遂就月光对酌，微醺而饭。浴罢则凉鞋蕉扇，或坐或卧，听邻老谈因果报应事。三鼓归卧，周体清凉，几不知身居城市矣。

篱边倩邻老购菊，遍植之。九月花开，又与芸居十日。吾母亦欣然来观，持螯对菊，赏玩竟日。芸喜曰："他年当与君卜筑于此，买绕屋菜园十亩，课仆妪，植瓜蔬，以供薪水。君画我绣，以为持酒之需。布衣菜饭，可乐终身，不必作远游计也。"余深然之。今即得有境地，而知己沦亡，可胜浩叹！

离余家半里许,醋库巷有洞庭君祠,俗呼水仙庙。回廊曲折,小有园亭。每逢神诞,众姓各认一落,密悬一式之玻璃灯,中设宝座,旁列瓶几,插花陈设,以较胜负。日惟演戏,夜则参差高下,插烛于瓶花间,名曰"花照"。花光灯影,宝鼎香浮,若龙宫夜宴。司事者或笙箫歌唱,或煮茗清谈,观者如蚁集,檐下皆设栏为限。余为众友邀去,插花布置,因得躬逢其盛。

归家向芸艳称之,芸曰:"惜妾非男子,不能往。"余曰:"冠我冠,衣我衣,亦化女为男之法也。"于是易髻为辫,添扫蛾眉;加余冠,微露两鬓,尚可掩饰;服余衣,长一寸又半;于腰间折而缝之,外加马褂。芸曰:"脚下将奈何?"余曰:"坊间有蝴蝶履,大小由之,购亦极易,且早晚可代撒鞋之用,不亦善乎?"芸欣然。

及晚餐后,装束既毕,效男子拱手阔步者良久,忽变卦曰:"妾不去矣,为人识出既不便,堂上闻之又不可。"余怂恿曰:"庙中司事者谁不知我,即识出亦不过付之一笑耳。吾母现在九妹丈家,密去密来,焉得知之。"

芸揽镜自照,狂笑不已。余强挽之,悄然径去。遍游庙中,无识出为女子者。或问何人,以表弟对,拱手而已。最后至一处,有少妇幼女坐于所设宝座后,乃杨姓司事者之眷属也。芸忽趋彼通款曲,身一侧,而不觉一按少妇之肩,旁有婢媪怒而起曰:"何物狂生,不法乃尔!"余欲为措词掩饰,芸见势恶,即脱帽翘足示之曰:"我亦女子耳。"相与愕然,转怒为欢,留茶点,唤肩舆送归。

吴江钱师竹病殁,吾父信归,命余往吊。芸私谓余曰:"吴江必经太湖,妾欲偕往,一宽眼界。"余曰:"正虑独行踽踽,得卿同行固妙,但无可托词耳。"芸曰:"托言归宁。君先登舟,妾当继至。"余曰:"若然,归途当泊舟万年桥下,与卿待月乘凉,以续沧浪韵事。"时六月十八日也。

是日早凉,携一仆先至胥江渡口,登舟而待,芸果肩舆至。解维出虎啸桥,渐见风帆沙鸟,水天一色。芸曰:"此即所谓太湖耶?今得见天地之宽,不虚此生矣!想闺中人有终身不能见此者!"闲话未几,风摇岸柳,已抵江城。

余登岸拜奠毕,归视舟中洞然,急询舟子。舟子指曰:"不见长桥柳阴下,观鱼鹰捕鱼者乎?"盖芸已与船家女登岸矣。余至其后,芸犹粉汗盈盈,倚女而出神焉。余拍其肩曰:"罗衫汗透矣!"芸回首曰:"恐钱家有人到舟,故暂避之。君何回来之速也?"余笑曰:"欲捕逃耳。"于是相挽登舟,返棹至万年桥下,阳乌犹未落也。舟窗尽落,清风徐来,纨扇罗衫,剖瓜解暑。少焉,霞映桥红,烟笼柳暗,银蟾欲上,渔火满江矣。命仆至船梢与舟子同饮。船家女名素云,与余有杯酒交,人颇不俗,招之与芸同坐。船头不张灯火,待月快酌,射覆为令。素云双目闪闪,听良久,曰:"觞政侬颇娴习,从未闻有斯令,愿受教。"芸即譬其言而开导之,终茫然。余笑曰:"女先生且罢论,我有一言作譬,即了然矣。"芸曰:"君若何譬之?"余曰:"鹤善舞而不能耕,牛善耕而不能舞,物性然也,先生欲反而教之,无乃劳乎?"

素云笑捶余肩曰:"汝骂我耶!"芸出令曰:"只许动口,不许动手。违者罚大觥。"素云量豪,满斟一觥,一吸而尽。余曰:"动手但准摸索,不准捶人。"芸笑挽素云置余怀,曰:"请君摸索畅怀。"余笑曰:"卿非解人,摸索在有意无意间耳,拥而狂探,田舍郎之所为也。"

时四鬓所簪茉莉,为酒气所蒸,杂以粉汗油香,芳馨透鼻,余戏曰:"小人臭味充满船头,令人作恶。"素云不禁握拳连捶曰:"谁教汝狂嗅耶?"芸呼曰:"违令,罚两大觥!"素云曰:"彼又以小人骂我,不应捶耶?"

芸曰:"彼之所谓小人,盖有故也。请干此,当告汝。"素云乃连尽两觥,芸乃告以沧浪旧居乘凉事。素云曰:"若然,真错怪矣,当再罚。"又干一觥。

芸曰："久闻素娘善歌,可一聆妙音否?"素即以象箸击小碟而歌。芸欣然畅饮,不觉酩酊,乃乘舆先归。余又与素云茶话片刻,步月而回。

时余寄居友人鲁半舫家萧爽楼中,越数日,鲁夫人误有所闻,私告芸曰:"前日闻若婿挟两妓饮于万年桥舟中,子知之否?"芸曰:"有之,其一即我也。"因以偕游始末详告之,鲁大笑,释然而去。

乾隆甲寅七月,亲自粤东归。有同伴携妾回者,曰徐秀峰,余之表妹婿也。艳称新人之美,邀芸往观。芸他日谓秀峰曰:"美则美矣,韵犹未也。"秀峰曰:"然则若郎纳妾,必美而韵者乎?"芸曰:"然。"从此痴心物色,而短于资。

时有浙妓温冷香者,寓于吴,有《咏柳絮》四律,沸传吴下,好事者多和之。余友吴江张闲憨素赏冷香,携柳絮诗索和。芸微其人而置之,余技痒而和其韵,中有"触我春愁偏婉转,撩他离绪更缠绵"之句,芸甚击节。

明年乙卯秋八月五日,吾母将挈芸游虎丘,闲憨忽至曰:"余亦有虎丘之游,今日特邀君作探花使者。"因请吾母先行,期于虎丘半塘相晤,拉余至冷香寓。见冷香已半老,有女名憨园,瓜期未破,亭亭玉立,真"一泓秋水照人寒"者也。款接间,颇知文墨。有妹文园,尚雏。

余此时初无痴想,且念一杯之叙,非寒士所能酬,而既入个中,私心忐忑,强为酬答。因私谓闲憨曰:"余贫士也,子以尤物玩我乎?"闲憨笑曰:"非也,今日有友人邀憨园答我,席主为尊客拉去,我代客转邀客,毋烦他虑也。"余始释然。

至半塘,两舟相遇,令憨园过舟叩见吾母。芸、憨相见,欢同旧识,携手登山,备览名胜。芸独爱千顷云高旷,坐赏良久。返至野芳滨,畅饮甚欢,并舟而泊。及解维,芸谓余曰:"子陪张君,留憨陪妾可乎?"余诺之。返棹至都亭桥,始过船分袂。归家已三鼓。芸曰:"今日得见美而韵者矣,顷已约憨园,明日过我,当为子图之。"余骇曰:"此非金屋不能贮,穷措大岂敢生此妄想哉?况我两人伉俪正笃,何必外求?"芸笑曰:"我自爱之,子姑待之。"

明午,憨果至。芸殷勤款接,筵中以猜枚赢吟输饮为令,终席无一罗致语。及憨园归,芸曰:"顷又与密约,十八日来此结为姊妹,子宜备牲牢以待。"笑指臂上翡翠钏曰:"若见此钏属于憨,事必谐矣,顷已吐意,未深结其心也。"余姑听之。

十八日大雨,憨竟冒雨至。入室良久,始挽手出,见余有羞色,盖翡翠钏已在憨臂矣。焚香结盟后,拟再续前饮,适憨有石湖之游,即别去。芸欣然告余曰:"丽人已得,君何以谢媒耶?"余询其详,芸曰:"向之秘言,恐憨意另有所属也,顷探之无他,语之曰:'妹知今日之意否?'憨曰:'蒙夫人抬举,真蓬蒿倚玉树也,但吾母望我奢,恐难自主耳,愿彼此缓图之。'脱钏上臂时,又语之曰:'玉取其坚,且有团圞不断之意,妹试宠之以为先兆。'憨曰:'聚合之权总在夫人也。'即此观之,憨心已得,所难必者冷香耳,当再图之。"余笑曰:"卿将效笠翁之《怜香伴》耶?"芸曰:"然。"

自此无日不谈憨园矣。后憨为有力者夺去,不果。芸竟以之死。

第二卷　闲情记趣

余忆童稚时,能张目对日,明察秋毫。见藐小微物,必细察其纹理,故时有物外之趣。夏蚊成雷,私拟作群鹤舞空,心之所向,则或千或百,果然鹤也。昂首观之,项为之强。又留蚊于素帐中,徐喷以烟,使其冲烟飞鸣,作青云白鹤观,果如鹤唳云端,怡然称快。于土墙凹凸处、花台小草丛杂处,常蹲其身,使与台齐。定神细视,以丛草为林,以虫蚁为兽,以土砾凸者为丘,凹者为壑,神游其中,怡然自得。一日,见二虫斗草间,观之正浓，忽有庞然大物拔山倒树而来，盖一癞蛤蟆也，舌一吐而二虫尽为所吞。余年幼方出神，不觉呀然惊恐。神定，捉蛤蟆，鞭数十，驱之别院。年长思之，二虫之斗，盖图奸不从也。古语云"奸近杀"，虫亦然耶？贪此生涯，卵为蚯蚓所哈（吴俗称阳曰卵），肿不能便，捉鸭开口哈之，婢妪偶释手，鸭颠其颈作吞噬状，惊而大哭，传为语柄。此皆幼时闲情也。

及长，爱花成癖，喜剪盆树。识张兰坡，始精剪枝养节之法，继悟接花叠石之法。花以兰为最，取其幽香韵致也，而瓣品之稍堪入谱者不可多得。兰坡临终时，赠余荷瓣素心春兰一盆，皆肩平心阔，茎细瓣净，可以入谱者，余珍如拱璧。值余幕游于外，芸能亲为灌溉，花叶颇茂。不二年，一旦忽萎死，起根视之，皆白如玉，且兰芽勃然。初不可解，以为无福消受，浩叹而已。事后始悉有人欲分不允，故用滚汤灌杀也。从此誓不植兰。次取杜鹃，虽无香而色可久玩，且易剪裁。以芸惜枝怜叶，不忍畅剪，故难成树。其他盆玩皆然。

惟每年篱东菊绽，积兴成癖。喜摘插瓶，不爱盆玩。非盆玩不足观，以家无园圃，不能自植。货于市者，俱丛杂无致，故不取耳。其插花朵，数宜单，不宜双，每瓶取一种，不取二色，瓶口取阔大不取窄小，阔大者舒展不拘，自五、七花至三四十花，必于瓶口中一丛怒起，以不散漫、不挤轧、不靠瓶口为妙。所谓"起把宜紧"也。或亭亭玉立，或飞舞横斜。花取参差，间以花蕊，以免飞钹耍盘之病；叶取不乱，梗取不强，用针宜藏，针长宁断之，毋令针针露梗，所谓"瓶口宜清"也。视桌之大小，一桌三瓶至七瓶而止，多则眉目不分，即同市井之菊屏矣。几之高低，自三四寸至二尺五六寸而止，必须参差高下，互相照应，以气势联络为上，若中高两低，后高前低，成排对列，又犯俗所谓"锦灰堆"矣。或密或疏，或进或出，全在会心者得画意乃可。

若盆碗盘洗，用漂青、松香、榆皮、面和油，先熬以稻灰，收成胶，以铜片按钉向上，将膏火化，粘铜片于盘碗盆洗中。俟冷，将花用铁丝扎把，插于钉上，宜偏斜取势，不可居中，更宜枝疏叶清，不可拥挤。然后加水，用碗沙少许掩铜片，使观者疑丛花生于碗底方妙。若以木本花果插瓶，剪裁之法（不能色色自觅，倩人攀折者每不合意），必先执在手中，横斜以观其势，反侧以取其态；相定之后，剪去杂枝，以疏瘦古怪为佳；再思其梗如何入瓶，或折或曲，插入瓶口，方免背叶侧花之患。若一枝到手，先拘定其梗之直者插瓶中，势必枝乱梗强，花侧叶背，既难取态，更无韵致矣。折梗打曲之法，锯其梗之半而嵌以砖石，则直者曲矣。如患梗倒，敲一二钉以筑之，即枫叶竹枝，乱草荆棘，均堪入选。或绿竹一竿配以枸杞数粒，几茎细草伴以荆棘两枝，苟位置得宜，另有世外之趣。若新栽花木，不妨歪斜取势，听其叶侧，一年后枝叶自能向上，如树树直栽，即难取势矣。

至剪裁盆树，先取根露鸡爪者，左右剪成三节，然后起枝。一枝一节，七枝到顶，或九枝到顶。枝忌对节如肩臂，节忌臃肿如鹤膝；须盘旋出枝，不可光留左右，以避赤胸露背之病。又不可前后直出。有名"双起""三起"者，一根而起两三树也。如根无爪形，便成插树，故不取。然一树剪成，至少得三四十年。余生平仅见吾乡万翁名彩章者，一生剪成数树。又在扬州商家见有虞山游客携送黄杨、翠柏各一盆，惜乎明珠暗投，余未见其可也。若留枝盘如宝塔，扎枝曲如蚯蚓者，便成匠气矣。

点缀盆中花石，小景可以入画，大景可以入神。一瓯清茗，神能趋入其中，方可供幽斋之玩。种水仙无灵璧石，余尝以炭之有石意者代之。黄芽菜心，其白如玉，取大小五七枝，用沙土植长方盘内，以炭代石，黑白分明，颇有意思。以此类推，幽趣无穷，难以枚举。如石菖蒲结子，用冷米汤同嚼喷炭上，置阴湿地，能长细菖蒲，随意移养盆碗中，茸茸可爱。以老莲子磨薄两头，入蛋壳使鸡翼之，俟雏成取出，用久年燕巢泥加天门冬十分之二，捣烂拌匀，植于小器中，灌以河水，晒以朝阳，花发大如酒杯，叶缩如碗口，亭亭可爱。

若夫园亭楼阁，套室回廊，叠石成山，栽花取势，又在大中见小，小中见大，虚中有实，实中有虚，或藏或露，或浅或深。不仅在"周回曲折"四字，又不在地广石多，徒烦工费。或掘地堆土成山，间以块石，杂以花草，篱用梅编，墙以藤引，则无山而成山矣。大中见小者，散漫处植易长之竹，编易茂之梅以屏之。小中见大者，窄院之墙宜凹凸其形，饰以绿色，引以藤蔓；嵌大石，凿字作碑记形，推窗如临石壁，便觉峻峭无穷。虚中有实者，或山穷水尽处，一折而豁然开朗；或轩阁设厨处，一开而通别院。实中有虚者，开门于不通之院，映以竹石，如有实无也；设矮栏于墙头，如上有月台而实虚也。贫士屋少人多，当仿吾乡太平船后梢之位置，再加转移其间。台级为床，前后借凑，可作三塌，间以板而裱以纸，则前后上下皆越绝，譬之如行长路，即不觉其窄矣。余夫妇乔寓扬州时，曾仿此法，屋仅两椽，上下卧室、厨灶、客座皆越绝而绰然有余。芸曾笑曰："位置虽精，终非富贵家气象也。"是诚然欤？

余扫墓山中，检有峦纹可观之石，归与芸商曰："用油灰叠宣州石于白石盆，取色匀也。本山黄石虽古朴，亦用油灰，则黄白相间，凿痕毕露，将奈何？"芸曰："择石之顽劣者，捣末于灰痕处，乘湿掺之，干或色同也。"乃如其言，用宜兴窑长方盆叠起一峰：偏于左而凸于右，背作横方纹，如云林石法，巉岩凹凸，若临江石矶状；虚一角，用河泥种千瓣白萍；石上植茑萝，俗呼云松。经营数日乃成。至深秋，蔦萝蔓延满山，如藤萝之悬石壁，花开正红色，白萍亦透水大放，红白相间。神游其中，如登蓬岛。置之檐下与芸品题：此处宜设水阁，此处宜立茅亭，此处宜凿六字曰"落花流水之间"，此可以居，此可以钓，此可以眺。胸中丘壑，若将移居者然。一夕，猫奴争食，自檐而堕，连盆与架顷刻碎之。余叹曰："即此小经营，尚干造物忌耶！"两人不禁泪落。

静室焚香，闲中雅趣。芸尝以沉速等香，于饭镬蒸透，在炉上设一铜丝架，离火半寸许，徐徐烘之，其香幽韵而无烟。佛手忌醉鼻嗅，嗅则易烂；木瓜忌出汗，汗出，用水洗之；惟香橼无忌。佛手、木瓜亦有供法，不能笔宣。每有入将供妥者随手取嗅，随手置之，即不知供法者也。

余闲居，案头瓶花不绝。芸曰："子之插花能备风晴雨露，可谓精妙入神。而画中有草虫一法，盍仿而效之。"余曰："虫踯躅不受制，焉能仿效？"芸曰："有一法，恐作俑罪过耳。"余曰："试言之。"曰："虫死色不变，觅螳螂蝉蝶之属，以针刺死，用细丝扣虫项系花草间，整其足，或抱梗，或踏叶，宛然如生，不亦善乎？"余喜，如其法行之，见者无不称绝。求之闺中，今恐未必有此会心者矣。

余与芸寄居锡山华氏，时华夫人以两女从芸识字。乡居院旷，夏日逼人，芸教其家作活花屏法，甚妙。每屏一扇，用木梢二枝约长四五寸，作矮条凳式，虚其中，横四挡，宽一尺许，四角凿圆眼，插竹编方眼。屏约高六七尺，用砂盆种扁豆置屏中，盘延屏上，两人可移动。多编数屏，随意遮拦，恍如绿阴满窗，透风蔽日，纡回曲折，随时可更，故曰"活花屏"。有此一法，即一切藤本香草随地可用。此真乡居之良法也。

友人鲁半舫名璋，字春山，善写松柏及梅菊，工隶书，兼工铁笔。余寄居其家之萧爽楼一年有半。楼共五椽,东向,余居其三。晦明风雨,可以远眺。庭中有木犀一株,清香撩人。有廊有厢,地极幽静。移居时,有一仆一妪,并挈其小女来。仆能成衣,妪能纺绩,于是芸绣、妪绩、仆则成衣,以供薪水。余素爱客,小酌必行令。芸善不费之烹庖,瓜蔬鱼虾,一经芸手,便有意外味。同人知余贫,每出杖头钱,作竟日叙。余又好洁,地无纤尘,且无拘束,不嫌放纵。时有杨补凡名昌绪,善人物写真;袁少迂名沛,工山水;王星澜名岩,工花卉翎毛,爱萧爽楼幽雅,皆携画具来。余则从之学画,写草篆,镌图章,加以润笔,交芸备茶酒供客,终日品诗论画而已。更有夏淡安、揖山两昆季,并缪山音、知白两昆季,及蒋韵香、陆橘香、周啸霞、郭小愚、华杏帆、张闲憨诸君子,如梁上之燕,自去自来。芸则拔钗沽酒,不动声色,良辰美景,不放轻过。今则天各一方,风流云散,兼之玉碎香埋,不堪回首矣!

萧爽楼有四忌:谈官宦升迁、公廨时事、八股时文、看牌掷色,有犯必罚酒五斤。有四取:慷慨豪爽、风流蕴藉、落拓不羁、澄静缄默。长夏无事,考对为会,每会八人,每人各携青蚨二百。先拈阄,得第一者为主考,关防别座,第二者为誊录,亦就座,余作举子,各于誊录处取纸一条,盖用印章。主考出五七言各一句,刻香为限,行立构思,不准交头私语,对就后投入一匣,方许就座。各人交卷毕,誊录启匣,并录一册,转呈主考,以杜徇私。十六对中取七言三联,五言三联。六联中取第一者即为后任主考,第二者为誊录,每人有两联不取者罚钱二十文,取一联者免罚十文,过限者倍罚。一场,主考得香钱百文。一日可十场,积钱千文,酒资大畅矣。惟芸议为官卷,准坐而构思。

杨补凡为余夫妇写载花小影,神情确肖。是夜月色颇佳,兰影上粉墙,别有幽致,星澜醉后兴发曰:"补凡能为君写真,我能为花图影。"余笑曰:"花影能如人影否?"星澜取素纸铺于墙,即就兰影,用墨浓淡图之。日间取视,虽不成画,而花叶萧疏,自有月下之趣。芸甚宝之,各有题咏。

苏城有南园、北园二处,菜花黄时,苦无酒家小饮。携盒而往,对花冷饮,殊无意味。或议就近觅饮者,或议看花归饮者,终不如对花热饮为快。众议未定。芸笑曰:"明日但各出杖头钱,我自担炉火来。"众笑曰:"诺。"众去,余问曰:"卿果自往乎?"芸曰:"非也,妾见市中卖馄饨者,其担锅灶无不备,盍雇之而往?妾先烹调端整,到彼处再一下锅,茶酒两便。"余曰:"酒菜固便矣,茶乏烹具。"芸曰:"携一砂罐去,以铁叉串罐柄,去其锅,悬于行灶中,加柴火煎茶,不亦便乎?"余鼓掌称善。街头有鲍姓者,卖馄饨为业,以百钱雇其担,约以明日午后,鲍欣然允议。明日看花者至,余告以故,众咸叹服。饭后同往,并带席垫至南园,择柳阴下团坐。先烹茗,饮毕,然后暖酒烹肴。是时风和日丽,遍地黄金,青衫红袖,越阡度陌,蝶蜂乱飞,令人不饮自醉。既而酒肴俱熟,坐地大嚼,担者颇不俗,拉与同饮。游人见之莫不羡为奇想。杯盘狼藉,各已陶然,或坐或卧,或歌或啸。红日将颓,余思粥,担者即为买米煮之,果腹而归。芸曰:"今日之游乐乎?"众曰:"非夫人之力不及此。"大笑而散。

贫士起居服食以及器皿房舍,宜省俭而雅洁。省俭之法曰"就事论事"。余爱小饮,不喜多菜。芸为置一梅花盒:用二寸白磁深碟六只,中置一只,外置五只,用灰漆就,其形如梅花,底盖均起凹楞,盖之上有柄如花蒂。置之案头,如一朵墨梅覆桌;启盖视之,如菜装于瓣中,一盒六色,二三知己可以随意取食,食完再添。另做矮边圆盘一只,以便放杯箸酒壶之类,随处可摆,移掇亦便。即食物省俭之一端也。余之小帽领袜皆芸自做,衣之破者移东补西,必整必洁,色取暗淡以免垢迹,既可出客,又可家常。此又服饰省俭之一端也。初至萧爽楼中,嫌其暗,以白纸糊壁,遂亮。夏月楼下去窗,无阑干,觉空洞无遮拦。芸曰:"有旧竹帘在,何不以帘代栏?"余曰:"如何?"芸曰:"用竹数根,黝黑色,一竖一横,留出走路,截半帘搭在横竹上,垂至地,高与桌齐。中竖短竹四根,用麻线扎定,然后于横竹搭帘处,寻旧黑布条,连横竹裹缝之。既可遮拦饰观,又不费钱。"此"就事论事"之一法也。以此推之,古人所谓"竹头木屑皆有用",良有以也。夏月荷花初开时,晚含而晓放。芸用小纱囊撮茶叶少许,置花心,明早取出,烹天泉水泡之,香韵尤绝。

第三卷 坎坷记愁

人生坎坷何为乎来哉?往往皆自作孽耳。余则非也,多情重诺,爽直不羁,转因之为累。况吾父稼夫公慷慨豪侠,急人之难、成人之事、嫁人之女、抚人之儿,指不胜屈,挥金如土,多为他人。余夫妇居家,偶有需用,不免典质。始则移东补西,继则左支右绌。谚云:"处家人情,非钱不行。"先起小人之议,渐招同室之讥。"女子无才便是德",真千古至言也!余虽居长而行三,故上下呼芸为"三娘"。后忽呼为"三太太",始而戏呼,继成习惯,甚至尊卑长幼,皆以"三太太"呼之,此家庭之变机欤?

乾隆乙巳,随侍吾父于海宁官舍。芸于吾家书中附寄小函,吾父曰:"媳妇既能笔墨,汝母家信付彼司之。"后家庭偶有闲言,吾母疑其述事不当,乃不令代笔。吾父见信非芸手笔,询余曰:"汝妇病耶?"余即作札问之,亦不答。久之,吾父怒曰:"想汝妇不屑代笔耳!"迨余归,探知委曲,欲为婉剖,芸急止之曰:"宁受责于翁,勿失欢于姑也。"竟不自白。

庚戌之春,予又随侍吾父于邗江幕中,有同事俞孚亭者挈眷居焉。吾父谓孚亭曰:"一生辛苦,常在客中,欲觅一起居服役之人而不可得。儿辈果能仰体亲意,当于家乡觅一人来,庶语音相合。"孚亭转述于余,密札致芸,倩媒物色,得姚氏女。芸以成否未定,未即禀知吾母。其来也,托言邻女为嬉游者,及吾父命余接取至署,芸又听旁人意见,托言吾父素所合意者。吾母见之曰:"此邻女之嬉游者也,何娶之乎?"芸遂并失爱于姑矣。

壬子春,余馆真州。吾父病于邗江,余往省,亦病焉。余弟启堂时亦随待。芸来书曰:"启堂弟曾向邻妇借贷,倩芸作保,现追索甚急。"余询启堂,启堂转托以嫂氏为多事,余遂批纸尾曰:"父子皆病,无钱可偿,俟启弟归时,自行打算可也。"未几病皆愈,余仍往真州。芸覆书来,吾父拆视之,中述启弟邻项事,且云:"令堂以老人之病,留由姚姬而起,翁病稍痊,宜密嘱姚托言思家,妾当令其家父母到扬接取。实彼此卸责之计也。"吾父见书怒甚,询启堂以邻项事,答言不知。遂札饬余曰:"汝妇背夫借债,谗谤小叔,且称姑曰令堂,翁曰老人,悖谬之甚!我已专人持札回苏斥逐,汝若稍有人心,亦当知过!"余接此札,如闻青天霹雳,即肃书认罪,觅骑遄归,恐芸之短见也。到家述其本末,而家人乃持逐书至,历斥多过,言甚决绝。芸泣曰:"妾固不合妄言,但阿翁当恕妇女无知耳。"越数日,吾父又有手谕至,曰:"我不为已甚,汝携妇别居,勿使我见,免我生气足矣。"乃寄芸于外家,而芸以母亡弟出,不愿往依族中,幸友人鲁半舫闻而怜之,招余夫妇往居其家萧爽楼。

越两载,吾父渐知始末,适余自岭南归,吾父自至萧爽楼谓芸曰:"前事我已尽知,汝盍归乎?"余夫妇欣然,仍归故宅,骨肉重圆。岂料又有憨园之孽障耶!

芸素有血疾,以其弟克昌出亡不返。母金氏复念子病没,悲伤过甚所致。自识憨园，年余未发，余方幸其得良药。而憨为有力者夺去，以千金作聘，且许养其母。佳人已属沙叱利矣！余知之而未敢言也，及芸往探始知之，归而呜咽，谓余曰："初不料憨之薄情乃尔也！"余曰："卿自情痴耳，此中人何情之有哉？况锦衣玉食者，未必能安于荆钗布裙也，与其后悔，莫若无成。"因抚慰之再三。而芸终以受愚为恨，血疾大发，床席支离，刀圭无效，时发时止，骨瘦形销。不数年而逋负日增，物议日起。老亲又以盟妓一端，憎恶日甚，余则调停中立。已非生人之境矣。

芸生一女名青君，时年十四，颇知书，且极贤能，质钗典服，幸赖辛劳。子名逢森，时年十二，从师读书。余连年无馆，设一书画铺于家门之内，三日所进，不敷一日所出，焦劳困苦，竭蹶时形。隆冬无裘，挺身而过，青君亦衣单股栗，犹强曰"不寒"。因是芸誓不医药。偶能起床，适余有友人周春煦自福郡王幕中归，倩人绣《心经》一部，芸念绣经可以消灾降福，且利其绣价之丰，竟绣焉。而春煦行色匆匆，不能久待，十日告成，弱者骤劳，致增腰酸头晕之疾。岂知命薄者，佛亦不能发慈悲也！绣经之后，芸病转增，唤水索汤，上下厌之。

有西人赁屋于余画铺之左，放利债为业，时倩余作画，因识之。友人某向渠借五十金，乞余作保，余以情有难却，允焉，而某竟挟资远遁。西人惟保是问，时来饶舌，初以笔墨为抵，渐至无物可偿。岁底吾父家居，西人索债，咆哮于门。吾父闻之，召余诃责曰："我辈衣冠之家，何得负此小人之债！"正剖诉间，适芸有自幼同盟姊锡山华氏，知其病，遣人问讯。堂上误以为憨园之使，因愈怒曰："汝妇不守闺训，结盟娼妓；汝亦不思习上，滥伍小人。若置汝死地，情有不忍。姑宽三日限，速自为计，迟必首汝逆矣！"

芸闻而泣曰："亲怒如此，皆我罪孽。妾死君行，君必不忍；妾留君去，君必不舍。姑密唤华家人来,我强起问之。"因令青君扶至房外,呼华使问曰:"汝主母特遣来耶?抑便道来耶?"曰:"主母久闻夫人卧病,本欲亲来探望,因从未登门,不敢造次,临行嘱咐,倘夫人不嫌乡居简亵,不妨到乡调养,践幼时灯下之言。"盖芸与同绣日,曾有疾病相扶之誓也。因嘱之曰:"烦汝速归,禀知主母,于两日后放舟密来。"其人既退,谓余曰:"华家盟姊情逾骨肉,君若肯至其家,不妨同行,但儿女携之同往既不便,留之累亲又不可,必于两日内安顿之。"

时余有表兄王荩臣一子名韫石,愿得青君为媳妇。芸曰:"闻王郎懦弱无能,不过守成之子,而王又无成可守。幸诗礼之家,且又独子,许之可也。"余谓荩臣曰:"吾父与君有渭阳之谊,欲媳青君,谅无不允。但待长而嫁,势所不能。余夫妇往锡山后,君即禀知堂上,先为童媳,何如?"荩臣喜曰:"谨如命。"逢森亦托友人夏揖山转荐学贸易。

安顿已定,华舟适至,时庚申之腊二十五日也。芸曰:"孑然出门,不惟招邻里笑,且西人之项无著,恐亦不放,必于明日五鼓悄然而去。"余曰:"卿病中能冒晓寒耶?"芸曰;"死生有命,无多虑也。"密禀吾父,亦以为然。是夜先将半肩行李挑下船,令逢森先卧。青君泣于母侧,芸嘱曰:"汝母命苦,兼亦情痴,故遭此颠沛,幸汝父待我厚,此去可无他虑。两三年内,必当布置重圆。汝至汝家须尽妇道,勿似汝母。汝之翁姑以得汝为幸,必善视汝。所留箱笼什物,尽付汝带去。汝弟年幼,故未令知,临行时托言就医,数日即归,俟我去远,告知其故,禀闻祖父可也。"旁有旧妪,即前卷中曾赁其家消暑者,愿送至乡,故是时陪侍在侧,拭泪不已。将交五鼓,暖粥共啜之。芸强颜笑曰:"昔一粥而聚,今一粥而散,若作传奇,可名《吃粥记》矣。"逢森闻声亦起,呻曰:"母何为?"芸曰:"将出门就医耳。"逢森曰:"起何早?"曰:"路远耳。汝与姊相安在家,毋讨祖母嫌。我与汝父同往,数日即归。"鸡声三唱,芸含泪扶妪,启后门将出,逢森忽大哭,曰:"噫,我母不归矣!"青君恐惊人,急掩其口而慰之。当是时,余两人寸肠已断,不能复作一语,但止以"勿哭"而已。青君闭门后,芸出巷十数步,已疲不能行,使妪提灯,余背负之而行。将至舟次,几为逻者所执,幸老妪认芸为病女,余为婿,且得舟子(皆华氏工人),闻声接应,相扶下船。解维后,芸始放声痛哭。是行也,其母子已成永诀矣!

华名大成,居无锡之东高山,面山而居,躬耕为业,人极朴诚。其妻夏氏,即芸之盟姊也。是日午未之交,始抵其家。华夫人已倚门而待,率两小女至舟,相见甚欢,扶芸登岸,款待殷勤。四邻妇人孺子哄然入室,将芸环视,有相问讯者,有相怜惜者,交头接耳,满室啾啾。芸谓华夫人曰:"今日真如渔父入桃源矣。"华曰:"妹莫笑,乡人少所见多所怪耳。"自此相安度岁。至元宵,仅隔两旬,而芸渐能起步。是夜观龙灯于打麦场中,神情态度渐可复元。余乃心安,与之私议曰:"我居此非计,欲他适而短于资,奈何?"芸曰:"妾亦筹之矣。君姊丈范惠来现于靖江盐公堂司会计,十年前曾借君十金,适数不敷,妾典钗凑之,君忆之耶?"余曰:"忘之矣。"芸曰:"闻靖江去此不远,君盍一往?"余如其言。

时天颇暖,织绒袍哔叽短褂犹觉其热,此辛酉正月十六日也。是夜宿锡山客旅,赁被而卧。晨起趁江阴航船,一路逆风,继以微雨。夜至江阴江口,春寒彻骨,沽酒御寒,囊为之罄。踌躇终夜,拟卸衬衣质钱而渡。十九日北风更烈,雪势犹浓,不禁惨然泪落,暗计房资渡费,不敢再饮。正心寒股栗间,忽见一老翁草鞋毡笠负黄包,入店,以目视余,似相识者。余曰:"翁非泰州曹姓耶?"答曰:"然。我非公,死填沟壑矣!今小女无恙,时诵公德。不意今日相逢，何逗留于此？"盖余幕泰州时，有曹姓，本微贱，一女有姿色，已许婿家，有势力者放债谋其女，致涉讼。余从中调护，仍归所许，曹即投入公门为隶，叩首作谢，故识之。余告以投亲遇雪之由，曹曰："明日天晴，我当顺途相送。"出钱沽酒，备极款洽。

二十日晓钟初动，即闻江口唤渡声，余惊起，呼曹同济。曹曰："勿急，宜饱食登舟。"乃代偿房饭钱，拉余出沽。余以连日逗留，急欲赶渡，食不下咽，强啖麻饼两枚。及登舟，江风如箭，四肢发战。曹曰："闻江阴有人缢于靖，其妻雇是舟而往，必俟雇者来始渡耳。"枵腹忍寒，午始解缆。至靖，暮烟四合矣。曹曰："靖有公堂两处，所访者城内耶？城外耶？"余跟跄随其后，且行且对曰："实不知其内外也。"曹曰："然则且止宿，明日往访耳。"进旅店，鞋袜已为泥淤湿透，索火烘之，草草饮食，疲极酣睡。晨起，袜烧其半，曹又代偿房饭钱。访至城中，惠来尚未起，闻余至，披衣出，见余状惊曰："舅何狼狈至此？"余曰："姑勿问，有银乞借二金，先遣送我者。"惠来以番饼二圆授余，即以赠曹。曹力却，受一圆而去。余乃历述所遭，并言来意。惠来曰："郎舅至戚，即无宿逋，亦应竭尽绵力，无如航海盐船新被盗，正当盘账之时，不能挪移丰赠，当勉措番银二十圆以偿旧欠，何如？"余本无奢望，遂诺之。留住两日，天已晴暖，即作归计。二十五日仍回华宅。芸曰："君遇雪乎？"余告以所苦。因惨然曰："雪时，妾以君为抵靖，乃尚逗留江口。幸遇曹老，绝处逢生，亦可谓吉人天相矣。"越数日，得青君信，知逢森已为揖山荐引入店，芝臣请命于吾父，择正月二十四日将伊接去。儿女之事粗能了了，但分离至此，令人终觉惨伤耳。

二月初，日暖风和，以靖江之项薄备行装，访故人胡肯堂于邗江盐署，有贡局众司事公延入局，代司笔墨，身心稍定。至明年壬戌八月，接芸书曰:"病体全瘳,惟寄食于非亲非友之家,终觉非久长之策,愿亦来邗,一睹平山之胜。"余乃赁屋于邗江先春门外,临河两椽,自至华氏接芸同行。华夫人赠一小奚奴曰阿双,帮司炊爨,并订他年结邻之约。

时已十月,平山凄冷,期以春游。满望散心调摄,徐图骨肉重圆。不满月,而贡局司事忽裁十有五人,余系友中之友,遂亦散闲。芸始犹百计代余筹画,强颜慰藉,未尝稍涉怨尤。至癸亥仲春,血疾大发。余欲再至靖江,作"将伯"之呼。芸曰:"求亲不如求友。"余曰:"此言虽是,余友虽关切,现皆闲处,自顾不遑。"芸曰:"幸天时已暖,前途可无阻雪之虑,愿君速去速回,勿以病人为念。君或体有不安,妾罪更重矣。"时已薪水不继,余伴为雇骡以安其心,实则囊饼徒步,且食且行。向东南,两渡叉河,约八九十里,四望无村落。至更许,但见黄沙漠漠,明星闪闪,得一土地祠,高约五尺许,环以短墙,植以双柏,因向神叩首,祝曰:"苏州沈某投亲失路至此,欲假神祠一宿,幸神怜佑。"于是移小石香炉于旁,以身探之,仅容半体。以风帽反戴掩面,坐半身于中,出膝于外,闭目静听,微风萧萧而已。足疲神倦,昏然睡去。及醒,东方已白,短墙外忽有步语声。急出探视,盖土人赶集经此也。问以途,曰:"南行十里即泰兴县城,穿城向东南,十里一土墩,过八墩即靖江,皆康庄也。"余乃反身,移炉于原位,叩首作谢而行。过泰兴,即有小车可附。申刻抵靖。投刺焉。良久,司阍者曰:"范爷因公往常州去矣。"察其辞色,似有推托,余诘之曰:"何日可归?"曰:"不知也。"余曰:"虽一年亦将待之。"阍者会余意,私问曰:"公与范爷嫡郎舅耶?"余曰:"苟非嫡者,不待其归矣。"阍者曰:"公姑待之。"越三日,乃以回靖告,共挪二十五金。

雇骡急返,芸正形容惨变,咻咻涕泣。见余归,卒然曰:"君知昨午阿双卷逃乎?倩人大索,今犹不得。失物小事,人系伊母临行再三交托,今若逃归，中有大江之阻，已觉堪虞，倘其父母匿子图诈，将奈之何？且有何颜见我盟姊？"余曰："请勿急，卿虑过深矣。匿子图诈，诈其富有也，我夫妇两肩担一口耳，况携来半载，授衣分食，从未稍加扑责，邻里咸知。此实小奴丧良，乘危窃逃。华家盟姊赠以匪人，彼无颜见卿，卿何反谓无颜见彼耶？今当一面呈县立案，以杜后患可也。"芸闻余言，意似稍释。然自此梦中呓语，时呼"阿双逃矣"，或呼"憨何负我"，病势日以增矣。

余欲延医诊治，芸阻曰："妾病始因弟亡母丧，悲痛过甚，继为情感，后由忿激，而平素又多过虑，满望努力做一好媳妇，而不能得，以至头眩、怔忡诸症毕备，所谓病入膏肓，良医束手，请勿为无益之费。忆妾唱随二十三年，蒙君错爱，百凡体恤，不以顽劣见弃，知己如君，得婿如此，妾已此生无憾！若布衣暖，菜饭饱，一室雍雍，优游泉石，如沧浪亭、萧爽楼之处境，真成烟火神仙矣。神仙几世才能修到，我辈何人，敢望神仙耶？强而求之，致干造物之忌，即有情魔之扰。总因君太多情，妾生薄命耳！"因又呜咽而言曰："人生百年，终归一死。今中道相离，忽焉长别，不能终奉箕帚、目睹逢森娶妇，此心实觉耿耿。"言已，泪落如豆。余勉强慰之曰："卿病八年，恹恹欲绝者屡矣，今何忽作断肠语耶？"芸曰："连日梦我父母放舟来接，闭目即飘然上下，如行云雾中，殆魂离而躯壳存乎？"余曰："此神不收舍，服以补剂，静心调养，自能安痊。"芸又唏嘘曰："妾若稍有生机一线，断不敢惊君听闻。今冥路已近，苟再不言，言无日矣。君之不得亲心，流离颠沛，皆由妾故，妾死则亲心自可挽回，君亦可免牵挂。堂上春秋高矣，妾死，君宜早归。如无力携妾骸骨归，不妨暂厝于此，待君将来耳。愿君另续德容兼备者，以奉双亲，抚我遗子，妾亦瞑目矣。"言至此，痛肠欲裂，不觉惨然大恸。余曰："卿果中道相舍，断无再续之理，况'曾经沧海难为水,除却巫山不是云'耳。"芸乃执余手而更欲有言,仅断续叠言"来世"二字,忽发喘,口噤,两目瞪视,千呼万唤已不能言。痛泪两行,涔涔流溢。既而喘渐微,泪渐干,一灵缥缈,竟尔长逝!时嘉庆癸亥三月三十日也。

当是时,孤灯一盏,举目无亲,两手空拳,寸心欲碎。绵绵此恨,曷其有极!承吾友胡省堂以十金为助,余尽室中所有,变卖一空,亲为成殓。

呜呼!芸一女流,具男子之襟怀才识。归吾门后,余日奔走衣食,中馈缺乏,芸能纤悉不介意。及余家居,惟以文字相辩析而已。卒之疾病颠连,赍恨以没,谁致之耶?余有负闺中良友,又何可胜道哉!奉劝世间夫妇,固不可彼此相仇,亦不可过于情笃。语云"恩爱夫妻不到头",如余者,可作前车之鉴也。

回煞之期,俗传是日魂必随煞而归,故居中铺设一如生前,且须铺生前旧衣于床上,置旧鞋于床下,以待魂归瞻顾,吴下相传谓之"收眼光"。延羽士作法,先召于床而后遣之,谓之"接眚"。邗江俗例,设酒肴于死者之室,一家尽出,谓之"避眚"。以故有因避被窃者。芸娘眚期,房东因同居而出避,邻家嘱余亦设肴远避。余冀魄归一见,姑漫应之。同乡张禹门谏余曰:"因邪入邪,宜信其有,勿尝试也。"余曰:"所以不避而待之者,正信其有也。"张曰:"回煞犯煞不利生人,夫人即或魂归,业已阴阳有间,窃恐欲见者无形可接,应避者反犯其锋耳。"时余痴心不昧,强对曰:"死生有命。君果关切,伴我何如?"张曰:"我当于门外守之,君有异见,一呼即入可也。"余乃张灯入室,见铺设宛然而音容已杳,不禁心伤泪涌。又恐泪眼模糊失所欲见,忍泪睁目,坐床而待。抚其所遗旧服,香泽犹存,不觉柔肠寸断,冥然昏去。转念待魂而来,何遽睡耶?开目四现,见席上双烛青焰荧荧,缩光如豆,毛骨悚然,通体寒栗。因摩两手擦额,细瞩之,双焰渐起,高至尺许,纸裱顶格几被所焚。余正得借光四顾间,光忽又缩如前。此时心春股栗,欲呼守者进观,而转念,柔魂弱魄,恐为盛阳所逼,悄呼芸名而祝之,满室寂然,一无所见,既而烛焰复明,不复腾起矣。出告禹门,服余胆壮,不知余实一时情痴耳。

芸没后,忆和靖"妻梅子鹤"语,自号梅逸。权葬芸于扬州西门外之金桂山,俗呼郝家宝塔。买一棺之地,从遗言寄于此。携木主还乡,吾母亦为悲悼。青君、逢森归来,痛哭成服。启堂进言曰:"严君怒犹未息,兄宜仍往扬州,俟严君归里,婉言劝解,再当专札相招。"余遂拜母别子女,痛哭一场,复至扬州,卖画度日。因得常哭于芸娘之墓,影单形只,备极凄凉。且偶经故居,伤心惨目。重阳日,邻冢皆黄,芸墓独青,守坟者曰:"此好穴场,故地气旺也。"余暗祝曰:"秋风已紧,身尚衣单,卿若有灵,佑我图得一馆,度此残年,以待家乡信息。"未几,江都幕客章驭庵先生欲回浙江葬亲,倩余代庖三月,得备御寒之具。封篆出署,张禹门招寓其家。张亦失馆,度岁艰难,商于余,即以余资二十金倾囊借之,且告曰:"此本留为亡荆扶柩之费,一俟得有乡音,偿我可也。"是年即寓张度岁,晨占夕卜,乡音殊杳。

至甲子三月接青君信,知吾父有病,即欲归苏,又恐触旧忿。正趑趄观望间,复接青君信,始痛悉吾父业已辞世。刺骨痛心,呼天莫及。无暇他计,即星夜驰归。触首灵前,哀号流血。呜呼!吾父一生辛苦,奔走于外。生余不肖,既少承欢膝下,又未侍药床前,不孝之罪何可逭哉!吾母见余哭,曰:"汝何此日始归耶?"余曰:"儿之归,幸得青君孙女信也。"吾母目余弟妇,遂默然。余入幕守灵至七,终无一人以家事告,以丧事商者。余自问人子之道已缺,故亦无颜询问。

一日,忽有向余索逋者登门饶舌,余出应曰:"欠债不还,固应催索,然吾父骨肉未寒,乘凶追呼,未免太甚。"中有一人私谓余曰:"我等皆有人招之使来,公且避出,当向招我者索偿也。"余曰:"我欠我偿,公等速退!"皆唯唯而去。余因呼启堂谕之曰:"兄虽不肖,并未作恶不端,若言出嗣降服,从未得过纤毫嗣产,此次奔丧归来,本人子之道,岂为争产故耶?大丈夫贵乎自立,我既一身归,仍以一身去耳!"言已,返身入幕,不觉大恸。叩辞吾母,走告青君,行将出走深山,求赤松子于世外矣。

青君正劝阻间,友人夏南薰字淡安、夏逢泰字揖山两昆季,寻踪而至,抗声谏余曰:"家庭若此,固堪动忿,但足下父死而母尚存,妻丧而子未立,乃竟飘然出世,于心安乎?"余曰:"然则如之何?"淡安曰:"奉屈暂居寒舍,闻石琢堂殿撰有告假回籍之信,盍俟其归而往谒之?其必有以位置君也。"余曰:"凶丧未满百日,兄等有老亲在堂,恐多未便。"揖山曰:"愚兄弟之相邀,亦家君意也。足下如执以为不便,西邻有禅寺,方丈僧与余交最善,足下设榻于寺中,何如?"余诺之。青君曰:"祖父所遗房产,不下三四千金,既已分毫不取,岂自己行囊亦舍去耶?我往取之,径送禅寺父亲处可也。"因是于行囊之外,转得吾父所遗图书、砚台、笔筒数件。寺僧安置予于大悲阁。阁南向,向东设神像,隔西首一间,设月窗,紧对佛龛,本为作佛事者斋食之地,余即设榻其中。临门有关圣提刀立像,极威武。院中有银杏一株,大三抱,阴覆满阁,夜静风声如吼。揖山常携酒果来对酌,曰:"足下一人独处,夜深不寐,得无畏怖耶?"余曰:"仆一生坦直,胸无秽念,何怖之有?"居未几,大雨倾盆,连宵达旦三十余天。时虑银杏折枝,压梁倾屋,赖神默佑,竟得无恙。而外之墙坍屋倒者不可胜计,近处田禾俱被漂没。余则日与僧人作画,不见不闻。

七月初,天始霁,揖山尊人号莼芗有交易赴崇明,偕余往,代笔书券得二十金。归,值吾父将安葬,启堂命逢森向余曰:"叔因葬事乏用,欲助一二十金。"余拟倾囊与之,揖山不允,分帮其半。余即携青君先至墓所。葬既毕,仍返大悲阁。九月杪,揖山有田在东海永泰沙,又偕余往收其息。盘桓两月,归已残冬,移寓其家雪鸿草堂度岁,真异姓骨肉也。

乙丑七月,琢堂始自都门回籍。琢堂名韫玉,字执如,琢堂其号也,与余为总角交。乾隆庚戌殿元,出为四川重庆守。白莲教之乱,三年戎马,极著劳绩。及归,相见甚欢。旋于重九日,挈眷重赴四川重庆之任,邀余同往。余即叩别吾母于九妹倩陆尚吾家,盖先君故居已属他人矣。吾母嘱曰:"汝弟不足恃,汝行须努力。重振家声,全望汝也!"逢森送余至半途,忽泪落不已,因嘱勿送而返。

舟出京口,琢堂有旧交王惕夫孝廉在淮扬盐署,绕道往晤,余与偕往,又得一顾芸娘之墓。返舟由长江溯流而上,一路游览名胜。至湖北之荆州,得升潼关观察之信,遂留余与其嗣君敦夫、眷属等,暂寓荆州,琢堂轻骑减从至重庆度岁,遂由成都历栈道之任。丙寅二月,川眷始由水路往,至樊城登陆。途长费巨,车重人多,毙马折轮,备尝辛苦。

抵潼关甫三月,琢堂又升山左廉访,清风两袖。眷属不能偕行,暂借潼川书院作寓。十月杪,始支山左廉俸,专人接眷,附有青君之书,骇悉逢森于四月间夭亡。始忆前之送余堕泪者,盖父子永诀也。呜呼!芸仅一子,不得延其嗣续耶!琢堂闻之,亦为之浩叹,赠余一妾,重入春梦。从此扰扰攘攘,又不知梦醒何时耳。

第四卷 浪游记快

余游幕三十年来,天下所未到者,蜀中、黔中与滇南耳。惜乎轮蹄征逐,处处随人,山水怡情,云烟过眼,不过领略其大概,不能探僻寻幽也。余凡事喜独出己见,不屑随人是非,即论诗品画,莫不存人珍我弃、人弃我取之意,故名胜所在,贵乎心得,有名胜而不觉其佳者,有非名胜而自以为妙者。聊以平生所历者记之。余年十五时,吾父稼夫公馆于山阴赵明府幕中。有赵省斋先生名传者,杭之宿儒也,赵明府延教其子,吾父命余亦拜投门下。暇日出游,得至吼山,离城约十余里,不通陆路。近山见一石洞,上有片石横裂欲堕,即从其下荡舟入。豁然空其中,四面皆峭壁,俗名之曰"水园"。临流建石阁五椽,对面石壁有"观鱼跃"三字,水深不测,相传有巨鳞潜伏。余投饵试之,仅见不盈尺者出而唼食焉。阁后有道通旱园,拳石乱矗,有横阔如掌者,有柱石平其顶而上加大石者,凿痕犹在,一无可取。游览既毕,宴于水阁,命从者放爆竹,轰然一响,万山齐应,如闻霹雳声。此幼时快游之始。惜乎兰亭、禹陵未能一到,至今以为憾。

至山阴之明年,先生以亲老不远游,设帐于家,余遂从至杭,西湖之胜因得畅游。结构之妙,予以龙井为最,小有天园次之。石取天竺之飞来峰,城隍山之瑞石古洞。水取玉泉,以水清多鱼,有活泼趣也。大约至不堪者,葛岭之玛瑙寺。其余湖心亭、六一泉诸景,各有妙处,不能尽述。然皆不脱脂粉气,反不如小静室之幽僻,雅近天然。

苏小小墓在西泠桥侧。土人指示,初仅半丘黄土而已,乾隆庚子,圣驾南巡,曾一询及,甲辰春,复举南巡盛典,则苏小小墓已石筑其坟,作八角形,上立一碑,大书曰:"钱塘苏小小之墓"。从此吊古骚人不须徘徊探访矣。余思古来烈魄忠魂埋没不传者,固不可胜数,即传而不久者亦不为少,小小一名妓耳,自南齐至今,尽人而知之,此殆灵气所钟,为湖山点缀耶?桥北数武有崇文书院,余曾与同学赵缉之投考其中。时值长夏,起极早,出钱塘门,过昭庆寺,上断桥,坐石阑上。旭日将升,朝霞映于柳外,尽态极妍;白莲香里,清风徐来,令人心骨皆清。步至书院,题犹未出也。午后缴卷,偕缉之纳凉于紫云洞,大可容数十人,石窍上透日光。有入设短几矮凳,卖酒于此。解衣小酌,尝鹿脯甚妙,佐以鲜菱雪藕,微酣出洞。缉之曰:"上有朝阳台,颇高旷,盍往一游?"余亦兴发,奋勇登其巅,觉西湖如镜,杭城如丸,钱塘江如带,极目可数百里。此生平第一大观也。坐良久,阳乌将落,相携下山,南屏晚钟动矣。韬光、云栖路远未到,其红门局之梅花,姑姑庙之铁树,不过尔尔。紫阳洞予以为必可观,而访寻得之,洞口仅容一指,涓涓流水而已,相传中有洞天,恨不能抉门而入。

清明日,先生春祭扫墓,挈余同游。墓在东岳,是乡多竹,坟丁掘未出土之毛笋,形如梨而尖,作羹供客。余甘之,尽其两碗。先生曰:"噫!是虽味美而克心血,宜多食肉以解之。"余素不贪屠门之嚼,至是饭且因笋而减,归途觉烦躁,唇舌几裂。过石屋洞,不甚可观。水乐洞峭壁多藤萝,入洞如斗室,有泉流甚急,其声琅琅。池广仅三尺,深五寸许,不溢亦不竭。余俯流就饮,烦躁顿解。洞外二小亭,坐其中可听泉声。衲子请观万年缸。缸在香积厨,形甚巨,以竹引泉灌其内,听其满溢,年久结苔厚尺许,冬日不冰,故不损也。

辛丑秋八月,吾父病疟返里,寒索火,热索冰,余谏不听,竟转伤寒,病势日重。余侍奉汤药,昼夜不交睫者几一月。吾妇芸娘亦大病,恹恹在床。心境恶劣,莫可名状。吾父呼余嘱之曰:"我病恐不起,汝守数本书,终非糊口计,我托汝于盟弟蒋思斋,仍继吾业可耳。"越日思斋来,即于榻前命拜为师。未几,得名医徐观莲先生诊治,父病渐痊。芸亦得徐力起床。而余则从此习幕矣。此非快事,何记于此?曰:此抛书浪游之始,故记之。

思斋先生名襄，是年冬，即相随习幕于奉贤官舍。有同习幕者，顾姓名金鉴，字鸿干，号紫霞，亦苏州人也。为人慷慨刚毅，直谅不阿，长余一岁，呼之为兄。鸿干即毅然呼余为弟，倾心相交。此余第一知己交也，惜以二十二岁卒，余即落落寡交，今年且四十有六矣，茫茫沧海，不知此生再遇知己如鸿干者否？忆与鸿干订交，襟怀高旷，时兴山居之想。重九日，余与鸿干俱在苏，有前辈王小俠与吾父稼夫公唤女伶演剧，宴客吾家，余患其扰，先一日约鸿干赴寒山登高，籍访他日结庐之地。芸为整理小酒榼。

越日天将晓，鸿干已登门相邀。遂携榼出胥门，入面肆，各饱食。渡胥江，步至横塘枣市桥，雇一叶扁舟，到山日犹未午。舟子颇循良，令其余米煮饭。余两人上岸，先至中峰寺。寺在支硎古刹之南，循道而上，寺藏深树，山门寂静，地僻僧闲，见余两人不衫不履，不甚接待。余等志不在此，未深入。

归舟，饭已熟。饭毕，舟子携榼相随，嘱其子守船，由寒山至高义园之白云精舍。轩临峭壁，飞凿小池，围以石栏，一泓秋水。崖悬薛荔，墙积莓苔。坐轩下，惟闻落叶萧萧，悄无人迹。出门有一亭，嘱舟子坐此相候。余两人从石罅中入，名"一线天"，循级盘旋，直造其巅，曰"上白云"，有庵已坍颓，存一危栈，仅可远眺。小憩片刻，即相扶而下。舟子曰："登高忘携酒榼矣。"鸿干曰："我等之游，欲觅偕隐地耳，非专为登高也。"舟子曰："离此南行二三里，有上沙村，多人家，有隙地，我有表戚范姓居是村，盍往一游？"余喜曰："此明末徐俟斋先生隐居处也，有园闻极幽雅，从未一游。"于是舟子导往。村在两山夹道中。园依山而无石，老树多极纡回盘郁之势，亭榭窗栏尽从朴素，竹篱茆舍，不愧隐者之居。中有皂荚亭，树大可两抱。余所历园亭，此为第一。园左有山，俗呼鸡笼山，山峰直竖，上加大石,如杭城之瑞石古洞,而不及其玲珑。旁一青石如榻,鸿干卧其上曰:"此处仰观峰岭,俯视园亭,既旷且幽,可以开樽矣。"因拉舟子同饮,或歌或啸,大畅胸怀。土人知余等觅地而来,误以为堪舆,以某处有好风水相告。鸿干曰:"但期合意,不论风水。"(岂意竟成谶语!)酒瓶既罄,各采野菊插满两鬓。归舟,日已将没。更许抵家,客犹未散。芸私告余曰:"女伶中有兰官者,端庄可取。"余假传母命呼之入内,握其腕而睨之,果丰颐白腻。余顾芸曰:"美则美矣,终嫌名不称实。"芸曰:"肥者有福相。"余曰:"马嵬之祸,玉环之福安在?"芸以他辞遣之出。谓余曰:"今日君又大醉耶?"余乃历述所游,芸亦神往者久之。

癸卯春,余从思斋先生就维扬之聘,始见金、焦面目。金山宜远观,焦山宜近视,惜余往来其间未尝登眺。渡江而北,渔洋所谓"绿杨城郭是扬州"一语已活现矣!平山堂离城约三四里,行其途有八九里,虽全是人工,而奇思幻想,点缀天然,即阆苑瑶池、琼楼玉宇,谅不过此。其妙处在十余家之园亭合而为一,联络至山,气势俱贯。其最难位置处,出城入景,有一里许紧沿城郭。夫城缀于旷远重山间,方可入画。园林有此,蠢笨绝伦。而观其或亭或台、或墙或石、或竹或树,半隐半露间,使游人不觉其触目,此非胸有丘壑者断难下手。

城尽,以虹园为首,折而向北,有石梁曰"虹桥",不知园以桥名乎?桥以园名乎?荡舟过,曰"长堤春柳",此景不缀城脚而缀于此,更见布置之妙。再折而西,垒土立庙,曰"小金山",有此一挡便觉气势紧凑,亦非俗笔。闻此地本沙土,屡筑不成,用木排若干,层叠加土,费数万金乃成。若非商家,焉能如是。

过此有胜概楼,年年观竞渡于此。河面较宽,南北跨一莲花桥,桥门通八面,桥面设五亭,扬人呼为"四盘一暖锅",此思穷力竭之为,不甚可取。桥南有莲心寺,寺中突起喇嘛白塔,金顶缨络,高矗云霄,殿角红墙,松柏掩映,钟磬时闻,此天下园亭所未有者。过桥见三层高阁,画栋飞檐,五彩绚烂,叠以太湖石,围以白石栏,名曰"五云多处",如作文中间之大结构也。过此名"蜀冈朝旭",平坦无奇,且属附会。将及山,河面渐束,堆土植竹树,作四五曲。似已山穷水尽,而忽豁然开朗,平山之万松林已列于前矣。"平山堂"为欧阳文忠公所书。所谓淮东第五泉,真者在假山石洞中,不过一井耳,味与天泉同;其荷亭中之六孔铁井栏者,乃系假设,水不堪饮。九峰园另在南门幽静处,别饶天趣,余以为诸园之冠。康山未到,不识如何。此皆言其大概,其工巧处、精美处,不能尽述,大约宜以艳妆美人目之,不可作浣纱溪上观也。余适恭逢南巡盛典,各工告竣,敬演接驾点缀,因得畅其大观,亦人生难遇者也。

甲辰之春,余随侍吾父于吴江何明府幕中,与山阴章苹江、武林章映牧、苕溪顾蔼泉诸公同事,恭办南斗圩行宫,得第二次瞻仰天颜。一日,天将晚矣,忽动归兴。有办差小快船,双橹两桨,于太湖飞棹疾驰,吴俗呼为"出水鸰头",转瞬已至吴门桥。即跨鹤腾空,无此神爽。抵家,晚餐未熟也。吾乡素尚繁华,至此日之争奇夺胜,较昔尤奢。灯彩眩眸,笙歌聒耳,古人所谓"画栋雕甍"、"珠帘绣幕"、"玉栏干"、"锦步障",不啻过之。余为友人东拉西扯,助其插花结彩,闲则呼朋引类,剧饮狂歌,畅怀游览,少年豪兴,不倦不疲。苟生于盛世而仍居僻壤,安得此游观哉?

是年,何明府因事被议,吾父即就海宁王明府之聘。嘉兴有刘蕙阶者,长斋佞佛,来拜吾父。其家在烟雨楼侧,一阁临河,曰"水月居",其诵经处也,洁净如僧舍。烟雨楼在镜湖之中,四岸皆绿杨,惜无多竹。有平台可远眺，渔舟星列，漠漠平波，似宜月夜。衲子备素斋甚佳。

至海宁，与白门史心月、山阴俞午桥同事。心月一子名烛衡，澄静缄默，彬彬儒雅，与余莫逆，此生平第二知心交也。惜萍水相逢，聚首无多日耳。游陈氏安澜园，地占百亩，重楼复阁，夹道回廊；池甚广，桥作六曲形；石满藤萝，凿痕全掩；古木千章，皆有参天之势；鸟啼花落，如入深山。此人工而归于天然者。余所历平地之假石园亭，此为第一。曾于桂花楼中张宴，诸味尽为花气所夺，惟酱姜味不变。姜桂之性老而愈辣，以喻忠节之臣，洵不虚也。出南门即大海，一日两潮，如万丈银堤破海而过。船有迎潮者，潮至，反棹相向，于船头设一木招，状如长柄大刀，招一捺，潮即分破，船即随招而入。俄顷始浮起，拨转船头随潮而去，顷刻百里。塘上有塔院，中秋夜曾随吾父观潮于此。循塘东约三十里，名尖山，一峰突起，扑入海中，山顶有阁，扁曰"海阔天空"，一望无际，但见怒涛接天而已。

余年二十有五，应徽州绩溪克明府之招，由武林下"江山船"，过富春山，登子陵钓台。台在山腰，一峰突起，离水十余丈。岂汉时之水竟与峰齐耶？月夜泊界口，有巡检署。"山高月小，水落石出"，此景宛然。黄山仅见其脚，惜未一瞻面目。绩溪城处于万山之中，弹丸小邑，民情淳朴。近城有石镜山，由山弯中曲折一里许，悬崖急湍，湿翠欲滴；渐高至山腰，有一方石亭，四面皆陡壁；亭左石削如屏，青色光润，可鉴人形，俗传能照前生。黄巢至此，照为猿猴形，纵火焚之，故不复现。离城十里有火云洞天，石纹盘结，凹凸巉岩，如黄鹤山樵笔意，而杂乱无章，洞石皆深绛色。旁有一庵甚幽静，盐商程虚谷曾招游设宴于此。席中有肉馒头，小沙弥眈眈旁视，授以四枚，临行以番银二圆为酬，山僧不识，推不受。告以一枚可易青钱七百余文，僧以近无易处，仍不受。乃攒凑青蚨六百文付之，始欣然作谢。

他日余邀同人携榼再往，老僧嘱曰："曩者小徒不知食何物而腹泻，今勿再与。"可知藜藿之腹不受肉味，良可叹也。余谓同人曰："作和尚者，必用此等僻地，终身不见不闻，或可修真养静。若吾乡之虎丘山，终日目所见者妖童艳妓，耳所听者弦索笙歌，鼻所闻者佳肴美酒，安得身如枯木、心如死灰哉？"

又去城三十里，名曰仁里，有花果会，十二年一举，每举各出盆花为赛。余在绩溪适逢其会，欣然欲往，苦无轿马，乃教以断竹为杠，缚椅为轿，雇人肩之而去，同游者惟同事许策廷，见者无不讶笑。至其地，有庙，不知供何神。庙前旷处高搭戏台，画梁方柱极其巍焕，近视则纸扎彩画，抹以油漆者。锣声忽至，四人抬对烛大如断柱，八人抬一猪大若牯牛，盖公养十二年始宰以献神。策廷笑曰："猪固寿长，神亦齿利。我若为神，乌能享此。"余曰："亦足见其愚诚也。"入庙，殿廊轩院所设花果盆玩，并不剪枝拗节，尽以苍老古怪为佳，大半皆黄山松。既而开场演剧，人如潮涌而至，余与策廷遂避去。未两载，余与同事不合，拂衣归里。

余自绩溪之游，见热闹场中卑鄙之状不堪入目，因易儒为贾。余有姑丈袁万九，在盘溪之仙人塘作酿酒生涯，余与施心耕附资合伙。袁酒本海贩，不一载，值台湾林爽文之乱，海道阻隔，货积本折，不得已仍为"冯妇"。馆江北四年，一无快游可记。迨居萧爽楼，正作烟火神仙，有表妹倩徐秀峰自粤东归，见余闲居，慨然曰："足下待露而爨，笔耕而炊，终非久计，盍偕我作岭南游？当不仅获蝇头利也。"芸亦劝余曰："乘此老亲尚健，子尚壮年，与其商柴计米而寻欢，不如一劳永逸。"余乃商诸交游者，集资作本。芸亦自办绣货及岭南所无之苏酒醉蟹等物。禀知堂上，于小春十日，偕秀峰由东坝出芜湖口。

长江初历，大畅襟怀。每晚舟泊后，必小酌船头。见捕鱼者罾不满三尺，孔大约有四寸，铁箍四角，似取易沉。余笑曰："圣人之教虽曰'罟不用数'，而如此之大孔小罟，焉能有获？"秀峰曰："此专为网鳊鱼设也。"见其系以长缏，忽起忽落，似探鱼之有无。未几，急挽出水，已有鳊鱼枥罟孔而起矣。余始喟然曰："可知一己之见，未可测其奥妙。"一日，见江心中一峰突起，四无依倚。秀峰曰："此小孤山也。"霜林中，殿阁参差。乘风径过，惜未一游。

至滕王阁，犹吾苏府学之尊经阁移于胥门之大马头，王子安序中所云不足信也。即于阁下换高尾昂首船，名"三板子"，由赣关至南安登陆。

值余三十诞辰，秀峰备面为寿。越日过大庾岭，山巅一亭，匾曰"举头日近"，言其高也。山头分为二，两边峭壁，中留一道如石巷。口列两碑，一曰"急流勇退"，一曰"得意不可再往"。山顶有梅将军祠，未考为何朝人。所谓岭上梅花，并无一树，意者以梅将军得名梅岭耶？余所带送礼盆梅，至此将交腊月，已花落而叶黄矣。过岭出口，山川风物便觉顿殊。岭西一山，石窍玲珑，已忘其名，舆夫曰："中有仙人床榻。"匆匆竟过，以未得游为怅。至南雄，雇老龙船，过佛山镇，见人家墙顶多列盆花，叶如冬青，花如牡丹，有大红、粉白、粉红三种，盖山茶花也。

腊月望，始抵省城，寓靖海门内，赁王姓临街楼屋三椽。秀峰货物皆销与当道，余亦随其开单拜客，即有配礼者络绎取货，不旬日而余物已尽。除夕蚊声如雷。岁朝贺节，有棉袍纱套者。不惟气候迥别，即土著人物，同一五官而神情迥异。

正月既望，有署中同乡三友拉余游河观妓，名曰"打水围"，妓名"老举"。于是同出靖海门，下小艇（如剖分之半蛋而加篷焉），先至沙面。妓船名"花艇"，皆对头分排，中留水巷以通小艇往来。每帮约一二十号，横木绑定,以防海风。两船之间钉以木桩,套以藤圈,以便随潮长落。鸨儿呼为"梳头婆",头用银丝为架,高约四寸许,空其中而蟠发于外,以长耳挖插一朵花于鬓,身披元青短袄,著元青长裤,管拖脚背,腰束汗巾,或红或绿,赤足撒鞋,式如梨园旦脚。登其艇,即躬身笑迎,搴帏入舱。旁列椅杌,中设大炕,一门通艄后。妇呼有客,即闻履声杂沓而出,有挽髻者,有盘辫者,傅粉如粉墙,搽脂如榴火,或红袄绿裤,或绿袄红裤,有著短袜而撮绣花蝴蝶履者,有赤足而套银脚镯者,或蹲于炕,或倚于门,双瞳闪闪,一言不发。余顾秀峰曰:"此何为者也?"秀峰曰:"目成之后,招之始相就耳。"余试招之,果即欢容至前,袖出槟榔为敬。入口大嚼,涩不可耐,急吐之,以纸擦唇,其吐如血。合艇留大笑。

又至军工厂,妆束亦相等,惟长幼皆能琵琶而已。与之言,对曰"咪","咪"者,"何"也。余曰:"'少不入广'者,以其销魂耳,若此野妆蛮语,谁为动心哉?"一友曰:"潮帮妆束如仙,可往一游。"至其帮,排舟亦如沙面。有著名鸨儿素娘者,妆束如花鼓妇。其粉头衣皆长领,颈套项锁,前发齐眉,后发垂肩,中挽一髻似丫鬟,裹足者著裙,不裹足者短袜,亦著蝴蝶履,长拖裤管,语音可辨。而余终嫌为异服,兴趣索然。秀峰曰:"靖海门对渡有扬帮,皆吴妆,君往,必有合意者。"一友曰:"所谓扬帮者,仅一鸨儿,呼曰邵寡妇,携一媳曰大姑,系来自扬州,余皆湖广江西人也。"

因至扬帮。对面两排仅十余艇,其中人物皆云鬟雾鬓,脂粉薄施,阔袖长裙,语音了了,所谓邵寡妇者殷勤相接。遂有一友另唤酒船,大者曰"恒艤",小者曰"沙姑艇",作东道相邀,请余择妓。余择一雏年者,身材状貌有类余妇芸娘,而足极尖细,名喜儿。秀峰唤一妓名翠姑。余皆各有旧交。放艇中流,开怀畅饮。至更许,余恐不能自持,坚欲回寓,而城已下钥久矣。盖海疆之城，日落即闭，余不知也。

及终席，有卧吃鸦片烟者，有拥妓而调笑者，伻头各送衾枕至，行将连床开铺。余暗询喜儿："汝本艇可卧否？"对曰："有寮可居，未知有客否也。"（寮者，船顶之楼。）余曰："姑往探之。"招小艇渡至邵船，但见合帮灯火相对如长廊，寮适无客。鸨儿笑迎曰："我知今日贵客来，故留寮以相待也。"余笑曰："姥真荷叶下仙人哉！"遂有伻头移烛相引，由舱后梯而登。宛如斗室，旁一长榻，几案俱备。揭帘再进，即在头舱之顶，床亦旁设，中间方窗嵌以玻璃，不火而光满一室，盖对船之灯光也。衾帐镜奁，颇极华美。喜儿曰："从台可以望月。"即在梯门之上叠开一窗，蛇行而出，即后梢之顶也。三面皆设短栏，一轮明月，水阔天空。纵横如乱叶浮水者，酒船也；闪烁如繁星列天者，酒船之灯也；更有小艇梳织往来，笙歌弦索之声杂以长潮之沸，令人情为之移。余曰："'少不入广'，当在斯矣！"惜余妇芸娘不能偕游至此，回顾喜儿，月下依稀相似，因挽之下台，息烛而卧。天将晓，秀峰等已哄然至，余披衣起迎，皆责以昨晚之逃。余曰："无他，恐公等掀衾揭帐耳！"遂同归寓。

越数日，偕秀峰游海珠寺。寺在水中，围墙若城四周。离水五尺许有洞，设大炮以防海寇，潮长潮落，随水浮沉，不觉炮门之或高或下，亦物理之不可测者。

十三洋行在幽兰门之西，结构与洋画同。对渡名花地，花木甚繁，广州卖花处也。余自以为无花不识，至此仅识十之六七，询其名有《群芳谱》所未载者，或土音之不同欤？海珠寺规模极大，山门内植榕树，大可十余抱，阴浓如盖，秋冬不凋。柱槛窗栏皆以铁梨木为之。有菩提树，其叶似柿，浸水去皮，肉筋细如蝉翼纱，可裱小册写经。

归途访喜儿于花艇,适翠、喜二妓俱无客。茶罢欲行,挽留再三。余所属意在寮,而其媳大姑已有酒客在上,因谓邵鸨儿曰:"若可同往寓中,则不妨一叙。"邵曰:"可。"秀峰先归,嘱从者整理酒肴。余携翠、喜至寓。正谈笑间,适郡署王懋老不期而来,挽之同饮。酒将沾唇,忽闻楼下人声嘈杂,似有上楼之势,盖房东一侄素无赖,知余招妓,故引人图诈耳。秀峰怨曰:"此皆三白一时高兴,不合我亦从之。"余曰:"事已至此,应速思退兵之计,非斗口时也。"懋老曰:"我当先下说之。"余即唤仆速雇两轿,先脱两妓,再图出城之策。闻懋老说之不退,亦不上楼。两轿已备,余仆手足颇捷,令其向前开路,秀峰挽翠姑继之,余挽喜儿于后,一哄而下。秀峰、翠姑得仆力已出门去,喜儿为横手所拿,余急起腿,中其臂,手一松而喜儿脱去,余亦乘势脱身出。余仆犹守于门,以防追抢。急问之曰:"见喜儿否?"仆曰:"翠姑已乘轿去,喜娘但见其出,未见其乘轿也。"余急燃炬,见空轿犹在路旁。急追至靖海门,见秀峰侍翠轿而立,又问之,对曰:"或应投东,而反奔西矣。"急反身,过寓十余家,闻暗处有唤余者,烛之,喜儿也,遂纳之轿,肩而行。秀峰亦奔至,曰:"幽兰门有水窦可出,已托人贿之启钥,翠姑去矣,喜儿速往!"

余曰:"君速回寓退兵,翠、喜交我!"至水窦边,果已启钥,翠先在。余遂左掖喜,右挽翠,折腰鹤步,跟跄出窦。天适微雨,路滑如油,至河干,沙面笙歌正盛。小艇有识翠姑者,招呼登舟。始见喜儿首如飞蓬,钗环俱无。余曰:"被抢去耶?"喜儿笑曰:"闻此皆赤金,阿母物也,妾于下楼时已除去,藏于囊中。若被抢去,累君赔偿耶。"余闻言,心甚德之,令其重整钗环,勿告阿母,托言寓所人杂,故仍归舟耳。翠姑如言告母,并曰:"酒菜已饱,备粥可也。"

时寮上酒客已去，邵妪儿命翠亦陪余登寮。见两对绣鞋泥污已透。三人共粥，聊以充饥。剪烛絮谈，始悉翠籍湖南，喜亦豫产，本姓欧阳，父亡母醮，为恶叔所卖。翠姑告以迎新送旧之苦，心不欢必强笑，酒不胜必强饮，身不快必强陪，喉不爽必强歌。更有乖张其性者，稍不合意，即掷酒翻案，大声辱骂，假母不察，反言接待不周，又有恶客彻夜蹂躏，不堪其扰。喜儿年轻初到，母犹惜之。不觉泪随言落。喜儿亦嘿然涕泣。余乃挽喜入杯，抚慰之。嘱翠姑卧于外榻，盖因秀峰交也。

自此或十日或五日，必遣人来招，喜或自放小艇，亲至河干迎接。余每去必偕秀峰，不邀他客，不另放艇。一夕之欢，番银四圆而已。秀峰今翠明红，俗谓之"跳槽"，甚至一招两妓；余则惟喜儿一人，偶独往，或小酌于平台，或清谈于寮内，不令唱歌，不强多饮，温存体恤，一艇怡然，邻妓皆羡之。有空闲无客者，知余在寮，必来相访。合帮之妓无一不识，每上其艇，呼余声不绝，余亦左顾右盼，应接不暇，此虽挥霍万金所不能致者。

余四月在彼处，共费百余金，得尝荔枝鲜果，亦生平快事。后妪儿欲索五百金强余纳喜，余患其扰，遂图归计。秀峰迷恋于此，因劝其购一妾，仍由原路返吴。明年，秀峰再往，吾父不准偕游，遂就青浦杨明府之聘。及秀峰归，述及喜儿因余不往，几寻短见。噫！"半年一觉扬帮梦，赢得花船薄幸名"矣！

余自粤东归来，馆青浦两载，无快游可述。未几，芸、憨相遇，物议沸腾，芸以激愤致病。余与程墨安设一书画铺于家门之侧，聊佐汤药之需。中秋后二日，有吴云客偕毛忆香、王星澜邀余游西山小静室，余适腕底无闲，嘱其先往。吴曰："子能出城，明午当在山前水踏桥之来鹤庵相候。"余诺之。

越日，留程守铺，余独步出阊门，至山前，过水踏桥，循田塍而西。见一庵南向，门带清流，剥啄问之，应曰：“客何来？”余告之。笑曰：“此'得云'也，客不见匾额乎？'来鹤'已过矣！”余曰：“自桥至此，未见有庵。”其人回指曰："客不见土墙中森森多竹者，即是也。"余乃返至墙下。小门深闭，门隙窥之，短篱曲径，绿竹猗猗，寂不闻人语声，叩之，亦无应者。一人过，曰："墙穴有石，敲门具也。"余试连击，果有小沙弥出应。

余即循径入，过小石桥，向西一折，始见山门，悬黑漆额，粉书"来鹤"二字，后有长跋，不暇细观。入门经韦陀殿，上下光洁，纤尘不染，知为好静室。忽见左廊又一沙弥奉壶出，余大声呼问，即闻室内星澜笑曰："何如？我谓三白决不失信也！"旋见云客出迎，曰："候君早膳，何来之迟？"一僧继其后，向余稽首，问知为竹逸和尚。入其室，仅小屋三椽，额曰"桂轩"，庭中双桂盛开。星澜、忆香群起嚷曰："来迟罚三杯！"席上荤素精洁，酒则黄白俱备。余问曰："公等游几处矣？"云客曰："昨来已晚，今晨仅到得云、河亭耳。"欢饮良久。饭毕，仍自得云、河亭共游八九处，至华山而止。各有佳处，不能尽述。华山之顶有莲花峰，以时欲暮，期以后游。桂花之盛至此为最，就花下饮清茗一瓯，即乘山舆，径回来鹤。桂轩之东另有临洁小阁，已杯盘罗列。竹逸寡言静坐而好客善饮。始则折桂催花，继则每人一令，二鼓始罢。余曰："今夜月色甚佳，即此酣卧，未免有负清光，何处得高旷地，一玩月色，庶不虚此良夜也？"竹逸曰："放鹤亭可登也。"云客曰："星澜抱得琴来，未闻绝调，到彼一弹何如？"乃偕往。但见木犀香里，一路霜林，月下长空，万籁俱寂。星澜弹《梅花三弄》，飘飘欲仙。忆香亦兴发，袖出铁笛，呜呜而吹之。云客曰："今夜石湖看月者，谁能如吾辈之乐哉？"盖吾苏八月十八日石湖行春桥下，有看串月胜会，游船排挤，彻夜笙歌，名虽看月，实则挟妓哄饮而已。未几，月落霜寒，兴阑归卧。

明晨，云客谓众曰："此地有无隐庵，极幽僻，君等有到过者否？"咸对曰："无论未到，并未尝闻也。"竹逸曰："无隐四面皆山，其地甚僻，僧不能久居。向年曾一至，已坍废，自尺木彭居士重修后，未尝往焉，今犹依稀识之。如欲往游，请为前导。"忆香曰："桴腹去耶？"竹逸笑曰："已备素面矣，再令道人携酒盒相从也。"面毕，步行而往。过高义园，云客欲往白云精舍，入门就坐。一僧徐步出，向云客拱手曰："违教两月，城中有何新闻？抚军在辕否？"忆香忽起曰："秃！"拂袖径出。余与星澜忍笑随之，云客、竹逸酬答数语，亦辞出。

高义园即范文正公墓，白云精舍在其旁。一轩面壁，上悬藤萝，下凿一潭，广丈许，一泓清碧，有金鳞游泳其中，名曰"钵盂泉"。竹炉茶灶，位置极幽。轩后于万绿丛中，可瞰范园之概。惜衲子俗，不堪久坐耳。

是时，由上沙村过鸡笼山，即余与鸿干登高处也。风物依然，鸿干已死，不胜今昔之感。正惆怅间，忽流泉阻路，不得进，有三五村童掘菌子于乱草中，探头而笑，似讶多人之至此者。询以无隐路，对曰："前途水大不可行，请返数武，南有小径，度岭可达。"从其言。度岭南行里许，渐觉竹树丛杂，四山环绕，径满绿茵，已无人迹。竹逸徘徊四顾曰："似在斯，而径不可辨，奈何？"余乃蹲身细瞩，于千竿竹中隐隐见乱石墙舍，径拨丛竹间，横穿入觅之，始得一门，曰"无隐禅院，某年月日南园老人彭某重修"，众喜曰："非君则武陵源矣！"

山门紧闭，敲良久，无应者。忽旁开一门，呀然有声，一鹑衣少年出，面有菜色，足无完履，问曰："客何为者？"竹逸稽首曰："慕此幽静，特来瞻仰。"少年曰："如此穷山，僧散无人接待，请觅他游。"言已，闭门欲进。云客急止之，许以启门放游，必当酬谢。少年笑曰："茶叶俱无，恐慢客耳，岂望酬耶？"山门一启，即见佛面，金光与绿阴相映，庭阶石砌，苔积如绣，殿后台级如墙，石栏绕之。循台而西，有石形如馒头，高二丈许，细竹环其趾。再西折北，由斜廊踱级而登，客堂三楹紧对大石。石下凿一小月池，清泉一派，荇藻交横。堂东即正殿，殿左西向为僧房厨灶，殿后临峭壁，树杂阴浓，仰不见天。

星澜力疲，就池边小憩，余从之。将启盒小酌，忽闻忆香音在树杪，呼曰："三白速来，此间有妙境！"仰而视之，不见其人，因与星澜循声觅之。由东厢出一小门，折北，有石蹬如梯，约数十级，于竹坞中瞥见一楼。又梯而上，八窗洞然，额曰"飞云阁"。四山抱列如城，缺西南一角，遥见一水浸天，风帆隐隐，即太湖也。倚窗俯视，风动竹梢，如翻麦浪。忆香曰："何如？"余曰："此妙境也。"忽又闻云客于楼西呼曰："忆香速来，此地更有妙境！"因又下楼，折而西，十余级，忽豁然开朗，平坦如台。度其地，已在殿后峭壁之上，残砖缺础尚存，盖亦昔日之殿基也。周望环山，较阁更畅。忆香对太湖长啸一声，则群山齐应。乃席地开樽，忽愁枵腹，少年欲烹焦饭代茶，随令改茶为粥，邀与同啖。询其何以冷落至此，曰："四无居邻，夜多暴客，积粮时来强窃，即植蔬果，亦半为樵子所有。此为崇宁寺下院，长厨中月送饭干一石、盐菜一坛而已。某为彭姓裔，暂居看守，行将归去，不久当无人迹矣。"云客谢以番银一圆。返至来鹤，买舟而归。余绘《无隐图》一幅，以赠竹逸，志快游也。

是年冬，余为友人作中保所累，家庭失欢，寄居锡山华氏。明年春，将之维扬而短于资，有故人韩春泉在上洋幕府，因往访焉。衣敝履穿，不堪入署，投札约晤于郡庙园亭中。及出见，知余愁苦，慨助十金。园为洋商捐施而成，极为阔大，惜点缀各景，杂乱无章，后叠山石，亦无起伏照应。归途忽思虞山之胜，适有便舟附之。时当春仲，桃李争研，逆旅行踪，苦无伴侣，乃怀青铜三百，信步至虞山书院。墙外仰瞩，见丛树交花，娇红稚绿，傍水依山，极饶幽趣。惜不得其门而入，问途以往，遇设篷瀹茗者，就之，烹碧罗春，饮之极佳。询虞山何处最胜，一游者曰："从此出西关，近剑门，亦虞山最佳处也，君欲往，请为前导。"余欣然从之。出西门，循山脚，高低约数里，渐见山峰屹立，石作横纹，至则一山中分，两壁凹凸，高数十仞，近而仰视，势将倾堕。其人曰："相传上有洞府，多仙景，惜无径可登。"余兴发，挽袖卷衣，猿攀而上，直造其巅。所谓洞府者，深仅丈许，上有石罅，洞然见天。俯首下视，腿软欲堕。乃以腹面壁，依藤附蔓而下。其人叹曰："壮哉！游兴之豪，未见有如君者。"余口渴思饮，邀其人就野店沽饮三杯。阳乌将落，未得遍游，拾赭石十余块，怀之归寓，负笈搭夜航至苏，仍返锡山。此余愁苦中之快游也。

嘉庆甲子春，痛遭先君之变，行将弃家远遁，友人夏揖山挽留其家。秋八月，邀余同往东海永泰沙勘收花息。沙隶崇明。出刘河口，航海百余里。新涨初辟，尚无街市。茫茫芦荻，绝少人烟，仅有同业丁氏仓库数十椽，四面掘沟河，筑堤栽柳绕于外。丁字实初，家于崇，为一沙之首户；司会计者姓王。俱豪爽好客，不拘礼节，与余乍见即同故交。宰猪为饷，倾瓮为饮。令则拇战，不知诗文；歌则号呶，不讲音律。酒酣，挥工人舞拳相扑为戏。蓄牡牛百余头，皆露宿堤上。养鹅为号，以防海盗。日则驱鹰犬猎于芦丛沙渚间，所获多飞禽。余亦从之驰逐，倦则卧。

引至园田成熟处，每一字号圈筑高堤，以防潮汛。堤中通有水窦，用闸启闭，旱则长潮时启闸灌之，潦则落潮时开闸泄之。佃人皆散处如列星，一呼俱集，称业户曰"产主"，唯唯听命，朴诚可爱。而激之非义，则野横过于狼虎；幸一言公平，率然拜服。风雨晦明，恍同太古。卧床外瞩，即睹洪涛，枕畔潮声，如鸣金鼓。一夜，忽见数十里外有红灯大如栲栳，浮于海中，又见红光烛天，势同失火，实初曰："此处起现神灯神火，不久又将涨出沙田矣。"揖山兴致素豪，至此益放。余更肆无忌惮，牛背狂歌，沙头醉舞，随其兴之所至，真生平无拘之快游也。事竣，十月始归。

吾苏虎丘之胜，余取后山之千顷云一处，次则剑池而已，余皆半籍人工，且为脂粉所污，已失山林本相。即新起之白公祠、塔影桥，不过留雅名耳。其冶坊滨，余戏改为"野芳滨"，更不过脂乡粉队，徒形其妖冶而已。其在城中最著名之狮子林，虽曰云林手笔，且石质玲珑，中多古木，然以大势观之，竟同乱堆煤渣，积以苔藓，穿以蚁穴，全无山林气势。以余管窥所及，不知其妙。

灵岩山，为吴王馆娃宫故址，上有西施洞、响屧廊、采香径诸胜，而其势散漫，旷无收束，不及天平、支硎之别饶幽趣。邓尉山一名元墓，西背太湖，东对锦峰，丹崖翠阁，望如图画，居人种梅为业，花开数十里，一望如积雪，故名"香雪海"。山之左有古柏四树，名之曰"清、奇、古、怪"：清者，一株挺直，茂如翠盖；奇者，卧地三曲，形同"之"字；古者，秃顶扁阔，半朽如掌；怪者，体似旋螺，枝干皆然。相传汉以前物也。

乙丑孟春，揖山尊人莼芗先生偕其弟介石，率子侄四人，往蟢山家祠春祭，兼扫祖墓，招余同往。顺道先至灵岩山，出虎山桥，由费家河进香雪海观梅。蟢山祠宇即藏于香雪海中，时花正盛，咳吐俱香，余曾为介石画《蟢山风木图》十二册。

是年九月，余从石琢堂殿撰赴四川重庆府之任，溯长江而上，舟抵皖城。皖山之麓，有元季忠臣余公之墓，墓侧有堂三楹，名曰"大观亭"，面临南湖，背倚潜山。亭在山脊，眺远颇畅。旁有深廊，北窗洞开，时值霜叶初红，烂如桃李。同游者为蒋寿朋、蔡子琴。南城外又有王氏园，其地长于东西，短于南北，盖北紧背城、南则临湖故也。既限于地，颇难位置，而观其结构，作重台叠馆之法。重台者，屋上作月台为庭院，叠石栽花于上，使游人不知脚下有屋。盖上叠石者则下实，上庭院者则下虚，故花木仍得地气而生也。叠馆者，楼上作轩，轩上再作平台。上下盘折，重叠四层，且有小池，水不漏泄，竟莫测其何虚何实。其立脚全用砖石为之，承重处仿照西洋立柱法。幸面对南湖，目无所阻，骋怀游览，胜于平园。真人工之奇绝者也。

武昌黄鹤楼在黄鹄矶上，后迤黄鹄山，俗呼为蛇山。楼有三层，画栋飞檐，倚城屹峙，面临汉江，与汉阳晴川阁相对。余与琢堂冒雪登焉，俯视长空，琼花飞舞，遥指银山玉树，恍如身在瑶台。江中往来小艇，纵横掀播，如浪卷残叶，名利之心至此一冷。壁间题咏甚多，不能记忆，但记楹对有云："何时黄鹤重来，且共倒金樽，浇洲渚千年芳草；但见白云飞去，更谁吹玉笛，落江城五月梅花。"黄州赤壁在府城汉川门外，屹立江滨，截然如壁。石皆绛色，故名焉。《水经》谓之赤鼻山，东坡游此作二赋，指为吴魏交兵处，则非也。壁下已成陆地，上有二赋亭。

是年仲冬抵荆州。琢堂得升潼关观察之信，留余住荆州，余以未得见蜀中山水为怅。时琢堂入川，而哲嗣敦夫、眷属及蔡子琴、席芝堂俱留于荆州，居刘氏废园。余记其厅额曰"紫藤红树山房"。庭阶围以石栏，凿方池一亩；池中建一亭，有石桥通焉；亭后筑土垒石，杂树丛生；余多旷地，楼阁俱倾颓矣。客中无事，或吟或啸，或出游，或聚谈。岁暮虽资斧不继，而上下雍雍，典衣沽酒，且置锣鼓敲之。每夜必酌，每酌必令。窘则四两烧刀，亦必大施觞政。遇同乡蔡姓者，蔡子琴与叙宗系，乃其族子也，倩其导游名胜。至府学前之曲江楼，昔张九龄为长史时，赋诗其上，朱子亦有诗曰："相思欲回首，但上曲江楼。"城上又有雄楚楼，五代时高氏所建。规模雄峻，极目可数百里。绕城傍水，尽植垂杨，小舟荡桨往来，颇有画意。荆州府署即关壮缪帅府，仪门内有青石断马槽，相传即赤兔马食槽也。访罗含宅于城西小湖上，不遇。又访宋玉故宅于城北。昔庾信遇侯景之乱，遁归江陵，居宋玉故宅，继改为酒家，今则不可复识矣。

是年大除，雪后极寒，献岁发春，无贺年之扰，日惟燃纸炮、放纸鸢、扎纸灯以为乐。既而风传花信，雨濯春尘，琢堂诸姬携其少女幼子顺川流而下，教夫乃重整行装，合帮而走。由樊城登陆，直赴潼关。由山南阌乡县西出函谷关，有"紫气东来"四字，即老子乘青牛所过之地。两山夹道，仅容二马并行。约十里即潼关，左背峭壁，右临黄河，关在山河之间扼喉而起，重楼垒垛，极其雄峻。而车马寂然，人烟亦稀。昌黎诗曰："日照潼关四扇开"，殆亦言其冷落耶？城中观察之下，仅一别驾。道署紧靠北城，后有园圃，横长约三亩。东西凿两池，水从西南墙外而入，东流至两池间，支分三道：一向南至大厨房，以供日用；一向东入东池；一向北折西、由石螭口中喷入西池，绕至西北，设闸泄泻，由城脚转北，穿窦而出，直下黄河。日夜环流，殊清人耳。竹树阴浓，仰不见天。西池中有亭，藕花绕左右。东有面南书室三间，庭有葡萄架，下设方石，可弈可饮，以外皆菊畦。西有面东轩屋三间，坐其中可听流水声。轩南有小门可通内室。轩北窗下另凿小池，池之北有小庙，祀花神。园正中筑三层楼一座，紧靠北城，高与城齐，俯视城外即黄河也。河之北，山如屏列，已属山西界。真洋洋大观也！

余居园南，屋如舟式，庭有土山，上有小亭，登之可览园中之概，绿阴四合，夏无暑气。琢堂为余额其斋曰"不系之舟"。此余幕游以来，第一好居室也。土山之间，艺菊数十种，惜未及含苞，而琢堂调山左廉访矣。眷属移寓潼川书院，余亦随往院中居焉。琢堂先赴任，余与子琴、芝堂等无事，辄出游。乘骑至华阴庙。过华封里，即尧时三祝处。庙内多秦槐汉柏，大皆三四抱，有槐中抱柏而生者，柏中抱槐而生者。殿廷古碑甚多，内有陈希夷书"福"、"寿"字。华山之脚有玉泉院，即希夷先生化形蜕处。有石洞如斗室，塑先生卧像于石床。其地水净沙明，草多绛色，泉流甚急，修竹绕之。洞外一方亭，额曰"无忧亭"。旁有古树三株，纹如裂炭，叶似槐而色深，不知其名，土人即呼曰"无忧树"。

太华之高不知几千仞，惜未能裹粮往登焉。归途见林柿正黄，就马上摘食之，土人呼止，弗听，嚼之，涩甚，急吐去，下骑觅泉漱口，始能言，土人大笑。盖柿须摘下煮一沸，始去其涩，余不知也。

十月初，琢堂自山东专人来接眷属，遂出潼关，由河南入鲁。山东济南府城内，西有大明湖，其中有历下亭、水香亭诸胜。夏月柳阴浓处，菡萏香来，载酒泛舟，极有幽趣。余冬日往视，但见衰柳寒烟，一水茫茫而已。趵突泉为济南七十二泉之冠，泉分三眼，从地底怒涌突起，势如腾沸。凡泉皆从上而下，此独从下而上，亦一奇也。池上有楼，供吕祖像，游者多于此品茶焉。明年二月，余就馆莱阳。至丁卯秋，琢堂降官翰林，余亦入都。所谓登州海市，竟无从一见。